WALTER SATTERTHWAIT
Das Gold des Mayani

Buch

Andrew M'butu vom kleinen kenianischen Stamm der Giriama ist ein klassischer Meisterdetektiv. Er trägt keine Waffe, sondern verlässt sich ganz auf seine grauen Zellen. Er liebt seine Arbeit bei der Polizei und hasst Wichtigtuerei, Inkompetenz und Dummheit. Und er erhält moralische Unterstützung von seiner Frau und seiner Familie. Nur eine kleine Skurrilität leistet er sich: M'butu bewegt sich vornehmlich auf einem alten klapprigen Moped von Ort zu Ort – es sei denn, sein Kino besessener Assistent Constable Kobari rast mit ihm in halsbrecherischem Tempo im Dienstwagen zum Tatort.

Alle Geschichten mit Andrew M'butu, die im heutigen Kenia spielen, sind spannende Kriminalerzählungen. Aber die sechs Stories erzählen auch von Afrika, von der Herbheit und der Wärme des Kontinents, von seiner Armut und seiner Magie und von seiner unglücklichen Beziehung zur westlichen Zivilisation, seinem Weg von der kolonialen Vergangenheit zum Urlaubsparadies.

Autor

Walter Satterthwait hat in New York City, Portland, Afrika, Griechenland, den Niederlanden, England und Frankreich gelebt und als Lexikonvertreter, Korrektor, Barkeeper und Restaurantmanager gearbeitet. Seit seinem ersten Roman *Cocaine Blues* hat er mehr als ein Dutzend Bücher geschrieben, unter anderem eine fünf Romane umfassende Serie mit den Detektiven Joshua Croft und Rita Mondragon aus Santa Fe. Sein neues Protagonistenpaar Phil Beaumont und June Turner, das bisher in *Eskapaden* und *Maskeraden* auftrat, hat bereits Kultstatus. Walter Satterthwait lebt »on the road«.

Von Walter Satterthwait außerdem bei Goldmann erschienen:

Maskeraden. Roman (44444)

Walter Satterthwait

Das Gold des Mayani

Roman

Aus dem Amerikanischen
von Gunnar Kwisinski

GOLDMANN

Die Originalausgabe erschien unter dem Titel
»The Gold of Mayani«
bei Buffalo Medicine Books, Gallup, New Mexico.

Umwelthinweis:
Alle bedruckten Materialien dieses Taschenbuches
sind chlorfrei und umweltschonend.

Der Goldmann Verlag
ist ein Unternehmen der Verlagsgruppe Bertelsmann.

Deutsche Erstausgabe 9/2000
Copyright © der Originalausgabe 1995 by Walter
Satterthwait, Sarah Caudwell and Buffalo Medicine Books
Copyright © der deutschsprachigen Ausgabe 2000
by Wilhelm Goldmann Verlag, München,
in der Verlagsgruppe Bertelsmann GmbH
Umschlaggestaltung: Design Team München
Umschlagfoto: photonica/Akio Seo
Satz: Uhl + Massopust, Aalen
Druck: Elsnerdruck, Berlin
Titelnummer: 44646
Redaktion: Ilse Wagner
BH · Herstellung: Heidrun Nawrot
Made in Germany
ISBN 3-442-44646-5
www.goldmann-verlag.de

1 3 5 7 9 10 8 6 4 2

Inhalt

Unterschiedliche Interessenlage	7
Einen Zauberer fangen	30
Die Smoke People	72
Allahs Autobus	104
Ohne jeden Fehler	154
Das Gold des Mayani	206
Zum Schluss	259
Nachwort	281

Unterschiedliche Interessenlage

Constable Kobari riss das Lenkrad mit der ihm eigenen Gleichgültigkeit für die Gesetze der Physik nach rechts. Kiesel schlugen gegen das Fahrwerk, der Toyota Land Cruiser raste durchs Tor auf das Grundstück, sprang und rumpelte die zerfurchte Lehmstraße entlang.

Auf dem Beifahrersitz neben ihm seufzte Sergeant Andrew M'butu. Kobari hatte den Film *Bullitt* sieben Mal gesehen und konnte nicht einmal um den Block fahren, ohne sich wie Steve McQueen zu fühlen.

Vor der breiten Veranda standen drei Wagen: der auffallende rote Landrover des Bürgermeisters, ein zweiter Polizei-Toyota und ein rostiger, grauer Citroën 2CV, der nach links Schlagseite hatte, als wäre er verwundet. Constable Kobari fand die Bremse, und der Landrover kam knirschend eine Daumenbreite vor der Stoßstange der Ente zum Stehen.

Kobari nickte in Richtung der Ente und sagte auf Suaheli: »Doktor Murmajee ist schon da.«

Andrew grunzte. »Das macht ihm Spaß. Es ist seine einzige Chance, mal einen Europäer zu untersuchen. Lebendig machen sie einen großen Bogen um ihn.«

Er öffnete die Wagentür und trat in die erbarmungslos brennende Sonne.

Vor zwei Wochen hatte es aufgehört zu regnen, und unerklärlicherweise wehte auch seit zwei Tagen kein Wind mehr vom Ozean her; die Morgenluft war heiß und stickig. Andrews Uniform, die beim Anziehen noch steif wie Pappe gewesen war – Mary glaubte fest an Stärke –, klebte ihm jetzt, kaum eine Stunde später, schlaff am Körper.

Er klemmte sich den Schlagstock unter den Arm und ging voraus. Der Garten zu seiner Linken floss über vor Farben: Bougainvilleen, Korallenbäume, Jacarandas und Jasmin.

»Die lassen es sich gut gehen«, sagte Kobari hinter ihm. Er meinte die *Wazungu*, die Europäer.

»Ein halber Morgen nur für Blumen«, sagte Andrew über seine Schulter, »wer kann denn Blumen essen?«

Er war schlechter Laune. Nachts hatte er stundenlang wach gelegen und sich in seinem eigenen Schweiß gewälzt. Diese elendige Hitze. Das Laken unter ihm war verrutscht und am nassen Körper festgeklebt. Und neben ihm hatte Mary die ganze Zeit tief geschlafen. Das machte ihn rasend. Die Kinder im Nebenzimmer auch. Ein Komplott.

Und am Morgen, als Mary und die Kinder in die Kirche gegangen waren, hatte er sich gerade erst über den übrig gebliebenen Porridge hergemacht, als Kobari an die Tür gehämmert und etwas von einem Mord gebrüllt hatte. Der Chef hätte gesagt, er solle sofort mitkommen. Also konnte der Tote kein Tourist sein. Wenn die reisenden *Wazungu* sich gegenseitig umbrachten, interessierte das keinen. Die Italiener unten in Mombasa machten das dauernd; das war offensichtlich so eine Art Hobby. Nein, es war ein Europäer, der hier lebte, und zwar einer von den wichtigen. Garantiert eine vertrackte Sache. Politik.

Und das hieß, dass das CID jemand Entbehrlichen

schicken würde. Bei Andrews Glück wahrscheinlich Moi, diesen Vollidioten.

Die Haustür stand offen. Andrew nahm die Sonnenbrille ab, steckte sie in die Hemdtasche und ging ins Haus.

Das Haus war wirklich beeindruckend. Ein riesiges Wohnzimmer mit hohem *makouti*-Dach aus Mangrovenstangen und Reet. Weiß getünchte Wände, gerahmte Bilder, Stammesmasken, Speere, Bücherregale und Vitrinen mit Schmuckstücken: genug Zierrat für ein ganzes Museum. Und zwischen dem ganzen Nippes eine kleine Gruppe von Menschen.

Links, die dicken Arme vor der Brust verschränkt, den Schlagstock in die Achselhöhle geklemmt, stand Constable Gona. Er war sehr kräftig gebaut für einen Kikuyu – und sehr mürrisch. Er missgönnte Andrew seinen ungewöhnlichen Erfolg; Andrew gehörte dem falschen Stamm an, den Giriama.

Auf dem Sofa rechts neben ihm saß der somalische Hausdiener in einem langen, weißen arabischen *kanzu*. Der alte Mann hatte die Hände im Schoß gefaltet. Furcht oder Ablehnung waren ihm nicht anzumerken. Die Somalis, mit ihrer viel gerühmten Vergangenheit der Viehdiebstähle und Überfälle, waren den Umgang mit der Polizei gewöhnt.

Daneben stand in dem vertrauten, schlecht sitzenden schwarzen Anzug und mit dem üblichen kriecherischen Lächeln im Gesicht der rundliche Doktor Murmajee und schrieb etwas in sein Notizbuch.

Und natürlich der Gastgeber: der ziemlich übel zugerichtete Major. Vollständig angekleidet lag er auf einem blutdurchtränkten Perserteppich.

Zuerst der Doktor.

Murmajees glänzendes rundes Gesicht strahlte, als er die Hand ausstreckte. »*Jambo*, Sergeant M'butu! Welch eine Freude, Sie wieder einmal zu sehen.«

Wie bei vielen Asiaten war Murmajees Englisch ein Singsang, den Andrew normalerweise amüsant oder gar liebenswert fand. Heute ging er ihm auf die Nerven. Heute ging ihm alles auf die Nerven.

»Doktor«, sagte er und nickte ihm zu. »Wie ist er gestorben?«

Murmajee kicherte. »Sofort an die Arbeit, was, Sergeant? Ach ja, sehr akkurat, ganz wie es sich gehört.« Er machte eine Schritt über die Leiche und hockte sich unbeholfen daneben. »Sehen Sie das hier?« Er zeigte auf eine Wunde am Hals. Ein paar Fliegen summten emsig umher. »Ein ordentlicher Hieb, ja, nur einer, aber natürlich sehr kräftig, und die Halsschlagader ist durchtrennt. Die Luftröhre natürlich auch, aber die Karotis reicht schon, ach ja. Der arme Kerl ist ordentlich verblutet.« Er grinste Andrew mit einer Mischung aus Stolz und Freude zu. Ein kleiner Junge, der sein teures neues Spielzeug vorführt.

»Ein *panga*?«, fragte Andrew. Das lange Buschmesser, die Lieblingswaffe der Einbrecher.

»Ein *panga*, ja«, sagte Murmajee. »Ja, höchstwahrscheinlich ein *panga*.«

»Nur die eine Wunde am Hals? Mehr nicht?«

»Mehr nicht. Nein, bisher habe ich noch nichts weiter entdecken können.« Der Hinweis darauf, dass eine Autopsie eine Vielzahl an Wundern zu Tage bringen würde.

»Wann ist es passiert?«

»Ja, natürlich. Aus der Totenstarre und auch der Leichenblässe zu schließen, würde ich sagen, vor vier Stunden, vielleicht, oder vor sechs Stunden, möglicherweise, ja.«

Andrew sah auf seine Uhr. Acht. Also zwischen zwei und vier Uhr nachts. Möglicherweise.

»Nach der Autopsie kann ich es natürlich genauer sagen«, fügte Murmajee hinzu. Er rieb sich vor Freude innerlich die Hände. Für ihn gab es kaum etwas Schöneres, als Europäer aufzuschneiden. »Es wird doch eine Autopsie gemacht, oder, Sergeant?«

»Selbstverständlich«, antwortete Andrew. »Aber hier sind Sie jetzt erst mal fertig, nicht? Gut. Wenn die Leute vom Criminal Investigation Directorate sich das angesehen haben, wird die Leiche aufs Revier gebracht.«

Nachdem der grinsende Murmajee hinausgeeilt war, wandte Andrew sich an Constable Kobari. »Holen Sie die Decke hinten aus dem Land Cruiser.« Er nickte zur Leiche hinüber. »Decken Sie sie zu.«

Andrew ging zu Constable Gona. »Wer hat ihn gefunden?«

»Der Somali«, sagte Gona mit einer Kopfbewegung zu dem alten Mann hinüber. »Aber er redet nicht.«

Als Andrew zum Hausdiener hinblickte, sah er eine frische Schürfwunde auf seiner Wange. Die Gauner und Gammler der Stadt hatten einen Namen dafür: Stock-Schmiss. Er drehte sich zu Gona um. »Haben Sie ihn geschlagen?«

Gona warf ihm einen finsteren Blick zu; das Schuldgefühl machte ihn aufsässig. »Er wollte nicht reden. Das Portemonnaie des Majors war verschwunden.«

Dämlicher Idiot.

Andrew merkte, wie er sich einen winzigen Augenblick lang wünschte, absolute Macht zu haben, diese Art von

Macht, die einen völlig korrumpiert. Was für ein hinrei-ßender Gedanke, sich an den nächsten Lakaien wenden und zu ihm sagen zu können: »Nehmen Sie diesen Trottel mit nach draußen und erschießen Sie ihn.«

Er seufzte: »Wer hat uns benachrichtigt?«

»Die Deutsche aus dem Nebenhaus. Der Somali hatte sie geholt. Sie hat von hier angerufen.«

»Und wo ist sie jetzt?«

»Ich hab sie nach Haus geschickt. Sie hat gesagt, dass sie letzte Nacht nichts gehört hat.« Machte ihm Spaß, Befehle zu geben. Besonders Europäern, und ganz besonders europäischen Frauen.

Constable Kobari kam wieder herein, faltete die Decke auseinander und legte sie vorsichtig über die Leiche. Es wirkte wie eine Zeremonie und erzeugte einen Augenblick der Stille, die Andrew unterbrach, als er zu Gona sagte: »Sie gehen raus und warten auf das CID.«

Gona schürzte die Lippen ein wenig und stolzierte davon. Schlug sich mit dem Knüppel auf den Oberschenkel. Kochte innerlich. Gut. Schwachkopf.

Andrew blickte auf den somalischen Diener hinab. Schweigend, unbeteiligt, wie aus Holz geschnitzt.

Andrew seufzte wieder. Er zog sein Taschentuch aus der Gesäßtasche und wischte sich Gesicht und Nacken ab. Nahm die Dienstmütze ab und fuhr einmal innen über die Krempe. Steckte das Taschentuch wieder ein. Behielt die Mütze in der Hand.

Hier musste man diplomatisch vorgehen. Trotz der Hitze. Verdammte Somalis.

Er zog sich einen Sessel heran und setzte sich so, dass er den Diener ansehen konnte. Der alte Mann starrte einen Moment durch ihn hindurch und senkte dann den Blick.

»*M'zee*«, sprach Andrew ihn mit dem, den Älteren vorbehaltenen Ehrentitel an. »Ich bin Sergeant M'butu. Und wie heißen Sie?« Bloße Höflichkeit. Andrew kannte seinen Namen. In der Stadt lebten nur dreihundert Europäer. Ihr Tun war für die anderen zwanzigtausend Einwohner – Afrikaner, Araber und Asiaten – eine der wenigen zuverlässigen Unterhaltungsquellen.

Schweigen.

»*M'zee*?«, sagte Andrew.

Widerwillig: »Farah.« Er sah immer noch zu Boden. Die Stimme war rau vom Alter, aber kräftig.

»*M'zee*, wie viele Jahre haben Sie für den *Bwana* Major gearbeitet?« Wieder Höflichkeit.

Die Augen blitzten auf, strahlten etwas aus. Stolz? Der alte Mann nickte. »*Hamsini.*« Fünfzig. Dann schluckte er. Die Augen wurden trüb.

Vorsicht. Diese alten Diener aus Kolonialzeiten hatten ihr ganzes Leben mit den *Bwanas* verbracht, hatten oft schon als Jungs miteinander gespielt: Es waren ältere und komplexere Beziehungen als Ehen. Der Somali durfte nicht anfangen zu weinen; die Scham würde ihn für immer zum Schweigen bringen. »Dann wissen Sie natürlich« – geschäftsmäßig, besonnen – »dass Major Hillister ein *Bwana Mkubwa*, ein sehr bedeutender Mann war. Und Sie werden wissen, dass sein Tod große *kelele* erzeugen wird, und zwar nicht nur hier, sondern bis nach Nairobi. Es werden Leute von der Regierung kommen und Zeitungsreporter, und alle werden Fragen über Fragen stellen, und das wird ewig so weitergehen, wenn wir nicht herausbekommen, wer das getan hat.«

Die Augenlider zuckten ein wenig, verengten sich misstrauisch. Treffer.

»Und daher«, sagte Andrew, »weil wir Ihnen und uns diesen Ärger ersparen wollen, wäre es am besten, wenn Sie mir alles, was Sie wissen, erzählen.«

Einen Moment lang sagte der Somali nichts. Dann nickte er Andrew einmal kurz zu. Akzeptiert.

»Gut. Zuerst muss ich Sie fragen, ob Sie wissen, wer das getan hat.«

Ein knappes Kopfschütteln. »Nein.«

»Haben Sie letzte Nacht überhaupt irgendetwas gehört?« Nein.

»Sie schlafen in einem der Nebengebäude?« Ein Nicken. Ja.

»Ah«, sagte Andrew. »Dann haben Sie auch nicht gehört, wie der Landrover des Majors zurückgekommen ist?«

»Doch. Das habe ich gehört.«

Alter Narr. »Und wann ist er zurückgekommen?«

»Spät.«

Zum Teufel noch mal. Wie Zähne ziehen. »Könnten Sie das etwas präzisieren. *M'zee*?«

»Nach der sechsten Stunde.« Nach Mitternacht.

»Woher wissen Sie das?«

»Ich bin vom Geräusch des Wagens aufgewacht. Und bis zur sechsten Stunde konnte ich nicht einschlafen. Die Hitze.«

»Ja, wirklich kaum auszuhalten. Aber wissen Sie vielleicht, wie lange Sie geschlafen hatten, bevor Sie vom Wagen geweckt worden sind?« Nein.

»War der Major allein? Haben Sie jemanden gehört, der mit ihm gekommen ist?« Nein.

»Haben Sie gut geschlafen, *M'zee*?«

»Nein, sehr schlecht.«

»Aber natürlich, die Hitze.« Andrew nickte. »Jetzt erzählen Sie bitte von heute Morgen, *M'zee*.«

Auch das kam nur nach und nach heraus: Der alte Mann war aufgestanden, hatte sich gewaschen und angezogen. Er war zur Eingangstür gegangen, hatte sie unverschlossen vorgefunden, war ins Haus gegangen, wo er den *Bwana* in der Blutlache liegend entdeckt hatte.

Wieder zog sich dem alten Mann die Kehle zusammen. Dazu später mehr. »*M'zee*«, sagte Andrew, »war die Eingangstür häufig unverschlossen, wenn Sie morgens zum Haus herüberkamen?«

»Gelegentlich.«

»Gelegentlich. Wann genau?«

»Der *Bwana* Major ließ manchmal den Hund ins Haus.«

»Hund?«, sagte Andrew. Und dann verstand er: Natürlich, die Engländer hatten ja alle Hunde. Der beste Freund des Menschen. Dreckige Viecher. »Blieb der Hund sonst die ganze Nacht im Hof?«

Der alte Mann nickte. »So ist es.«

»Wo ist er jetzt?«

Achselzucken. »Ich weiß es nicht.« Und offenbar interessierte es ihn auch nicht.

Könnte weggelaufen sein, als der alte Mann die Deutsche geholt hatte. Trotzdem…

Andrew wandte sich an Kobari. »Holen Sie Gona. Suchen Sie den Hof nach diesem Hund ab.«

An der Steinmauer, etwa fünfzig Meter hinter dem Haus, lag der Hund mit zerschmettertem Kopf auf dem gepflegten Rasen; noch ein *panga*-Hieb. Constable Kobari – sein Großvater war ein berühmter Jäger gewesen – deutete auf das trockene Gras an der Wand. »Es waren zwei, Sergeant. Sie sind über die Mauer gesprungen und hier gelandet. Die nur etwa einen Meter fünfzig hohe Mauer sollte nicht so sehr vor Dieben, als vielmehr vor neugierigen Blicken schützen. (Was natürlich auch nicht gelungen war. Mauern erzeugen Gerede: altes Giriama-Sprichwort.) »Beide trugen Sandalen. Sehen Sie? Diese Abdrücke im Boden?«

Andrew, der nichts sah, nickte. »Der Hund hat sie angegriffen, und sie haben ihn umgebracht. Und dann?«

Kobari zuckte die Achseln. »Kann ich nicht sagen, der Boden ist zu hart. Aber Gona hat das Fenster gefunden, durch das sie eingebrochen sind.« Er zeigte aufs Haus. »Neben der Metalltür. Das Küchenfenster.«

Andrew nickte. »Das Grundstück auf der anderen Seite gehört der Stadt, nicht wahr?«

»Ja«, sagte Kobari und nickte traurig. »Sehr steinig.« Er meinte: keine Spuren.

Der Hund wurde von Fliegen umkreist. Sie konnten ihr Glück kaum fassen. Behutsam, Andrew mochte Hunde weder tot noch lebendig, stupste er mit der Schuhspitze gegen eine Pfote. Steif.

Kobari sagte: »Ein großes Tier, was, Sergeant? Wie heißen die noch?« Er war überzeugt, dass man Andrew auf der Universität die Antwort auf jede erdenkliche Frage beigebracht hatte.

Für diese reichte es. »Ridgebacks«, erwiderte er. »Aus Simbabwe.« Er blickte auf. »Sehen Sie sich mal die andere Seite der Mauer an. Vielleicht haben wir Glück. Ich rede noch ein bisschen mit dem Hausdiener.«

Aber dazu kam es nicht. Das CID in Person von Cadet Inspector Moi war angekommen.

Die Leiche des Majors war eingewickelt, verschnürt, zum Wagen gebracht und abtransportiert worden. In der Küche flüsterten und kicherten die Männer von der Spurensicherung, während sie die Haushaltsgeräte unter Bergen von Haftpulver zur Abnahme der Fingerabdrücke vergruben. Kobari suchte draußen auf der anderen Seite der Mauer, Gona auf der Innenseite. Die beiden zusätzlichen Constables an der Grundstückseinfahrt unterhielten sich mit der Gruppe Neugieriger, die sie eigentlich wegschicken sollten.

»Sieht ziemlich eindeutig aus«, sagte Cadet Inspector Moi, als Andrew mit seinen Bericht fertig war. »Die Gauner klettern über die Mauer und dringen durchs hintere Fenster ins Haus ein. Brechstange oder so. Major Hollister kommt nach Hause, sieht sie herumschleichen, und sie bringen ihn um. Einfach, eine unterschiedliche Interessenlage, hm?« Er gluckste in sich hinein.

Inspector Moi – Kikuyu wie Gona und die meisten anderen Polizisten – hatte ein Jahr im Austausch bei Scotland Yard verbracht und war so englisch wie die Queen geworden... und ein ähnlich kompetenter Polizist. Er war ein paar Zentimeter größer als Andrew, ein paar Jahre älter, trug einen hellgrünen Safari-Anzug und einen kurzen, gepflegten, etwas obszönen Spitzbart.

»Ich hätte allerdings noch ein paar Fragen«, sagte Andrew, »an den Hausdiener.«

Ein selbstgefälliges Lächeln. »Lassen Sie nur, Sergeant. Ich übernehme das jetzt. Sie könnten mir aber noch sagen, was dieser Major für einer war.« Moi kam aus einer Stadt an der Küste und kannte sich mit der hiesigen Mythologie nicht aus. »Er war auch bei der Polizei, nicht wahr?«

Andrew nickte. »Bei der GSU.« Der paramilitärische Zweig. »Als seine Frau gestorben ist, hat er sich zur Ruhe gesetzt. Das war ein paar Jahre nach der Unabhängigkeit.«

»Was man so hört, war er ein ziemlicher Säufer«, sagte Moi. »Und ein Frauenheld. Nicht wahr?«

Es stimmte, dass immer irgendwelche Frauen im Spiel waren. Vor allem Touristinnen und somalische Prostituierte. Major Hollister war einer der wenigen Europäer, der offen Kontakt zur afrikanischen Bevölkerung der Stadt pflegte. Die Folge davon war, dass, trotz seiner Herkunft – kolonial, wohlhabend –, kaum andere Europäer in seiner Gesellschaft gesehen werden wollten. Und getrunken hatte er auch schon immer. Vielleicht unvermeidlich bei einem allein lebenden, pensionierten Militär.

Aber erst seit kurzem und in den letzten paar Monaten schien beides außer Kontrolle geraten zu sein. Der Major trank öfter, trank mehr und fand kein Ende. Man sah ihn öfter im Casino und im Delight, dem Treffpunkt der somalischen Frauen. Es gab Berichte über Streit und Auseinandersetzungen, es hieß sogar, dass es eine Schlägerei gegeben habe. Aber bis zur Ankunft der Polizei war längst alles unter den Teppich gekehrt worden: Die anderen Europäer mochten ihn zwar verurteilen, aber im Endeffekt war er doch einer von ihnen. Polizeiliche Ermittlungen, Skandal: Tat Man Einfach Nicht.

Andrew setzte Cadet Inspector Moi ins Bild und fügte hinzu: »Er war selbstzerstörerisch geworden. Als hätte er sich nicht mehr in der Hand, als hätte er eine Grenze überschritten und wüsste, dass er nicht mehr zurückkonnte.«

»Sehr interessant«, sagte Moi mit einem schwachen Lächeln. »Hatte er Familie?«

Knapp (und hol Sie der Teufel, Cadet Inspector): Zwei Söhne, einer leitete am Turkana See im Inland einen Safari-Club. Der andere war hier in der Stadt Geschäftsmann, Importe.

»Ja«, sagte Moi. »Ja, wie ich schon gesagt hatte. Alles ziemlich klar. Einbrecher, stimmt's? Jetzt müssen wir noch herausbekommen, was sie mitgenommen haben.« Er wandte sich an den somalischen Diener. »Sie.« Seine ersten Worte auf Suaheli. Mit einer abfälligen Geste tat er die Afrikana im Zimmer ab. »Das ist alles *takataka*.« Schrott. »Wo hat Major Hollister seine Wertsachen aufbewahrt?«

Während der alte Mann Moi zum Schlafzimmer des Majors führte, lief Andrew, die Hände in den Hosentaschen, im Zimmer herum. Hier gab es Zeug in Hülle und Fülle, aber nichts, was einen Einbrecher interessiert hätte.

Auf einer Vitrine entdeckte er ein in Ebenholz gerahmtes Schwarzweißfoto vom Major und, wie er annahm, seiner Frau. Sie standen draußen auf einem großen Rasen: Sie jung und ernst, dunkelhaarig und schlank, in einem weißen Kleid (dessen Saum sich in einer längst vergangenen Brise kräuselte). Er jung, hoch aufgeschossen und schlank, in Uniform, mit einem breiten, herzlichen Lächeln an ihrer Seite. Bemerkenswerte Leute, diese Kolonialisten: konnten sogar im Stehen stolzieren.

Neben dem Foto lag ein kleiner, hölzerner *hirizi*, ein Talisman mit Zauberkraft. Er war knapp fünfzehn Zentimeter lang und geformt wie ein Phallus. Massai, wie man den Zeichnungen entnehmen konnte. Andrew rümpfte angewidert die Nase. *Takataka* war schon richtig.

Als Moi und der Hausdiener wieder ins Zimmer kamen, legte er ihn zurück.

»Also«, verkündete der Cadet Inspector, »das war's dann wohl. Der alte Knabe hier hat mir erzählt, dass der Major fünf- oder sechstausend Shilling in der Nachttischschublade hatte. Sind verschwunden. Genau wie der Schmuck, der der Frau gehört hat. Wir fangen möglichst bald an, ein paar von den in Frage kommenden Burschen festzunehmen – dürfte nicht allzu schwierig sein, die Beute aufzutreiben. Ich geh rüber und rede noch mal mit dieser deutschen Frau. Sie gehen währenddessen zum Sohn des Majors und informieren ihn über das, was geschehen ist.«

Andrew wollte protestieren, biss sich dann aber auf die Lippen. Moi hatte es dennoch bemerkt. Er lächelte. »Sie können gut mit den Europäern umgehen. Ist wohl einer der Vorteile, wenn man so ein cleverer Bursche ist, was?«

Afrikaner hätten sich in den Staub geschmissen, gekreischt und geplärrt, sich die Kleider vom Leib und die Haare vom Kopf gerissen. Mrs. Hollister, die auf der Veranda stand, fiel ein Glas Limonade aus der Hand. Mr. Hollister, der neben ihr saß, zuckte zusammen und sagte: »Nein.«

»Aber wie?«, fragte Mrs. Hollister.

Andrew erzählte es ihnen.

»Oh, nein«, sagte sie und verzog das Gesicht. Dünn, halbwegs hübsch, mit hoch gesteckten, roten Haaren. Zarte, blassgrüne Bluse, dunkelgrüner Rock. Sie trat hinter ihren Mann und legte ihm eine Hand auf die Schulter. »Oh, David.«

Mr. Hollister starrte Andrew mit offenem Mund an. Langbeinig, knochig und blond. Weißes Hemd, weiße Hose. Er stemmte sich aus dem Stuhl. Seine Frau stand neben ihm und legte die Hand unter seinen Arm, als müsste sie ihn stützen.

»Tut mir leid«, sagte Andrew.

»Diese Schweinehunde!«, fauchte Mr. Hollister.

Andrew zuckte vor Schreck zusammen.

»Mein Gott, Sergeant, kann denn niemand etwas gegen diese Sauereien machen?« Wütend beugte er sich über Andrew.

»*Bwana* Hollister –« Verängstigt und mit glühend rotem Gesicht, fühlte Andrew sich in die Missionsschule zurückversetzt, war wieder zu einem hilflosen Achtjährigen geworden.

»Das ist in diesem Monat schon das dritte Mal! Die Freemans, ein Stück die Straße runter. Diese verdammten Dreckskerle sind da dieses Jahr schon zweimal eingebrochen. Verdammt, Sergeant!«

Mrs. Hollister sagte nur ein Wort: »David.« Knapp, kalt, gebieterisch.

Er verstummte. Er sah sie kurz an, wandte sich ab und stolzierte davon. Nach ein paar Metern blieb er stehen, drehte sich nicht um und steckte die Hände in die Hosentaschen. Er atmete angestrengt und schwer.

Mrs. Hollister sagte: »Es tut mir sehr Leid, Sergeant … das ist ein furchbarer Schock für uns.«

»Natürlich.« Ein kurzes, steifes, formelles Nicken. Andrew war wütend auf den Engländer, weil er auf ihn losgegangen war, und auf sich, weil er zurückgewichen war, und auf die Frau, weil sie die Auseinandersetzung beendet hatte.

»Wir haben uns noch vor ein paar Tagen mit ihm getroffen«, sagte sie. »Es erscheint einem fast unmöglich, dass all diese … außergewöhnliche Vitalität, die er ausstrahlte, dass sie ... nun ja, für immer verschwunden sein soll.«

Andrew nickte ruhig und versuchte, seine Selbstbeherrschung wiederzugewinnen.

»Und wir machen uns große Sorgen wegen dieser Einbrüche«, sagte sie mit einem Blick auf ihren Mann. Es war kein besorgter Blick, darin lag eher die beiläufige Aufmerksamkeit einer Mutter, die darauf achtete, dass ihr Sohn beim Spielen im Hof dem Brunnen nicht zu nahe kommt.

»Bei uns ist auch erst vor ein paar Wochen eingebrochen worden.«

Andrew sah sie an. »Ach ja?«

Sie runzelte kurz die Stirn. Sein Interesse verwirrte sie etwas. »Aber Sie glauben doch sicher nicht«, fuhr sie fort, »dass da irgendeine Verbindung besteht, Sergeant?«

»Nein, kaum. Haben Sie den Vorfall gemeldet?« Er wusste, dass sie es nicht getan hatten. Die Berichte über Einbrüche las er noch vor der Morgenzeitung.

»Nein. Nein, haben wir nicht. Es wurde nichts Wertvolles gestohlen. David und ich – also ...« Sie zögerte.

»Ja?«

»Also, damals glaubten wir, dass die *ayah*, das Kindermädchen, dafür verantwortlich war. Sie hatte nämlich einen Schlüssel, wissen Sie, und es fehlten einige von meinen Sachen. Ein paar Ohrringe, ein goldenes Armband. Aber wir hatten keinen echten Beweis dafür, dass sie an der Sache beteiligt war. Mir wäre nicht wohl bei dem Gedanken, dass sie Ärger mit der Polizei bekommt. Wir haben sie natürlich weggeschickt, dachten aber, dass die Sache damit aus der Welt ist.«

»Ja. Und wie lange ist das her?«

»Etwa zwei Monate, vielleicht auch etwas länger.«

»Können Sie mir bitte den Namen der *ayah* sagen?«

»Mit dieser Sache kann Alysha doch nun wirklich nichts zu tun haben.«

Rechts hüstelte es. Mr. Hollister meldete sich in der Zivilisation zurück. »Sergeant?«

»Ja.« Mit Grabeskälte.

Mr. Hollisters Gesicht war angespannt, sein langer Körper wirkte unbeholfen und schwach, der Anzug passte nicht mehr. »Also, wissen Sie… Verdammt noch eins. Sergeant, es tut mir wirklich furchtbar Leid.«

Erst der Gefühlsausbruch eines Kindes, jetzt eine kindliche Entschuldigung. (Es widerstrebte Andrew zwar, aber der Mann wurde ihm langsam sympathischer.) »Kein Problem, *Bwana* Hollister. Der Schock.«

»Schon. Na ja. Trotzdem. So auf Sie loszugehen. Tut mir wirklich Leid.«

»Kein Problem.« Sehr gnädig, sehr angetan von dem Mann und von sich selbst.

»Aber wissen Sie, Karen hat völlig Recht.« Mit matter Stimme. »Was Alysha betrifft. Völlig ausgeschlossen, dass sie etwas damit zu tun hat.«

»Natürlich, ich verstehe. Ich will ihr nur ein paar Fragen stellen. Können Sie mir sagen, wo ich sie finde?«

»Ich fürchte nicht. Sie soll umgezogen sein.« Er sah seine Frau an.

»Ich weiß wirklich nicht, wie Ihnen das weiterhelfen könnte«, sagte sie, zu Andrew gewandt, »aber ich habe gehört, dass sie jetzt in einer Bar arbeitet. Im Delight.«

»Ah«, sagte Andrew. »Ist sie Somalin?«

»Ja, wieso?«, fragte Mrs. Hollister. »Ja, das ist sie.«

Die Hitze hatte die Neugierigen vom Eingang des Grundstücks vertrieben. Cadet Inspector Moi war immer noch nicht von der deutschen Nachbarin zurückgekehrt. Der alte Hausdiener versuchte, Bier für Constable Kobari aufzutreiben, dessen Suche auf der anderen Seite der Mauer nichts ergeben hatte und der jetzt als einziger Polizist am Eingangstor schmorte. Im Haus hatte jemand den Perserteppich aufgerollt und neben der Tür an die Wand gelegt. Auf dem kleinen Foto auf der Vitrine grinste Major Hollister weiterhin spitzbübisch. Aber der Massai-Talisman war verschwunden.

»Ja«, sagte der alte Mann, als er wieder auf dem Sofa saß. Andrew stand neben der Vitrine. »Ja, ich habe den *hirizi* genommen.«

»Warum?«, fragte Andrew. Der Wert des Talismans war zwar lächerlich gering, aber sein Verschwinden gab ihm eine Handhabe gegen den alten Mann.

Der Somali zuckte die Achseln. »Der *Bwana* Major hat einmal gesagt, dass ich ihn haben kann, wenn er stirbt.«

»Was wollen Sie damit?«

»Es ist eine mächtige *dawa*.« Medizin.

»Was für eine *dawa*?« Er wurde neugierig.

Der alte Mann sah Andrew schweigend an.

»*M'zee*«, sagte Andrew. »Ich habe Sie mit dem Ihnen angemessenen Respekt behandelt. Bitte behandeln Sie mich ebenso.«

»Darf ich den *hirizi* behalten?«

»Vielleicht. Reden Sie.«

Langsam und stockend berichtete der alte Mann.

Nach dem Tod seiner Frau hatte der Major sich etwa ein Jahr lang im Haus abgekapselt, viel getrunken und mit niemandem außer dem Somali gesprochen, und auch das nur selten. Als er schließlich aus seinem selbstgewählten Exil zurückkehrte und wieder mit einer Frau zusammen war, einer Touristin, merkte er, dass es nicht mehr ging. Der hiesige europäische Doktor, ein nüchterner Deutscher, verschrieb Geduld: Die Zeit würde Heilung bringen. Als ein Mann, der noch nie mit Ruhe oder Geduld gesegnet gewesen war, ging der Major zu einem *mchawi* der Massai, einem Zauberer, der für seine Erfolge in solchen Fällen bekannt war, und bekam von ihm den Talisman. Dieser habe sofort überwältigende Ergebnisse gezeitigt.

Andrew nickte. »Wer wusste davon?«

Der Somali zuckte die Achseln. »Alle. Der *hirizi* ist berühmt, viele wollten ihn kaufen. Der *Bwana* Major hatte eine große Anzahl Frauen.«

»Eines möchte ich noch wissen, *M'zee*«, sagte Andrew. »Hatte der Major in den letzten Monaten eine bestimmte Frau?«

Ein Blinzeln, schnell wie das eines Geckos. »Ich weiß es nicht.« Lüge. Wie erwartet.

Andrew betrachtete das vergilbte Foto des Majors einen Moment. Dann wandte er sich an den Somali und stellte die Frage, derentwegen er gekommen war. Der alte Mann wusste, dass Andrew die Antwort kannte; sein Gesicht zeigte es deutlich. Andrew seufzte. Er war müde, verschwitzt, hungrig und hatte noch eine große Unannehmlichkeit vor sich.

»Der Hund, verstehen Sie«, sagte Andrew. »Offenbar wurde er von jemandem getötet, den er kannte. Ein Ridgeback, ein großes furchtloses Tier – früher hat man sie für die Löwenjagd eingesetzt. Selbst zwei Männer mit *pangas* müssten schon viel Glück haben, ihn mit einem einzigen Schlag aufzuhalten. Und das, ohne dabei verletzt zu werden oder den Rasen zu beschädigen. Außerdem hat der Hund in der Nacht nicht gebellt.«

Ein Anklang an Conan Doyle, allerdings nur oberflächlich: Andrew machte es keinen Spaß.

»Eine bedauerliche Tatsache ist«, sagte er, »dass die meisten Europäer der Township dem Major aus dem Weg gingen. Er hatte vor allem Umgang mit Afrikanern. Man könnte sich vorstellen, dass der Hund einige von ihnen kannte. Aber jeder, der dem Major nahe stand, hätte auch vom Massai-*hirizi* gewusst, der offenbar ein heiß begehrter Gegenstand war. Ich bin davon überzeugt, dass ein solcher Mann den Talisman nach dem Mord mitgenommen hätte. Eine afrikanische Frau«, fuhr er fort, »hätte natürlich kein Interesse am Talisman gehabt.«

Er räusperte sich.

»Aber hätte eine Frau, so stark sie auch sein mag, den Hund mit einem *panga*-Hieb töten können? Hätte eine Frau den Major umbringen können, einen Mann, der im Umgang mit Waffen und im Nahkampf ausgebildet war?«

Andrew lehnte sich zurück. »Vor nicht einmal einer Stunde habe ich mit Alysha gesprochen, der *ayah*. Sie beharrt darauf, dass sie nichts aus dem Haus gestohlen hat.«

»Ja, natürlich«, sagte Mr. Hollister gereizt. Sie saßen sich am Tisch auf der schattigen Veranda gegenüber. Mrs. Hollister hatte sich zur Mittagsruhe ins Schlafzimmer zurückgezogen. »Was soll sie auch sonst sagen? Wie Sie sicher wissen, klauen die doch alle.«

Andrew nickte. »Das machen viele. Aber weil der Verdacht sowieso zuerst auf sie fällt, stehlen sie nur Dinge, deren Fehlen nicht weiter auffällt, oder, falls es doch jemand merkt, für die sich niemand groß interessiert. Besteck, einzelne Kleidungsstücke. *Takataka*. Aber teuren Schmuck? Nein, wohl kaum. Im besten Fall würden sie ihre Stelle verlieren, oder sie bekämen es sogar mit der Polizei zu tun. Nein, ich glaube der Frau. Ich glaube, dass Sie, *Bwana* Hollister, den Schmuck Ihrer Frau genommen und den Diebstahl Alysha in die Schuhe geschoben haben.«

»Warum, um alles in der Welt, sollte ich das tun?«

Bedrückt und voll Widerwillen sagte Andrew: »Ihre Frau hat eine bemerkenswerte Ähnlichkeit mit Ihrer Mutter, *Bwana* Hollister.«

Der Mann sackte in sich zusammen, aller Mut war verflogen. Seine Schultern sanken herab, und er schloss langsam die Augen. Genau wie der somalische Hausdiener, als Andrew ihn gefragt hatte, welche Haarfarbe die Frau auf dem Schwarzweißfoto hatte.

Andrew sagte: »Ich vermute, Sie hatten das Gefühl, dass die *ayah* Verdacht geschöpft hatte. Sie wussten, wie diese Frauen klatschen, also suchten sie einen Weg, sie loszuwerden.«

Die Ironie dabei war, dass sie nichts gemerkt hatte. Eine unangenehme Person, die unverhohlene Rachegelüste hegte, sich die Wahrheit aber trotzdem nicht hatte zusammenreimen können. Sie hatte Andrew nur gesagt, dass der Major oft zu Besuch gekommen war, wenn der Hausherr andere Verpflichtungen hatte. Andrew holte tief Luft. »Ich weiß nicht, wann Sie von der Affäre erfahren haben, ich weiß nicht, wie lange Sie dieses Wissen mit sich herumgetragen oder warum Sie den Entschluss gefasst haben, dem Ganzen ein Ende zu setzen, aber ich weiß, dass Sie es getan haben, *Bwana* Hollister. Ich weiß, dass Sie ihn umgebracht haben.«

Er öffnete die Augen und sah Andrew an. »Sie haben keine Beweise.« Eingeschnappt, bockig: wieder das Kind.

»Irgendjemand wird Sie beim Haus des Majors gesehen haben.« Das war gut möglich. Ebenso gut möglich war auch, dass Andrew diese Person nie finden würde. »Der Somali weiß Bescheid. Irgendwann kommt es heraus. Aber je eher Sie gestehen, *Bwana* Hollister, desto einfacher wird es für Sie vor Gericht. Im Augenblick können Sie verminderte Zurechnungsfähigkeit anführen und auf mildernde Umstände hoffen...«

Verminderte Zurechnungsfähigkeit schon, aber mildernde Umstände? Der Mann hatte weder die Brechstange noch das *panga* vergessen. Er hatte daran gedacht, den Hund zu töten, an der Mauer falsche Einbruchsspuren zu legen, das Geld zu stehlen und auch den Schmuck. Kindliche List, aber gleichwohl List.

Und außerdem, welche Jury würde Milde walten lassen können oder wollen? Vatermord. In Afrika immer noch ein archaisches Verbrechen, mythisch. Man würde ihm mit ehrfürchtiger Scheu begegnen, aber an Vergebung war nicht zu denken. Nein, er war verdammt. Ödipus.

Andrew sagte: »Ich denke, Ihr Vater hat den Tod mit offenen Armen empfangen.«

Ein Augenblick vollkommener Ruhe. (Die Geschichtenerzähler der Giriama: »Als hätten selbst die Bäume zu atmen aufgehört.«)

Dann ein Flackern, ein Surren: Bewegung und Ton waren wieder da.

Nie zuvor hatte Andrew einen Europäer weinen sehen. Die Überraschung rührte aus der Unvermeidlichkeit dieser Situation. Der Mann versuchte, die Tränen zu unterdrücken. Er schluckte, bedeckte seine blinzelnden Augen mit den Händen. Aber nur einen Moment später brachen sie es aus ihm heraus. Zusammen mit einem Stakkato harter und krächzender Schluchzer. Die Fäuste vor der Stirn geballt, die Ellenbogen fest in die Brust gedrückt, sank er auf den Tisch. Stoßweise verkrampfte und löste sich der Körper. Und dann fing er an, mit dem Oberkörper zu schaukeln, langsam, vor und zurück im Rhythmus des auf und ab schwellenden Wimmerns.

Andrew versuchte, wegzusehen, aber es gab kein *weg*.

Nach einer Weile klang es ab. Vornübergebeugt, stockend und schwer atmend, saß der Mann ihm gegenüber. Er bedeckte immer noch sein Gesicht. Andrew stand auf. Er hörte seinen eigenen Atem. Er ging um den Tisch und berührte ihn an der Schulter. »Kommen Sie«, sagte er und erschrak über den Klang seiner eigenen Stimme.

Stille. Noch ein stockender Atemzug. Dann stand der andere auf. Groß, ungelenk und verloren.

Als der Land Cruiser die Zufahrt hinunterrollte, sah Andrew die Frau im Rückspiegel. Eine winzige Gestalt in der Eingangstür, die Arme vor der Brust verschränkt. Sie blickte ihnen nach.

Natürlich hatte sie es gewusst. Wahrscheinlich seit letzter Nacht. Zweifelsohne hatte der Mann es ihr hinterher erzählt. Hatte auf Rache gesonnen, Absolution erbeten, Trost gesucht. Andrew sah auf seine Uhr: Eins. Die Sonne brannte noch immer erbarmungslos über ihm.

Einen Zauberer fangen

»Ich bring ihn um«, fauchte sie gereizt auf Suaheli. Saroya war schon immer eine bemerkenswerte Frau gewesen, aber im Augenblick – die straffen Brüste im engen roten Oberteil, weiche, schlanke braune Beine unter dem roten Rock, wilde Haare und glühende Augen – war sie fantastisch.

Besonders beeindruckt war Sergeant Andrew M'butu allerdings von ihrem *panga*, dessen Holzgriff sie mit beiden Händen umklammerte. Alle somalischen Prostituierten trugen Messer – sie waren gewissermaßen Teil der Berufskleidung, ähnlich wie das Lächeln –, aber noch nie hatte eine Frau Andrew mit einem *panga* bedroht, dem langen Buschmesser, mit dem man, wenn es richtig geschliffen war, einen Schädel wie eine Mango spalten konnte.

Andrew hegte nicht den geringsten Zweifel, dass es scharf war. Was ihre Waffen betraf, waren Somalis äußerst empfindsam.

»Die Sekretärin hat Ihnen doch gesagt, dass *Bwana* Harper nicht hier ist«, sagte er, überrascht, wie ruhig seine Stimme klang. Behutsam und nach seinem Spurt unter der afrikanischen Sonne immer noch außer Atem, trat er den notwendigen Schritt vor. Hinter ihm keuchte Constable Kobari.

Saroya riss die Arme hoch, bis die Klinge über ihrer

rechten Schulter schwebte. Sie sagte: »Noch einen Schritt, *fisi*« – Hyäne – »und Ihr Gesicht liegt vor Ihren Füßen.«

Sie standen im Büro von Robert Harpers Sekretärin: grauer Teppichboden, gepolsterte, orangefarbene Plastikstühle, ein großer Holzschreibtisch. Links ein offenes Fenster, durch das die kreischende Sekretärin vor etwa dreißig Sekunden geflohen war.

Andrew und Kobari waren mit dem Polizei-Toyota in der Harambee Street Streife gefahren. Als sie in die Uhuru Avenue eingebogen waren (wie immer mit quietschenden Reifen – Kobari war ein großer Fan der Soundtracks von amerikanischen Spielfilmen), hatte Andrew Saroya ins Gebäude gehen sehen: das *panga* offen in der Hand, und sie hatte keinerlei Anstalten gemacht, irgendetwas zu verbergen. Er hatte Kobari befohlen anzuhalten, war aus dem Wagen gesprungen und zum Büro gerannt. Er war gerade rechtzeitig gekommen, um die Sekretärin schreien zu hören, dass *Bwana* Harper krank zu Hause sei. Als Saroya sich zu ihm umgedreht hatte, war die Sekretärin durchs Fenster geflohen.

Hinter Andrew sagte Kobari atemlos: »Das Funkgerät, Sergeant?«

Saroyas Blick wanderte zwischen Andrew und Kobari hin und her. Das *panga* bewegte sich nicht.

Andrew wusste, dass Kapitulation eine Antiklimax wäre, und Somalis zogen die Tragödie in jedem Fall der Posse vor, selbst wenn es bis zum Selbstmord führte. Wenn er Verstärkung anforderte – Schusswaffen wurden nur in Notsituationen ausgegeben –, würde sie die Sache bis zum bitteren Ende durchziehen. Alles in allem ein ziemlich unappetitliches Ende. Und womöglich völlig überflüssig.

»Nein«, sagte er zu Kobari. Er sah Saroya in die Augen und legte Verachtung in seinen Blick. »Nicht für eine nichtsnutzige kleine Schlampe wie dies.«

Saroya war keine Schlampe, keine Amateurin; sie war eine stolze Professionelle. Ihre Augen flackerten kurz, bevor sie sprang. Das *panga* blitzte. Er hörte es zischen, als er nach hinten auswich. Dann warf er sich nach vorn. Zum ersten Mal in seinem Leben (und er hoffte, dass es auch das letzte Mal bleiben würde) schlug er eine Frau. Trieb seine Faust direkt unter den Rippenbogen in ihren nackten Bauch.

Sie klappte zusammen, atmete lang und tief aus. Andrew hielt sie fest und tanzte um sie herum, wobei er verzweifelt ihren Arm umklammerte. Er hörte das *panga* auf den Teppich fallen, ein wunderbares Geräusch. Er roch ihr Parfüm – irgendeine angenehm duftende Blume, Jasmin? –, und dann, urplötzlich, kotzte sie ihm mit kräftigem Strahl aufs Hemd.

Sprachlos vor Schreck ließ er von ihr ab und torkelte zurück. Nichtswürdiges, undankbares Weib.

Kobari huschte um ihn herum, griff Saroyas Arme, riss sie hinter ihren Rücken und schloss sie mit Handschellen zusammen. »Sergeant! Ist alles in Ordnung?«

Andrew nickte dümmlich, blickte nach links und sah, dass sie Zuschauer hatten. Vor der Glastür des Büros hatte sich eine glotzende Menschenmenge gebildet. »Halt sie einen Moment fest«, sagte er zu Kobari. »Hier muss doch irgendwo eine Toilette sein.«

Er fand sie, einen eleganten Nebenraum von Robert Harpers elegantem Büro. Er zog ein Handtuch aus dem Regal, feuchtete es im Waschbecken an, und mit angeekeltem Gesicht bürstete und tupfte er schnell aber behutsam sein Hemd ab. Auf den Schuhen war auch noch etwas. Abscheulich. Da versucht man, eine unappetitliche Situation zu umgehen, schon stolpert man in die nächste …

Ihm kam das Blitzen und Zischen des *pangas* wieder in den Sinn. Er setzte sich auf die Toilette, fing plötzlich an zu zittern und war völlig erschöpft.

»Sie sagt, *Bwana* Harper hat ihren Mann umgebracht«, verkündete Constable Kobari auf dem Weg zur Wache; Andrew saß neben ihm, Saroya schmollte auf dem Rücksitz. Andrew interessierte momentan nicht, was Saroya gesagt hatte. Den Kopf rechts aus dem Fenster gestreckt, schnappte er im klaren Strom des Fahrtwinds nach Luft. »Den großen amerikanischen Journalisten«, fuhr Kobari fort, »den, der gestern beim Fotografieren von Fischen verschwunden ist.«

Das war schon eine seltsame Geschichte. Der Mann war unter Wasser mit Tauchausrüstung und Kamera zum Riff hinausgeschwommen und nicht zurückgekehrt. Kamera und Sauerstoffflasche wurden später von drei einheimischen Tauchern entdeckt, aber der Journalist blieb verschollen. Andrew erinnerte sich, dass er den Mann in den letzten beiden Monaten mehrmals in der Stadt gesehen hatte, wie er mit dieser oder jener Touristin einen Drink nahm. Ja, eine seltsame Geschichte, aber nicht sein Problem.

Manchmal war Kobari jedoch unerbittlich: »Sie sagt, er hat *Bwana* Harper letzte Woche in der Bar vom Alladin Hotel des Elfenbeinschmuggels bezichtigt.«

Trotz seines Unwohlseins fing Andrew langsam an, sich dafür zu interessieren. Es gab Gerüchte, dass Robert Harper am illegalen Elfenbeinhandel beteiligt war. Natürlich hatte er sie ignoriert. Harper war einer der wohlhabendsten und auf jeden Fall einer der bedeutendsten hier ansässigen Europäer – ein einflussreicher Geschäftsmann und Grundbesitzer mit Verbindungen zu höchsten Regierungsstellen. Er war am Zustandekommen des Handelsabkommens mit den Saudis beteiligt gewesen. Andrew fragte: »In aller Öffentlichkeit?«

»Behauptet sie zumindest.«

Die Europäer hätten so etwas natürlich unter den Tisch gekehrt. Sie machten ihre Skandale unter sich aus, so konnten sie sie besser auskosten. Andrew drehte sich um. Wegen der auf den Rücken gefesselten Hände saß Saroya etwas schräg. Sie würdigte ihn keines Blickes.

»Warum dachte der Journalist, dass *Bwana* Harper etwas mit dem Elfenbeinschmuggel zu tun hat?«

Sie ignorierte seine Frage.

»Nein«, sagte Andrew nachdenklich. »Ohne Zweifel war er zu klug, jemandem wie Ihnen etwas so Wichtiges anzuvertrauen.«

Mit bebenden Nasenflügeln sagte sie: »Wir waren verlobt.«

Dem schenkte Andrew kaum Beachtung und noch weniger Glauben. Jede somalische Prostituierte war mit irgendjemandem verlobt. Aber wenigstens hatte er sie zum Reden gebracht. »Dann können Sie mir bestimmt sagen«, forschte er weiter, »ob er wirklich etwas wusste.«

»Er hatte Bilder«, bemerkte sie stolz.

Überrascht sagte Andrew: »Bilder? Meinen Sie Fotos? Von *Bwana* Harper?«

Sie antwortete nicht. Andrew verstand. »Sie haben sie nicht gesehen«, sagte er. »Hat er Ihnen erzählt, dass es Fotos von *Bwana* Harper sind?«

»Er hatte Bilder«, wiederholte sie trotzig.

Sinnlos. Sie wusste nichts. Anderer Ansatz: »Und wie hat *Bwana* Harper Ihren Mann umgebracht?« Schwer vorstellbar, dass Harper sich unter Wasser mit dem amerikanischen Journalisten balgte. Aber sie hatte seinen Zweifel gespürt und verfiel wieder in Schweigen.

Kobari antwortete für sie. »Sie sagt, dass er einen *mwanga* engagiert hat.« Einen Zauberer. »Der *mwanga* hat ihn mit einem Fluch belegt.«

»Ah«, sagte Andrew belustigt. »Ein *mwanga*. Großartig.«

Saroya warf ihm einen hasserfüllten Blick zu und ignorierte ihn wieder. Plötzlich wurde Andrew nach vorn geschleudert, als Kobari den Toyota mit quietschenden Reifen vor der Polizeiwache zum Stehen brachte. Er sah aus dem Fenster. Keine zwanzig Schritte entfernt stand Saroyas Bruder Abdullah im Schatten eines Jacarandas. Klatsch breitete sich in der Stadt mit Überlichtgeschwindigkeit aus.

Während Kobari Saroya beim Aussteigen half, warf ihr Bruder Andrew theatralisch finstere Blicke zu. Er passt auf, dass wir seine Einkommensquelle nicht beschädigen, überlegte Andrew. Abdullah hatte an der Uhuru Avenue einen mit Souvenirs überquellenden Stand, wo er ahnungslosen Touristinnen billigen Afrika-Kitsch andrehte, machte aber auch gelegentlich den Zuhälter für seine Schwester. Er war ein unangenehmer Kerl, reizbar und verschlagen.

Nachdem Saroya eingesperrt war, fuhr Andrew mit dem Toyota nach Hause, um sich umzuziehen. Mary war da. Als er die Geschichte mit dem *panga* erzählte, gurrte sie zufrieden und kicherte kindisch, als er erklärte, wie die Flecken entstanden waren.

Als er wieder in den Toyota kletterte, krächzte das Funkgerät seinen Namen. Die Zentrale teilte ihm mit, dass *Bwana* Robert Harper sich freuen würde, wenn er auf einen Plausch bei ihm vorbeikäme.

Mit unergründlicher Miene und leise patschenden, nackten Füßen führte ein großer Kikuyu-Diener Andrew durch das geräumige Wohnzimmer, einen breiten maurischen Torbogen und einen marmornen Säulenvorbau hinab in den Garten. Am Ende des Säulenvorbaus saß Robert Harper an einem schattigen Tisch vor einer rosa leuchtenden Bougainvillea. Als Andrew näher kam, stand er auf. »Sergeant M'butu?« Er reichte ihm die Hand. »Nett, dass Sie gekommen sind. Ist Ihnen das so genehm? Hier weht um diese Zeit eine angenehme Brise, das brauche ich in meinem Alter, hm? Tee? Etwas Stärkeres?«

»Tee. Ja, danke.«

Harper wandte sich an den Hausdiener. »*Chai*, bitte, Hannibal. Nehmen Sie Platz, Sergeant, nehmen Sie Platz«, sagte er und setzte sich.

Robert Harper war Anfang sechzig, klein, kaum größer als Andrew, aber erheblich kräftiger gebaut. Er trug ein weinrotes *kanga* – das rechteckige Baumwolltuch für Männer und Frauen, das, um die Hüfte gewickelt, bis an die Knöchel reichte – und ein weißes, offen stehendes Seidenhemd; lässig, mit aufgekrempelten Ärmeln und heraushängenden Hemdzipfeln. Er hatte eine silberne Mähne, ein von der Sonne oder vom Whiskey gerötetes Gesicht mit tiefen Falten. Auch die Brust und die sonnengebräunten Arme waren von weißen Haaren bedeckt. Er hatte die blausten Augen, die Andrew je gesehen hatte, sie schienen von innen unergründlich zu leuchten.

»Einer meiner Leute hat mich vorhin angerufen«, sagte Harper. »Mustapha Bey. Er ist Leiter meines Lagerhauses unten an der Harambee gegenüber vom Büro. Hat mir erzählt, was Sie getan haben. Ich wollte mich bei Ihnen bedanken.«

Andrew kaschierte einen leichten Anflug von Verärgerung mit einem Achselzucken. »Ich habe nur meine Arbeit getan, *Bwana* Harper.«

»Natürlich haben Sie das, da will ich keineswegs widersprechen. Trotzdem, wenn es ein anderer Bursche gewesen wäre, ein anderer *polisi*« – Polizist; die Europäer würzten ihr Englisch gern mit ein paar Brocken Suaheli – »tja, der hätte sich vielleicht zurückgezogen, nicht wahr, Sergeant? Hätte Leute zur Verstärkung gerufen, die dann mit ihren *bundikis* herumgewedelt hätten, was?« Gewehre. »Hinterher wäre das Büro garantiert ein ziemlicher Saustall gewesen. Nehmen Sie's mir nicht übel, aber ich habe ein paar *polisi* schießen sehen. Teuflisch.« Er lächelte gütig. »Ausnahmen gibt es natürlich überall.«

Andrew, der sich mit einer Schusswaffe ziemlich unwohl fühlte und selbst ein teuflisch schlechter Schütze war, erwiderte das Lächeln.

»Auf jeden Fall respektiere ich einen Mann – ob er schwarz oder weiß ist, spielt dabei keine Rolle –, der Mut hat. Das Mindeste, was ich tun konnte, war, Sie für ein paar Worte des Danks hereinzubitten.«

Offensichtlich wurde von Andrew Dankbarkeit für die großmütige Einladung erwartet. »Sehr freundlich von Ihnen, *Bwana* Harper.«

Harper strahlte. »Doch nicht dafür, kein Problem. Ah, da kommt der Tee. Sahne, Sergeant? Zucker? Gut, danke, Hannibal.«

Als er Andrew Tasse und Untertasse reichte, sagte Harper: »Bin heute nicht ins Büro gegangen, aber das wissen Sie natürlich. Magenbeschwerden. Gar nicht auszudenken, wenn ich da gewesen wäre!« Er grinste. »Diese riesige Somali-Puppe mit 'nem *panga* – meine alte Pumpe hätte wohl schlapp gemacht.« Er klopfte sich aufs Herz. »Alles nicht mehr so wie früher.«

Andrew wusste, dass Robert Harper eine *panga*-schwingende Saroya in Stücke hätte reißen können. Was sollte das Geschwätz?

»Trotzdem komisch«, sagte Harper, schlürfte einen Schluck Tee und runzelte die Stirn. »Was meinen Sie, warum hat sie das getan?«

Ah. Natürlich. Andrew sollte ausgehorcht werden. Er lächelte. »Offenbar ist sie der Auffassung, Sie hätten ihren Verlobten umgebracht.«

Harper lachte, schien wirklich amüsiert zu sein. »Meinen Sie Grover? Diesen verrückten Amerikaner?«

Andrew nickte und trank einen Schluck Tee. »Ist es wahr, dass er Sie letzte Woche im Alladin Hotel des Elfenbeinschmuggels bezichtigt hat?«

Für den Bruchteil einer Sekunde verengten sich Harpers blaue Augen. Doch schon im nächsten Moment kehrte seine herzliche Raubeinigkeit zurück. »Komische Sache, was?«, sagte er grinsend. »Mut kann man dem Burschen wirklich nicht absprechen. Das vor allen Leuten zu sagen. Ich muss zugeben, dass er mich damit überrascht hat.« Er trank einen Schluck Tee. »Gestern war ich allerdings den ganzen Tag zu Hause. Wie habe ich ihn denn umgebracht?«

Andrew fand dieses Spiel mit Zug und Gegenzug hinter der Deckung ihrer Teetassen hervor, überaus angenehm und zivilisiert. »Sie meint, Sie hätten einen *mwanga* beauftragt, einen Zauberer, ihn mit einem Fluch zu belegen.«

»Ein Zauberer, so so.« Harper gluckste. »Tut mir Leid, da kann ich Ihnen nicht weiterhelfen. Ich kenne keine Zauberer. Ziehe Rechtsanwälte vor. Sind auf die Dauer viel tödlicher. Ich habe mich auch tatsächlich am Tag nach dieser Begebenheit mit meinem in Verbindung gesetzt. Sollte eine kolossale Verleumdungsklage vorbereiten. Ich hätte diesen Grover bis auf den letzten Cent ausgequetscht.« Er zuckte die Achseln und lächelte bedauernd. »Das hat sich jetzt natürlich erledigt. Armer Teufel.«

Andrew fragte: »Fällt Ihnen irgendeine Erklärung dafür ein, warum er im Wasser verschwunden sein könnte?«

»Wirklich mysteriös, was?« Er schlug die Beine unter seinem *kanga* übereinander. »Offenbar war bei dem Kerl einfach eine Schraube locker – wenn Sie mich fragen, war der von vornherein nicht sehr robust. Ist dann da unten wohl einfach ausgerastet, hat die Sauerstoffflasche abgeschnallt, eine kräftige Lunge voll Wasser eingeatmet, und das war's.«

»Sie glauben also, es war eine Art Selbstmord.«

Harper nickte. »Würd ich sagen. Aber wer weiß.« Er lächelte. »Vielleicht ist es ja auch eine Kriegslist? Vielleicht wollte er nur von seiner *kahaba*« – Hure – »wegkommen. Hat sich ein U-Boot vor die Küste bestellt und ist ab nach Amerika.«

Andrew lächelte. »Können Sie sich erklären, warum er Sie des Elfenbeinschmuggels bezichtigen sollte?«

»Reine Bosheit, nehme ich an.«

»Warum?«

»Er ist vor gut einer Woche bei mir gewesen. Hat gefragt, ob ich ihm ein Interview gebe, über das Handelsabkommen mit den Saudis – die Wiederauferstehung Afrikas – oder so etwas. Hat behauptet, er hätte Verbindungen zu Newsweek, dem amerikanischen Nachrichtenmagazin. Habe ihm zugesagt – wieso auch nicht? –, meinen Assistenten aber noch mal bei Newsweek nachfragen lassen. Die hatten nie von ihm gehört. Das Interview habe ich dann natürlich abgeblasen.«

»War er verärgert?«

Harper lächelte. »Es ist nicht spurlos an ihm vorbeigegangen. Meinte, wenn ich ihm das Interview gegeben hätte, wäre er es problemlos bei Newsweek losgeworden.«

»Vielleicht stimmte das.«

»Das spielt aber keine Rolle, oder? Der Mann hat mich von Angesicht zu Angesicht belogen. Kaum vorstellbar, was er da auf dem Papier alles hätte tun können.«

»Und der Zwischenfall im Alladin Hotel passierte kurz darauf?«

»Zwei Tage später.«

»Aber Sie haben keine Ahnung, warum er Ihnen vorgeworfen hat, am Elfenbeinschmuggel beteiligt zu sein?«

»Nicht die geringste.« Harper lächelte. »Außer, wie ich schon sagte, dass er völlig durchgedreht ist.«

»Könnte er etwas entdeckt haben, das ihn, natürlich irrtümlicherweise, auf den Gedanken gebracht hat, dass Sie etwas damit zu tun haben?«

Harpers Lächeln verschwand langsam. Einen Augenblick lang sah er Andrew in die Augen. Schließlich sagte er: »Sie sind Giriama, nicht wahr, Sergeant?«

Andrew runzelte verwirrt die Stirn. »Ja.«

»Hab ich mir gedacht. Im Allgemeinen seh ich das. Die meisten Polizisten sind Kikuyu. Bereitet Ihnen die Rivalität zwischen den Stämmen viele Probleme?«

»Nein«, log Andrew. Das ging Harper nichts an.

»Hm. Offenbar ein kluges Bürschchen, sprachgewandt. Sie haben eine ordentliche Ausbildung erhalten. Sind wohl ein paar Jahre auf der Universität gewesen? Stipendium?«

Andrew nickte und fragte sich, worauf das hinauslaufen sollte.

»Mussten aber früher abgehen, was? Probleme in der Familie?«

Andrew fühlte sich, als würde er ausgezogen werden. »Ja«, sagte er.

»Ich kann mir nicht vorstellen, dass Sie einer von diesen verträumten Typen sind, denen die Unterlippe zu zittern anfängt, sobald sie an die armen *watembo* denken.« Elefanten.

»Nein«, sagte Andrew. »Aber natürlich ist der Handel mit Elfenbein verboten.«

Harper lächelte abwesend und stellte Tasse und Untertasse vorsichtig auf den Tisch. »Hören wir doch mit dem Schattenboxen auf.« Die Karikatur des Kolonialisten, die Raubeinigkeit und die Großspurigkeit waren wie weggeblasen. »Ein Mann ist auf mysteriöse Weise verschwunden, ein Mann, der mich, wie Sie wissen, letzte Woche verleumdet hat. Als Polizist wollen Sie wissen, ob eine Verbindung zwischen diesen beiden Ereignissen besteht. Vollkommen zu Recht. Und vollkommen zu Recht haben Sie mir Ihre Fragen gestellt. Ich habe sie beantwortet.« Er beugte sich vor und senkte die Stimme. »Aber wag es nicht, mich unter Druck zu setzen, Boy.«

Andrew erstarrte.

»Du sprichst nicht mit einer billigen somalischen Nutte. Du hast jetzt dreimal nach dem Elfenbeinschmuggel gefragt. Wenn du irgendwelche Beweise dafür hast, dass ich etwas damit zu tun habe, dann nimm mich fest. Wenn nicht, dann sieh zu, dass du von meinem Grundstück kommst.«

Vor Wut und Scham wie betäubt stand Andrew auf.

Harper lehnte sich auf seinem Stuhl zurück und setzte wieder sein gütiges Lächen auf. »Möchten Sie noch etwas sagen? Nein? In diesem Fall darf ich sicher davon ausgehen, dass Sie allein hinausfinden.«

»Ich weiß es nicht«, sagte Saroya gleichgültig. »Er hat mir die Bilder nicht gezeigt.«

Sie saß mit hängenden Schultern und schweißnassem Gesicht auf der schmalen Pritsche und wirkte abgezehrt und niedergeschlagen. Die Luft in der düsteren Zelle war heiß und stickig.

»Aber warum dachten Sie, dass es Bilder von *Bwana* Harper waren?«, fragte Andrew. Er saß auf einem Holzschemel und beugte sich zu ihr vor. Saroya zuckte die Achseln. »Jeder weiß, dass *Bwana* Harper Elfenbein schmuggelt.« Ihr Stolz, ihr Mut hatte sie verlassen. Eingesperrte Somalis verkümmern und gehen ein.

Trotzdem gelang es ihm nicht, seinen Zorn zu unterdrücken: »Wissen, ja, aber was ist mit den Bildern?«

Sie starrte ihn an.

Ruhig, schließlich soll sie nicht völlig dichtmachen.

»Okay«, sagte er. »Wo sind sie jetzt?«

»Im Haus. Als er zurückgekommen ist, hat er den Film aus der Kamera genommen und die Bilder entwickelt.«

»Sind sie noch da?«

Sie nickte. »In einer Metallkassette unterm Bett.«

»Aha. Und die Haustür ist nicht abgeschlossen.«

Saroya nickte.

»Ausgezeichnet.« Bisher hatte noch niemand offiziell festgehalten, dass ein Verbrechen begangen worden war – und zum Betreten eines verschlossenen Gebäudes hätte die Polizei einen Durchsuchungsbefehl gebraucht. Andrew ließ Saroya allein, schnappte sich Constable Kobari, der in der Funkzentrale einen konfiszierten *Playboy* durchblätterte, und schickte ihn zum Haus des Amerikaners, um die Kassette sicherzustellen. Dann ging er zu Saroya zurück.

»An welchem Tag«, fragte er und setzte sich wieder auf den Schemel, »hat der Fotograf die Bilder gemacht?«

»Vor drei Tagen.« Freitag.

»Aha. Also nachdem er *Bwana* Harper beschuldigt hatte.«

Sie nickte.

»Und wissen Sie, wo er sie gemacht hat?«

Saroya verzog das Gesicht. »Warum belästigen Sie mich mit diesen Fragen?«

»Wenn *Bwana* Harper Ihren Mann umgebracht hat, wollen Sie dann nicht, dass er bestraft wird?«

Sie hob den Kopf, und ein wenig von ihrer früheren Aufsässigkeit kehrte zurück. »Ich werde ihn bestrafen.«

»Das glaube ich nicht«, sagte Andrew. »Sie bleiben hier, bis der Richter Ihren Fall gehört hat. Und denken Sie daran, dass meine Aussage ihm helfen wird, zu einer Entscheidung zu kommen.«

Saroya verzog das Gesicht.

»Also«, sagte er. »Reden Sie. Wo hat er die Fotos gemacht?«

Erst dachte er, sie würde nicht antworten. Schließlich wandte sie ihren Blick ab und ließ die Schultern wieder hängen. »In Gedi.« Die alte verlassene Arabersiedlung, zehn Kilometer südlich.

»Wollte er die Ruinen fotografieren?« Amerikaner waren ganz wild auf Trümmer.

Sie schüttelte den Kopf. »Die Fische. Unterwasserbilder.«

»Ist er hingefahren?«

»Nein. Er hat sich im Hafen bei Sayyid Khan ein Boot gemietet.«

»Und als er zurückkam, waren Sie zu Hause?«

Sie nickte.

»Was hat er über die Fotos gesagt? Hat er irgendwelche Namen genannt?«

»Nein, keine Namen. Aber er war sehr glücklich. Er hat gelacht. Er hat gesagt, dass das Geschäft mit dem Elfenbein uns bald viel Geld einbringt. Das Geschäft mit dem Elfenbein und seine Fotos.«

»Haben Sie ihn gefragt, wie?«

»Ja, aber er hat nur gesagt, ich soll mir keine Sorgen machen.«

Hätte sich selbst ein paar Sorgen mehr machen sollen. »Wusste der Amerikaner, dass *Bwana* Harper eine Verleumdungsklage gegen ihn anstrengen wollte?«

»Was?«

Andrew erklärte es ihr. Sie hatte nichts davon gehört.

»Hatte er Finanzprobleme? Brauchte er Geld?«

»Er hatte etwas Geld von seiner Familie in Amerika. Aber nicht viel.« Entschuldigend fügte sie hinzu: »Die

Leute, denen die Bücher und Zeitungen in Amerika gehören, mochten ihn nicht, weil er zu ehrlich war.«

Andrew nickte, wusste aber, dass man ihm Unsinn auftischte. Komisch mit diesen Prostituierten. Ihr Leben lang nahmen sie wohlhabende Männer aus, und dann verliebten sie sich in Schwindler, bei denen nichts zu holen war.

»In Ordnung«, sagte er. »Erzählen Sie mir, was gestern Morgen vor dem Tauchen passiert ist.«

Laut Saroya war der Amerikaner wie üblich um sieben Uhr morgens aufgewacht. Sie hatte ihm Frühstück gemacht – nur etwas Tee und Toast. Er aß nie viel vor einem Tauchgang –, dann hatte der Mann sich Tee abgefüllt, Thermoskanne, Kamera und Tauchausrüstung in einen großen Sack gepackt und den Sack, nur mit der Badehose bekleidet, zum Strand hinuntergetragen.

»Das Haus hatte er von *Bwana* Freeman gemietet?« Andrew kannte das Haus. Saroya nickte. »Von diesem Haus aus kann man aufs Meer hinunterblicken, nicht wahr?«

»Ja. Ich habe ihn von der Veranda aus beobachtet.«

»Die ganze Zeit?« Sie nickte. »Und was haben Sie gesehen?«

Sie zuckte die Achseln. Am Strand hatte der Journalist die Tauchausrüstung aus dem Sack geholt, sie angelegt und war ins Wasser gegangen. Er war nicht wieder zurückgekommen.

»War sonst noch jemand im Wasser?« Sie schüttelte den Kopf. »Waren Boote in der Nähe? Oder weiter draußen, hinter dem Riff?«

»Nein.« Sie sah ihn an. »Das habe ich alles dem anderen *polisi* gesagt, Sergeant Oto, der den Fall untersucht hat.«

»Haben Sie ihm von *Bwana* Harper erzählt, oder von den Bildern?«

»Nein, ich wollte das Schwein selbst umbringen.« Sie musterte Andrew mit blitzenden Augen. »Und wenn Sie nicht gewesen wären, hätte ich das auch getan.«

»Sie vergessen«, sagte Andrew, »dass er nicht da war. Sagen Sie, wie lange haben Sie aufs Meer geschaut, bis Sie angefangen haben, sich Sorgen zu machen?«

Der Amerikaner hatte ihr erklärt, dass er mit der Luft in der Sauerstoffflasche nur eine Stunde unter Wasser schwimmen konnte. Als sie ihn nach einer Stunde nicht wieder entdeckt hatte, war sie zum französischen Nachbarn gegangen, der auch Taucher war. Er hatte die Polizei alarmiert und sich auf die Suche nach dem Mann gemacht. Saroya hatte das alles zusammen mit der englischen Freundin des Franzosen, einer Mrs. Johnson, beobachtet. Die hatte mit typischer distanzierter englischer Freundlichkeit – je steifer, desto glaubwürdiger – versucht, sie zu trösten.

»Halten Sie es für möglich«, fragte Andrew Saroya, »dass der Amerikaner sich selbst umgebracht hat?«

Sie blickte plötzlich auf. »Nein. Wir waren glücklich.«

»Trotzdem haben Sie gesagt, dass er kein Geld hatte.«

»Aber wir würden welches bekommen. Hat er zu mir gesagt.«

In diesem Augenblick rief ein Aufseher seinen Namen. Ein Anruf.

Constable Kobari rief aus dem Haus des Amerikaners an. Die Metallkassette unter dem Bett war aufgebrochen. Sie war leer.

Nachdem Andrew die Leute von der Spurensicherung zum Haus des Journalisten geschickt hatte, machte er sich auf die Suche nach Sergeant Oto. Er entdeckte ihn in dem kleinen, nach Curry duftenden, indischen Restaurant neben der Wache, wo er eine Tasse Kaffee mit Kardamom trank. Der muskulöse Kikuyu, der seit über zwanzig Jahren bei der Polizei war, hatte schon lange kein Interesse mehr an den *Wazungu* – Europäer, einschließlich Amerikaner. Nach seiner Überzeugung waren die sowieso alle verrückt. Er war gerne bereit, Andrew alles, was er wusste, zu erzählen. Das war zwar nicht viel, aber immerhin hatte er eine Theorie über das Wie und das Warum des Verschwindens des Amerikaners entwickelt.

»Er war beim CIA«, sagte er mit der trägen, unerschütterlichen Sicherheit eines Mannes, der kurz vor der Pensionierung stand.

»CIA?«, sagte Andrew überrascht. »Woher wissen Sie das?«

»Alle Amerikaner sind beim CIA«, sagte Oto und trank einen Schluck Kaffee.

»Ah«, erwiderte Andrew und nippte an seinem Kaffee. Und alle Kikuyus sind Idioten.

»Sie geben sich als Journalisten aus, damit sie Bilder von Truppenbewegungen machen können, die sie dann an ihren Präsidenten in Washington schicken.«

»In der Stadt gibt es seit fünfzehn Jahren keine Truppenbewegungen mehr«, wandte Andrew ein.

»Genau«, sagte Oto und nickte mit seinem großen Kopf. »Und anhand der Bilder erkennt der amerikanische Präsident jetzt, dass hier alles friedlich ist, und schickt keine Invasionsstreitkräfte.« Er runzelte die Stirn. »Hat man Ihnen das auf der Universität nicht beigebracht?«

Andrew lächelte. »Bedauerlicherweise nicht.«

Oto grunzte. »Tja, so laufen diese Sachen eben. Und gestern ist der CIA-Journalist zu einem U-Boot rausgeschwommen, das ihn nach Washington bringt.«

Das war Andrews zweites U-Boot heute. Vielleicht sollte jemand die Marine benachrichtigen.

»Hätten Sie etwas dagegen«, sagte Andrew, »wenn ich ein paar der in diesen Fall verwickelten Personen befrage? Ich arbeite an einem anderen Fall, der eventuell damit in Verbindung stehen könnte.«

»Die Hure des Amerikaners? Ha. Den Fall würde ich auch gern bearbeiten.« Er trank einen Schluck Kaffee, zuckte die Achseln. »Nein, ich habe nichts dagegen. Der Amerikaner ist mit seinem U-Boot bald in Washington. Aber falls Sie noch etwas herauskriegen, kommt das natürlich in meinen Bericht.«

»Selbstverständlich«, sagte Andrew. Etwas anderes hatte er nicht erwartet.

»Die Sauerstoffflasche und dieser Fotoapparat«, sagte Marcel Dirot, der Franzose, »sinken auf den Meeresboden. Wenn die Flasche leer wäre, würde sie schwimmen. Das ist konstruktionsbedingt.«

Andrew und Dirot saßen auf der schattigen Veranda der Bar des Alladin Hotels. Constable Kobari unterhielt sich drinnen mit dem Barkeeper über Autos. Zwischen den Pinien hindurch sah (und hörte) Andrew die Touristen, die sich am großen aquamarinfarbenen Pool betranken. Der Indische Ozean war nur zwanzig Meter entfernt, aber sie zogen es vor, im eigenen Saft zu plantschen. Erstaunlich.

»Und was ist mit einer Leiche?«, fragte Andrew.

Dirot zuckte die Achseln. Nach Andrews – geringer – Erfahrung zuckten Franzosen ständig die Achseln. »Das hängt davon ab, wie viel Wasser in die Lunge eingedrungen ist. Mit viel Wasser in der Lunge würde sie sinken, allerdings ziemlich langsam. Mit wenig Wasser könnte der Auftrieb sie in der Schwebe halten, und sie würde mit Tide und Strömung treiben.«

Dirot nahm einen kräftigen Schluck Tusker Lager. Er war ungefähr fünfzig Jahre alt, klein, muskulös und hatte eine dunkelbraune, lederartige Haut. Seine Kleidung war weiß: Hemd, Shorts, Socken und Schuhe. Er lebte seit fünfzehn Jahren in der Stadt, hatte früher, als die Jagd noch erlaubt war, als Jäger und Safari-Führer gearbeitet und besaß jetzt einen Boots-Charter-Service: Marlin-Angeltouren für Touristen. Es ging ihm nicht schlecht. An den wenigen Tagen, an denen niemand fischen wollte, unterrichtete er Touristinnen in Yoga-Stellungen – und, wenn man den Gerüchten Glauben schenkte, auch in einigen anderen. (Andrew hatte manchmal den Eindruck, dass die ganze Stadt ständig wie ein angespanntes Raubtier auf der Lauer nach Touristinnen lag.)

»Wir reden jetzt«, vergewisserte Andrew sich, »über eine Leiche ohne Sauerstoffflasche.«

»Ja, natürlich. Mit der vollen Flasche und etwas Wasser in der Lunge würde die Leiche sinken.«

»Wenn also jemand *Bwana* Grover umgebracht hat und nicht wollte, dass die Leiche gefunden wird, wäre es demnach klug gewesen, ihm die Sauerstoffflasche abzunehmen, nicht wahr?« Die Riemen waren nicht zerschnitten oder anderweitig zerstört. Bevor er losgefahren war, hatte Andrew sich auf der Wache die Sauerstoffflasche, den Fotoapparat und die jetzt leere Thermoskanne angesehen;

die Leute von der Spurensicherung hatten den Inhalt untersucht und wahrscheinlich den Rest ausgetrunken.

»Ja«, sagte Dirot gelangweilt. »Natürlich.«

»Haben Sie das Sergeant Oto erklärt?«

Dirots verzog das Gesicht, eine kurze Bewegung der Augenbrauen und Mundwinkel, eine Art mimisches Achselzucken: »Er hat doch überhaupt nicht danach gefragt.«

Typisch Oto.

Andrew sagte: »Die Anzeige oben an der Sauerstoffflasche zeigte an, dass sie drei viertel voll war. Heißt das, dass *Bwana* Grover sie nur fünfzehn Minuten lang benutzt hat?«

»Wenn sie vorher ganz voll war, schon. Auf keinen Fall länger als fünfzehn Minuten.«

»Und wie war die Tide gestern Vormittag?«

»Das Wasser lief ab. Wenn er, wie Sie sagen, umgebracht wurde, ist seine Leiche aufs offene Meer hinausgetrieben und dort von den Haien gefressen worden.«

»Ah, ja«, sagte Andrew. Die Haie hatte er völlig vergessen. Er warf einen Blick auf die Touristen im Pool. Vielleicht waren sie doch nicht so dumm. Wieder an den Franzosen gewandt, sagte er: »Haben Sie gesehen, wie *Bwana* Grover ins Wasser gegangen ist?«

Dirot nickte und trank einen Schluck Bier.

»Und wo waren Sie?«

»Auf der Veranda, mit einer Freundin.«

»Aber sonst haben Sie niemanden im Wasser gesehen? Es war auch kein Boot draußen?«

»Nein.«

»Und Sie sind auf der Veranda geblieben, bis Saroya zu Ihnen kam?«

»Ja, aber wie Sie sich sicher vorstellen können, habe ich nicht die ganze Zeit aufs Meer geschaut.«

»Natürlich.« Zweifellos hatte er der guten Mrs. Johnson Yoga-Stellungen beigebracht. »Wäre es möglich, dass jemand mit einem Messer oder einer Harpune auf *Bwana* Grover gewartet hat?«

»Natürlich«, sagte Dirot. »Solange er genug Luft hatte. Das Wasser ist flach, und er hätte kaum Zeit für die Dekompression gebraucht.«

Andrew bat um eine Erklärung über Art und Dauer der Dekompression und bekam sie.

»Wer wusste, dass *Bwana* Grover dort gestern Morgen zum Tauchen gehen würde?«

Dirot zuckte die Achseln. »Jeder. Er ist dort jeden Sonntagmorgen tauchen gegangen.«

»Aha«, sagte Andrew betrübt.

Dirot zuckte noch einmal die Achseln.

»War er ein erfahrener Taucher?«

»Ich bin nur zweimal mit ihm getaucht. Er war« – Dirot drehte ein wenig abwägend die Hand – »ganz ordentlich.«

»Ich habe von so einer Sache gehört, die Tauchern manchmal passiert. Sie geraten in eine Art Rausch und wissen nicht mehr, was sie tun.«

Dirot nickte. »Tiefenrausch.«

»Könnte *Bwana* Grover das zugestoßen sein?«

»Das kann jedem passieren. Aber nicht hier. Das Wasser ist zu flach.«

Eine befriedigende Antwort, die eine Möglichkeit ausschloss, die Andrew ausschließen wollte. »Wurden der Fotoapparat und die Sauerstoffflasche an derselben Stelle gefunden?«

»Nein. Zuerst habe ich die Kamera gefunden. Abdulla, einer der anderen Taucher, hat die Flasche gut fünfzig Meter weiter draußen entdeckt.«

»Seltsam«, sagte Andrew. Und dann: »Abdullah?«

»Abdullah Selim. Saroyas Bruder.«

Andrew verstummte.

»Wie läuft das mit dem Elfenbeinhandel?«, fragte Mary. Sie lag neben ihm auf dem Bett, stützte sich auf die Ellenbogen und sah ihn an. Andrew hatte die Hände hinter dem Kopf verschränkt. Das kleine Schlafzimmer zitterte im sanft flackernden Licht der Nachttischkerze.

Andrew zuckte die Achseln. Er wusste selbst herzlich wenig über Elfenbeinschmuggel. »Der größte Teil ist in festen Händen. Wenn ich das richtig verstanden habe, gibt es zwar noch ein paar unabhängige Wilderer, die Stoßzähne an arabische Händler verkaufen. Sie fahren mit kleinen Booten zu den wartenden Daus. Aber das meiste liegt in den Händen von großen Organisationen. Wilderer-Teams jagen in den Naturschutzgebieten, bringen das Elfenbein dann zu vorher abgesprochenen, häufig wechselnden Sammelpunkten. Sie verstecken es zwischen landwirtschaftlichen Produkten – Mais, Kaffee oder Mangrovenstangen – und transportieren es mit LKWs an die Küste, wo es auf Handelsschiffe verladen wird.«

»Arabische Handelsschiffe?«

»Soweit ich weiß, ja.«

»Robert Harper hätte also durchaus die Möglichkeit, sich daran zu beteiligen.«

»Für ihn wäre es überhaupt kein Problem. Er verkauft landwirtschaftliche Produkte, er besitzt Ausfuhrlizenzen, und er kennt die Araber.«

»Und der Amerikaner? Was hat er deiner Meinung nach in Gedi gesehen? Eine Elfenbeinlieferung? Und dass Robert Harper beteiligt war?«

»Nicht unbedingt in Gedi. Irgendwo zwischen hier und Gedi. Ja, doch, ich glaube, das hat er. Und er hat es fotografiert. Und wahrscheinlich hat er versucht, Robert Harper zu erpressen. Sonst ergäbe es keinen Sinn, dass die Fotos verschwunden sind.«

»Aber inzwischen bist du nicht mehr sicher, ob Robert Harper den Mann umgebracht hat.«

Er schüttelte missmutig den Kopf. »Ich wusste nicht, dass Abdullah mit Sauerstoffflaschen umgehen kann. Wenn er glaubte, dass Saroya den Amerikaner wirklich heiratet, könnte er ihn umgebracht haben, weil er Angst um sein Zusatzeinkommen hat. Er hätte genug Zeit gehabt, wegzuschwimmen, unbemerkt aufzutauchen und zum Haus zu gehen, bevor der Franzose ihn bat, bei der Suche nach der Leiche zu helfen.«

Mary lächelte. Sie kannte Andrew schon, seit sie gemeinsam auf der Missionsschule gewesen waren. »Du verdächtigst Abdullah nur, weil er Somali ist.«

Andrew rümpfte die Nase. »Ich verdächtige alle Somalis. Wenn ich wüsste, dass Saroya mit Sauerstoffflaschen tauchen kann, würde ich auch sie verdächtigen.«

»Und warum sollte Saroya ihn umbringen?« Amüsiert.

»Somalis sind stur. Sie intrigieren, wo sie nur können.«

Sie lachte. »Ist das Teil deiner berühmten wissenschaftlichen Ausbildung von der Universität?«

Er sah sie an. Auch nach der Geburt zweier Kinder hatte sie noch keine Falten im Gesicht und den Körper einer jungen Frau. Er lächelte. »Du machst dich über mich lustig, Weib.«

»Der Franzose hat gesagt, dass Abdullah keine eigene Sauerstoffflasche hat. Das hast du mir gerade erzählt. Für die Suche hat er die des Franzosen benutzt. Wie hätte er also unter Wasser auf den Amerikaner warten sollen?«

»Der Franzose hat, auch gesagt, dass Robert Harper keine Sauerstoffflasche hat.«

Sie gähnte. Es wurde spät. »Entscheide dich«, sagte sie. »Wen hättest du gerne als Schuldigen? Robert Harper, weil er dich Boy genannt hat, oder Abdullah, weil er Somali ist?«

Andrew runzelte die Stirn. »Ich kann mir immer noch nicht vorstellen, dass Robert Harper selbst dem Amerikaner unter Wasser aufgelauert hat. Vielleicht hat er eine Sauerstoffflasche gekauft und Abdullah beauftragt, die Sache für ihn zu erledigen. Schließlich findet man kaum einen besseren Mörder als jemand, der das Opfer selbst gern tot sehen würde.«

Mary rollte zur Seite und gähnte wieder. »Wenn du noch ein bisschen darüber nachdenkst, gelingt es dir vielleicht, jeden, der dir auf die Nerven geht, an dieser Verschwörung zu beteiligen.«

Andrew lächelte. »Dich eingeschlossen?«

Schläfrig erwiderte sie sein Lächeln. »Vielleicht hat Robert Harper niemanden beauftragt.«

»Was meinst du damit?«

»Du sagst, er ist nicht dumm. Aber wäre es nicht dumm von ihm, jemanden an einer solchen Sache zu beteiligen? Abdullah oder seinesgleichen als Mitwisser zu haben?«

»Ja ... vielleicht. Worauf willst du hinaus?«

»Diese Krankheit, die Taucher manchmal bekommen.« Sie schloss die Augen. »Sie werden verrückt, oder?«

»Das ist keine Krankheit. Es liegt am Stickstoff im Blut. Und es passiert nur im tiefen Wasser.«

»Schon, aber vielleicht gibt es ja eine chemische Substanz, von der man ebenso verrückt wird. Oder sogar noch schlimmer. Und vielleicht hat Robert Harper diese Substanz –« Sie gähnte.

»In die Sauerstoffflasche getan«, sagte Andrew und richtete sich auf.

»Die Idee hatte der Chef auch schon«, sagte Sergeant Oto, dem sie offenbar nicht in den Sinn gekommen war und der daher auch nicht viel davon hielt. Er hatte es sich bequem gemacht und die Füße auf den Holzschreibtisch gelegt, was er niemals gewagt hätte, wenn der Polizeichef nicht wenigstens in Nairobi war. »Die Spurensicherung musste gestern ein paar Ballons mit der Luft aus der Flasche füllen und sie ins Labor nach Mombasa schicken. Mit dem Flugzeug.«

»Und?«, fragte Andrew.

»Und *kapana kitu*.« Nichts. »Sie haben heute Morgen angerufen. In den Ballons war Luft.«

»Weiter nichts?«

»Weiter nichts.«

»Oh«, sagte Andrew ernüchtert, als hätte man die Luft aus ihm herausgelassen wie aus einem Ballon.

»Es war ein U-Boot«, sagte Sergeant Oto.

»Und was war mit der Thermoskanne, die der Amerikaner dabeihatte? Haben sie da auch nichts gefunden?«

»Nein. Nur ein bisschen Meerwasser.«

Andrew nickte, wandte sich ab und ging davon. Und blieb plötzlich stehen. Langsam und mit gerunzelter Stirn drehte er sich wieder zu Oto um. »Meerwasser?«

Andrew sprach noch einmal mit Saroya. Sie blieb dabei, dass die Thermoskanne fast randvoll mit Tee gewesen war, als der Amerikaner zum Strand ging. Außerdem erzählte sie ihm, dass sie nie Tee trank und dass der Amerikaner eine so große Abneigung gegen ihren Bruder empfunden hatte, dass dieser das Haus nicht betreten durfte. Andrew und Constable Kobari fuhren zu dem Haus, das der Amerikaner gemietet hatte. In der Metalldose, in der einmal die Teeblätter gewesen waren, war jetzt – was inzwischen keinen mehr überraschen konnte – *kapana kitu*.

Auf dem Rückweg durch die Stadt brachten sie die Teedose auf der Wache vorbei. Sie fuhren weiter zum Hafen, wo Andrew neben ein paar anderen Leuten auch Sayyid Khan einige Fragen stellte, von dem sich der Amerikaner das Boot für die Fahrt nach Gedi geliehen hatte. Dann ließen sie den Wagen stehen, gingen zu Fuß die Uhuru Avenue entlang und befragten weitere Leute. Im Hotel Roc sprach Andrew mit Mrs. Johnson, die neue Fakten für ihn hatte. Jetzt musste er nur noch eines erledigen.

Die Tünche auf Abraham Oleges Hütte war matt und grau. Vom zerfurchten Metalldach war rostdurchsetztes Wasser heruntergelaufen und hatte Streifen auf der Wand hinterlassen, die wie getrocknetes Blut aussahen. Als Andrew auf den dunklen Eingang zuging, kam ein mageres Huhn heraus, sah ihn mit einem misstrauischen gelben Auge an, gackerte nachdenklich und stolzierte an der Wand entlang davon.

Andrew blieb an der Tür stehen und rief: »*Hodi*?« Darf ich eintreten?

Aus der Dunkelheit antwortete eine Stimme: »*Karibu.*« Kommen Sie herein.

Er trat ein. Im Licht, das durch die Gazevorhänge des einzigen Fensters ins Zimmer fiel, erkannte er den üblichen Lehmfußboden und einen Holztisch, einen kleinen Gasherd mit der roten Gasflasche, eine Spüle. An der Wand standen mehrere krumme Regale, in denen Hunderte von großen und kleinen Flaschen mit Kräutern, Pülverchen oder trüben, unbestimmbaren Flüssigkeiten aufgereiht waren. Es roch nach Kohl, Staub und undefinierbaren, leicht ekelerregenden Gewürzen.

Rechts neben den Regalen hing ein mattgelber Wachstuchvorhang. Dahinter sagte die Stimme: »Kommen Sie herein, Sergeant M'butu. Ich habe Sie erwartet.«

Hexen, Medizinmänner und besonders Zauberer waren immer ganz wild darauf, die Leute mit ihrer Allwissenheit oder ihren Vorhersagen zu beeindrucken. Andrew, der eigentlich nicht erwartet worden war, wäre viel perplexer gewesen, hätte er nicht gesehen, dass der alte Mann Kobari und ihn durch den Vorhang beobachtet hatte.

Er ging durchs Zimmer, schob das Wachstuch zur Seite und trat ein. Hier roch es noch intensiver nach den Gewürzen. Und nach Zigarettenqualm und altem Schweiß. Eine Kerze auf dem kleinen Holztisch war die einzige Lichtquelle. (Hochdramatisch, dachte Andrew abschätzig). Davor stand ein kleiner Holzstuhl, links ein rostiges, schmiedeeisernes Bettgestell mit einer schmalen Matratze ohne Laken. Darauf saß der alte Mann, die Beine ausgestreckt, den buckligen Rücken ans Kopfteil gelehnt.

Er war sehr alt und erinnerte Andrew an einen uralten Affen: klein, runzlig und grau. Seine hagere Brust war nackt, die verschrumpelten Brüste hingen auf den eingefallen Bauch herab. Er trug eine schmutzig graue, an der

Wade ausgefranste Pumphose und darunter ein überraschend neues und makellos sauberes Paar kobaltblauer
amerikanischer Joggingschuhe. Er hatte eine brennende
Zigarette in der Hand und einen großen Flaschendeckel
auf dem Schoß liegen, der vermutlich als Aschenbecher
diente.

»Welch eine Ehre für mich, Sergeant«, sagte der alte
Mann und lächelte, als amüsiere ihn der Gedanke.
»Möchten Sie mir mit diesem Höflichkeitsbesuch die Ge-
legenheit geben, meine Schuld bei Ihnen zu begleichen?«

Andrew war dem Mann noch nie begegnet. Allerdings
hatte er seinen Enkel laufen lassen, obwohl es deutliche
Hinweise gab, dass der Junge mit einer Bande in Verbindung stand, die mehrere Läden in der Stadt überfallen
hatte. (Das hatte er Kobari auch erzählt, der aber dennoch nicht davon abzubringen gewesen war, wegzufah-
ren und in einem nahe gelegenen Café zu warten.)

Andrew nickte. »Ja, *M'zee*.« Diese den Älteren vorbe-
haltene Ehrenbezeichnung kam Andrew nur schwer über
die Lippen.

»Nehmen Sie Platz«, sagte der alte Mann. Andrew
setzte sich schweigend. Die Etikette gebot, dass er den
Grund seines Besuchs erst vorbrachte, wenn er gefragt
wurde.

»Wollen mal sehen«, sagte der alte Mann und schob
nachdenklich die Lippen über die zahnlosen Kiefer. Er
zog kräftig an seiner Zigarette und atmete beim Reden
aus, so dass er bei jedem Wort ein weißes Rauchwölkchen
hervorstieß. »Sie sind nicht wegen der Halsentzündung
Ihres Sohnes gekommen, denn die ist letzte Woche von
selbst abgeklungen. Vielleicht wegen Ihrer Frau? Deren
Kopfschmerzen?« Er legte den Kopf schief, sah Andrew

mit zusammengekniffenen Augen an, zog an seiner Zigarette, atmete aus und wedelte mit der Hand den Qualm beiseite. »Nein, nein, was bin ich doch für ein törichter alter Mann. Seit der asiatische Doktor ihr den Zahn gezogen hat, hat sie ja gar keine Kopfschmerzen mehr.«

Widerwillig musste Andrew sich eingestehen, dass er beeindruckt war. Nicht von Olefes Allwissenheit – der Klatsch hatte Halsentzündung und Kopfschmerzen stadtbekannt gemacht –, sondern vom Gedächtnis des alten Mannes.

»Also muss es um Sie selbst gehen«, sagte der Zauberer und zog an der Zigarette. »Sind Sie wegen Ihres Geistes hier?«

»Mein Geist?«, fragte Andrew.

Der alte Mann ließ den Unterkiefer herabsinken und brachte damit, nahezu überzeugend, seine Überraschung zum Ausdruck. »Das wussten Sie nicht? Oje.« Er drückte die Zigarette im Flaschendeckel aus. »Ja, Sergeant, ich versichere Ihnen, dass Sie einen Geist auf der Schulter haben, einen klugen Geist, einen Geist der Klugheit. Er begleitet Sie schon ziemlich lange, hat Ihnen wahrscheinlich sogar hier und da geholfen.« Mit einem verschwörerischen Lächeln beugte er sich vor. »Sie wissen doch, wie diese Geister sind. Sie sind ganz scharf darauf, unseren Stolz aufzublasen. Aber noch lieber, oje, Sergeant, noch lieber stechen sie hinterher ein Loch hinein. *Wuusch!*« Er gluckste. Die Soundeffekte machten ihm Spaß. »*Wuusch,* was?« Und Ihr Geist – ha, da reibt er sich die Hände und grinst wie ein Schakal –, ich fürchte, bald wird er Sie in eine große Katastrophe lotsen.« Er senkte die Stimme. »Nicht das Blut, aber die Schuld wird die Ihre sein.«

Eine gute Show, aber Andrew ließ sich nicht von seinem Vorhaben abbringen: »Nein, *M'zee*, ich bin nicht wegen des Geists gekommen.«

»Nein?« Mit verdrießlichem Stirnrunzeln nahm der alte Mann eine Schachtel Zigaretten von der Matratze, zog eine heraus und zündete sie mit einem Einwegfeuerzeug an. »Warum haben Sie meinem Enkel nicht einfach einen Stein auf den Kopf gehauen und ihn in den Fluss geworfen? Dieses greinende, jämmerliche kleine Scheusal. Man hätte ihn gleich bei der Geburt ertränken sollen – schon damals hatte ich seinen Vater gewarnt.« Er seufzte. »Also denn. Was wollen Sie?«

»*M'zee*, wie Sie zweifellos wissen, ist vor zwei Tagen ein Europäer beim Schwimmen unter Wasser verschwunden…« Andrew erzählte von der Sauerstoffflasche, dem Tee und der Thermoskanne. »Und Folgendes würde mich interessieren: Gibt es eine Chemikalie oder ein Kraut, das einen Menschen zu solch seltsamem Verhalten verleitet? Das ihn bewegt, sich des Geräts zu entledigen, das ihn am Leben erhält.«

Das Gesicht des alten Mannes nahm einen Ausdruck fassungsloser Unschuld an. »Sergeant, ich bin bloß ein armer Zauberer. Woher sollte ich eine so gefährliche Substanz kennen?«

Andrew nickte. »Normalerweise, *M'zee*, würde ich niemals auf den Gedanken kommen, einem Mann wie Ihnen diese Frage zu stellen. Mir ist bewusst, dass allein die Erwähnung einer solchen Substanz für jemanden mit ihrer edlen Gesinnung höchst unangenehm sein muss.«

Mit einem kurzen Nicken forderte der alte Mann Andrew auf, fortzufahren. Mit strahlender Miene paffte er seine Zigarette, lehnte sich zurück und legte die Joggingschuhe übereinander.

»Aber in Anbetracht Ihrer vielgerühmten Ehrfurcht vor dem Gesetz« – allmählich machte es auch Andrew Spaß – »ist mir der Gedanke gekommen, dass Sie sich vielleicht für einen kurzen Augenblick im Geist rückwärts durch Ihre grenzenlosen Erinnerungen bewegen und versuchen könnten, herauszubekommen, ob Sie jemals von einer solchen Substanz gehört haben, die den von mir beschriebenen Effekt hervorrufen würde.

»Ja, ja«, nickte der alte Mann glückselig. »Ich glaube, ich verstehe, was Sie meinen. Sie wollen, dass ich durch das Land des Vielleicht wandere?«

Andrew nickte. »Ihre Worte drücken genau das aus, was ich meine, *M'zee.*«

»Ah, Sergeant«, sagte der alte Mann, »ihr kluger kleiner Geist hüpft vor Freude von einer Schulter zur anderen.« Er gluckste. »Ja, doch, selbstverständlich. Ich freue mich, der Polizei, vor der ich so großen Respekt habe, helfen zu können, indem ich mich mit Ihnen auf diese Wanderung begebe.«

Er lehnte sich zurück, zog an seiner Zigarette, und starrte mit verträumtem Blick zur Decke. Andrew wartete. Draußen brummte ein Motorrad vorbei.

Immer noch nach oben schauend, sagte der alte Mann schließlich: »Wissen Sie, Sergeant, jetzt, wo wir gemeinsam hier entlangwandern, fällt mir auf, dass diese Gauner, die diese giftigen Substanzen herstellen, womöglich gar nicht so verwerflich sind. Denkt man nur einmal daran, dass die Hühner eines Mannes durch einen feindlichen Zauber umgekommen sind und es keinen wirksamen Gegenzauber gibt, wäre dann die Person, die die Mittel der Rache zur Verfügung stellt – also diese Substanzen herstellt –, nicht ein guter und mitfühlender Mensch?«

»Das ist eine komplexe, moralische Frage«, erwiderte Andrew vorsichtig. »Aber welche Substanz würde dieser gute und mitfühlende Mensch für jemanden herstellen, der unter Wasser schwimmt?«

Der alte Mann sah Andrew lächelnd an. »*Datura.*«

Andrew hatte davon gehört – alle Kinder des Ortes hatte man vor den weißen Blüten des Stechapfels gewarnt – allerdings sollte es sich dabei um ein tödliches Gift handeln. »Warum Datura?«

»Ich habe natürlich nur sehr vage Erinnerungen an so schändliche Dinge, aber soweit ich mich entsinne, verleihen die Samen der Pflanze, richtig zubereitet, getrocknet und zu Pulver zerrieben, Wasser nur einen ganz leicht bitteren Nachgeschmack.«

»Im Tee würde man es nicht merken?«

»So ist es.«

»Und die Wirkung?«

»In großen Mengen – der sichere Tod. Aber vorher und auch, wenn man es in kleineren Mengen nimmt, sehr starke, sehr lebensechte und äußerst beängstigende Halluzinationen.«

»Und wie lange dauert es nach der Einnahme, bis man diese Halluzinationen hat?«

»Eine halbe bis eine Dreiviertelstunde.«

»Und sie sind so beängstigend, dass ein Mann sich unter Wasser seiner Sauerstoffflasche entledigen würde?«

»Stellen Sie sich vor, Sergeant«, sagte der alte Mann, »dass Sie an sich herabblicken und feststellen, dass Ihr ganzer Körper voller Schlangen ist. Lange schwarze Mambas und dicke Kobras krümmen und winden sich um Ihre Beine. Sie schreien, Sie schlagen darauf ein, reißen sie weg.« Der alte Mann zuckte die Achseln. »In

Wirklichkeit zerreißen Sie natürlich Ihre Kleidung, Ihre eigene Haut und schließlich Ihr Fleisch.«

»Das passiert ausnahmslos? Es sind immer Schlangen?«

»Sehr häufig Schlangen. Auf jeden Fall erzeugt es immer Halluzinationen von etwas, vor dem der Geist die größte Furcht empfindet.«

Andrew dachte an den Amerikaner. Die panische Angst, die der Mann unter Wasser durchlebt hatte. Welche barbarischen Kreaturen hatte er da unten bekämpft, als er in den selbsterzeugten, selbstzerstörerischen Ängsten seines eigenen Gehirns gefangen war?

»Was ist mit den modernen Drogen?«, fragte er den alten Mann. »Hippiedrogen und Ähnliches. Sind die ebenso wirksam?«

»Bah. Reine Spielerei. Nur Datura ist sicher.«

»Wüsste ein Afrikaner, wie man es herstellt?«

»Vielleicht. Ich habe gehört, dass die Somalis es manchmal benutzen, um ihre Feinde zu vernichten.«

»Was ist mit den Europäern?«

»Hah! Die *Wazungu*! Sie lieben die Geschichten über Datura. Sie kommen zu mir und fragen nach den Kräutern – Ärzte, die über die traditionellen Methoden Bescheid wissen wollen –, sie fragen alle nach Datura. Erst letzten Winter hat ein Arzt mir aus einem Buch vorgelesen, das er in der öffentlichen Bibliothek entdeckt hatte. Stimmt dies? Ist das wahr? Sie sind fasziniert von Datura!«

»War in letzter Zeit ein Europäer bei Ihnen und hat nach Datura gefragt?«

Der alte Mann sah ihn nur an.

»Eine einfache Antwort«, sagte Andrew. »Ja oder nein.

Falls ja, den Namen, und die Schuld Ihrer Familie ist beglichen.«

»Nein«, sagte der alte Mann. »Keiner.«

»Auf Ihr Wort?«

»Auf mein Wort.«

Andrew nickte.

Eine Stunde später saß Andrew im geparkten Toyota neben Constable Kobari. »Ich weiß, wer es war«, sagte Andrew frustriert. »Ich weiß, wie er es gemacht hat, und ich weiß, warum. Aber ich kann nichts davon beweisen.«

Kobari zuckte die Achseln. »Warum machen Sie es nicht wie die Amerikaner?« Er meinte die Amerikaner in den amerikanischen Filmen.

»Und das wäre?«

Kobari sagte es ihm.

Andrew hatte seine Zweifel, aber Kobari wies darauf hin, dass Sergeant Oto seinen Bericht heute einreichen und das Gericht daraufhin die Ermittlung in weniger als einer Woche als Unfalltod zu den Akten legen würde. Das wäre ein Eingeständnis vollkommener Verwirrung. Und der Mörder käme ungestraft davon.

Im kleinen Büro des Polizeipräsidenten waren sie alle versammelt: die apathische und kraftlose Saroya, ihr Bruder Abdullah, Sergeant Oto und Constable Kobari. Etwas abseits saßen Robert Harper, sein Anwalt Anthony Corbett-Smith und Marcel Dirot. Die Europäer unterhielten sich, die Afrikaner schwiegen.

»Ich danke Ihnen für Ihr Kommen«, verkündete Andrew. »Ich habe Sie hergebeten, um ein paar Ungereimtheiten in der Angelegenheit des verschwundenen amerikanischen Journalisten Martin Grover aus der Welt zu schaffen.«

Er räusperte sich. »Saroya, die bis zu seinem Verschwinden für mehrere Wochen mit *Bwana* Grover zusammenlebte, hat ausgesagt, dass *Bwana* Grover zwei Tage zuvor Fotos gemacht hat. Und zwar entweder in Gedi oder irgendwo auf der Strecke zwischen Gedi und der Stadt.«

Andrew kam sich seltsam pastoral vor und wusste nicht recht, was er mit seinen Händen machen sollte. Um sie zu beschäftigen, nahm er den Brieföffner des Polizeichefs vom Schreibtisch.

»Saroyas Angaben zufolge«, fuhr er fort, »zeigten diese Bilder illegale Geschäfte mit Elfenbein.« Er schlug sich mit dem Brieföffner auf die linke Handfläche. »Sie räumt allerdings ein, dass *Bwana* Grover ihr nicht gesagt hat, wer auf diesen Bildern zu sehen ist. Und bedauerlicherweise sind auch die Bilder, ebenso wie *Bwana* Grover, abhanden gekommen. Offenbar hat sie jemand aus *Bwana* Grovers Haus entfernt.«

Tapp, tapp, tapp machte der Brieföffner leise.

»Also«, sagte Andrew, »kommen wir zu dem Sonntag, an dem *Bwana* Grover verschwand.« Er fasste kurz die Ereignisse jenes Vormittags zusammen: das Frühstück des Amerikaners mit Saroya, den Tee in der Thermoskanne, den Tauchgang mit der Sauerstoffflasche. Saroyas Sorge, die Suche…

»Jetzt komme ich«, sagte Andrew, »auf die Thermoskanne von *Bwana* Grover zurück. Im Zuge der Untersuchungen hat unser Labor festgestellt, dass sie keinen Tee enthielt, sondern nur ein wenig Meerwasser. Saroya hingegen ist sicher, dass die Thermoskanne, als *Bwana* Grover ins Wasser ging, mit Tee gefüllt war. Offensichtlich hat jemand den Tee ausgegossen und die Thermoskanne im Meer ausgespült. Das war vermutlich dieselbe Person, die den Tee aus der Teedose in *Bwana* Grovers Haus entfernt hat. Aber warum? Vielleicht deshalb, weil diese Person vorher eine Substanz in den Tee getan hatte, die *Bwana* Grover unter Wasser schreckliche Angstzustände bereiten sollte. Um welche Substanz es sich dabei handelte, werden wir sofort erörtern.«

Machte er das richtig? Kobari hatte ihm erklärt, dass die Grundidee der ganzen Sache war, ununterbrochen Druck auszuüben, die Spannung zu erhöhen, bis der richtige Zeitpunkt gekommen war – um dann dem Schuldigen urplötzlich mit dramatischer Geste das stärkste Indiz vor den Latz zu knallen. Kobari hatte gemeint, mit dieser Technik könnte gar nichts schief gehen.

Andrew ließ seinen Blick durch den Raum schweifen. »Aber wer hätte eine solche Substanz in den Tee tun können? *Bwana* Harper?«

Harper lächelte bloß. Corbett-Smith hingegen sah Andrew mit finsterem Blick an und sagte: »Also jetzt aber mal langsam…«

Andrew hob die Hand. »Ich versichere Ihnen, dass das eine rein hypothetische Frage war, *Bwana*. Denn selbst wenn *Bwana* Harper den Tee vergiftet hätte, so war er doch, wie wir alle wissen, nicht an der Suche nach *Bwana* Grover beteiligt – und dabei muss jemand die Thermoskanne ausgespült haben. Wie hätte er das machen sollen?«

Andrew legte den Brieföffner auf den Schreibtisch und steckte die Hände in die Hosentaschen. »Aber was ist mit Abdullah, Saroyas Bruder? Wusste er, dass Saroya den

Amerikaner heiraten wollte? Hat er sich bedroht gefühlt und beschlossen, diese Bedrohung zu beseitigen?«

Abdullah grinste.

»Möglich. Aber Saroya sagt, *Bwana* Grover hat Abdullah den Zutritt zum Haus verboten. Abdullah mag zwar gewusst haben, dass *Bwana* Grover am Sonntag von diesem Strand aus tauchen ging, konnte aber nicht wissen, dass *Bwana* Grover vorher immer Tee trank. Die häuslichen Gewohnheiten des Amerikaners waren ihm unbekannt.«

Andrew begann, im Zimmer auf und ab zu gehen. Sein Selbstvertrauen wuchs, langsam fing das Ganze an, ihm Spaß zu machen. Er verstand, warum Politiker nach Aufmerksamkeit gierten.

»Und was ist«, fuhr er fort, »mit Saroya selbst?«

Saroya sah ihn mit stumpfem Blick an. »Könnte *Bwana* Grover sich entschlossen haben, ihre Beziehung zu beenden? Und könnte Saroya sich daraufhin entschlossen haben, sein Leben zu beenden? Die verschwundenen Fotos – Saroya ist die Einzige, die behauptet, dass sie existierten. Könnte sie sie nicht erfunden haben, um so von ihrer Schuld abzulenken?«

Saroya runzelte die Stirn.

Andrew schüttelte den Kopf. »Nein. Wohl nicht. Während der ganzen Suche nach *Bwana* Grover hat Saroya neben Mrs. Johnson, der englischen Touristin, gestanden. Und sowohl Mrs. Johnson als auch *Bwana* Dirot haben bestätigt, dass Saroya vor der Suche nicht am Strand gewesen ist. Sie hätte keine Gelegenheit gehabt, die Thermoskanne auszuspülen. Und ausgespült wurde sie, denn wenn nur Meerwasser drin gewesen wäre, hätte *Bwana* Grover sie nicht mit zum Strand genommen.

Nein«, fuhr er fort. »Wenn wir davon ausgehen, dass ein und dieselbe Person das Gift in den Tee getan und die Thermoskanne ausgespült hat, dann können wir nur zu dem Schluß kommen«, er drehte sich um, »dass Sie es waren, *Bwana* Dirot.«

»Was?«, sagte Dirot und zuckte zusammen.

»Sie wussten, dass *Bwana* Grover vor seinem Tauchgang jeden Sonntagmorgen immer Tee trank – Sie waren mit ihm zusammen getaucht. Und Sie wohnen nebenan. Es war ihnen ein Leichtes, den Tee zu vergiften und hinterher die Teedose auszuleeren.«

»Lächerlich.« Er lachte.

»Vor dem Jagdverbot waren Sie Jäger. Sie kennen das Geschäft und die Leute, die jetzt Geld mit der Wilderei verdienen. Viele von ihnen haben für Sie als Jagdführer oder Träger – vielleicht auch schon damals als Schmuggler – gearbeitet. Ich denke nicht, dass Sie neu in diesem Geschäft sind.«

»Das ist doch absurd«, sagte Dirot. Er sah Harper und Corbett-Smith an, als suche er bei ihnen Unterstützung.

»Letzten Freitag«, sagte Andrew, »an dem Tag, als *Bwana* Grover nach Gedi gefahren ist, sind Sie eine Stunde vor ihm mit Ihrem Boot rausgefahren. Das waren die einzigen Boote, die so früh morgens den Hafen verlassen haben.«

»Ich hatte Kunden.«

»Nein«, sagte Andrew äußerlich ruhig, innerlich erregt: die erste Lüge. »Hatten Sie nicht. Sayyid Khan hat Sie gesehen. Sie waren allein auf dem Boot. Sie sind nach Süden gefahren, Richtung Gedi. Zwischendurch haben Sie irgendwann eine Ladung Elfenbein zu einer vor der

Küste wartenden Dau gebracht. Martin Grover hat das fotografiert. Er hat versucht, Sie zu erpressen. Sie haben ihn umgebracht.«

»Niemals«, sagte Dirot. »Das kann ich beschwören, niemals.«

»Haben Sie je von Datura gehört, *Bwana* Dirot?«

»Datura?« Dirot runzelte wenig überzeugend die Stirn. Andrews Erregung wuchs.

»Die Pflanze, *Bwana* Dirot. Das Gift.«

»Nein.«

»Sie kennen sich damit nicht aus?«

»Nein.«

»Interessieren sich nicht dafür?«

»Nein.«

Ein Gefühl des Triumphs erfasste Andrew. »Und warum haben Sie letzten Samstag, einen Tag bevor *Bwana* Grover umgebracht wurde, in der englischen Bibliothek ein Buch über afrikanische Gifte gelesen?«

Dirot antwortete nicht. Er atmete schwer.

»Die Bibliothekarin, Mrs. Redda, hat gesehen« – Andrew drehte sich um, schob eine Zeitung vom Schreibtisch und ergriff das Buch, das darunter lag – »wie Sie dieses Buch gelesen haben, *Bwana* Dirot!«

Dirot verkrampfte sich, biss die Zähne aufeinander, und seine Augen verengten sich. »Kein Wort«, stieß er hervor. »Ich sage kein Wort mehr.«

Constable Kobari versuchte es. Er hechtete hinterher, als sie an ihm vorbeistürzte. Auch Andrew drehte sich um und sprang ihr nach. Beide kamen zu spät. Saroya schnappte sich den Brieföffner, stürzte sich auf Dirot und rammte ihn in sein Herz.

Ein Mord in seinem Büro, und drei seiner Constables hatten direkt daneben gestanden: Der Chef würde fuchsteufelswild sein, wenn er morgen zurückkam. Gottlob hatte die Spurensicherung bei der Hausdurchsuchung die Datura-Samen und die Fotos entdeckt. Töricht, sie zu behalten, aber wer verstand schon, welche Gründe die Europäer für ihr Tun hatten? Für Andrew war es auf jeden Fall eine glückliche Fügung.

Als er neben Mary im Bett lag, dachte er über Schicksal und Glück nach. Zweifellos hatte Dirot es als Glück empfunden, dass der Amerikaner seine Sauerstoffflasche abgelegt hatte: keine Leiche, keine Autopsie. Das konnte Dirot natürlich nicht planen. Aber wenn der Journalist seine Sauerstoffflasche behalten und man die Leiche gefunden hätte, wäre bei einer Autopsie von Dr. Murmajee, dem Gelegenheitspathologen, Datura entdeckt worden? So wie er Murmajee kannte, wahrscheinlich nicht. Und Saroya hätte Robert Harper wahrscheinlich niemals beschuldigt, einen Zauberer beauftragt zu haben. Und wahrscheinlich hätte Andrew nichts mit dem Fall zu tun gehabt.

Das Glück hatte Robert Harper anscheinend nicht verlassen. Er war ein von Grund auf unangenehmer Mann, vermutlich Elfenbeinschmuggler, jedoch immer noch unantastbar. Vielleicht in der Zukunft…

Und Saroya. Man würde sie nicht aufhängen. Afrikanische Geschworene hatten Verständnis für Leidenschaft und Rache. Aber sie war Somalin, und die Richter statuierten gern Exempel an Somalis, damit die anderen nicht übermütig wurden. Es könnten Jahre vergehen, bevor sie die Sonne wieder sah. Aufhängen wäre barmherziger.

Ein einfacher Brieföffner. Wer hätte das gedacht?

Zu seiner Linken bewegte Mary sich. Das Laken raschelte. Sie legte ihm die Hand auf die Brust. »Andrew. Es ist nicht deine Schuld.«

In diesem Augenblick fielen Andrew zum ersten Mal die Worte des alten Mannes wieder ein. »Nicht das Blut, aber die Schuld wird die Ihre sein.«

»Doch«, sagte er. »Natürlich ist es meine Schuld.«

Die Smoke People

Palmen sausten an den offenen Fenstern vorbei. Von vorn kamen die Uferstraße und die Strandmauer in bedrohlichem Tempo näher, dahinter lagen ein gelbbrauner Sandstreifen und die blaue, funkelnde Weite des Indischen Ozeans, auf dem ein paar vereinzelte Daus mit ihren Dreieckssegeln herumdümpelten. Constable Kobari bremste den Toyota Land Cruiser ein wenig ab, als wollte er das Stoppschild an der Ecke überzeugen, dass er ausnahmsweise die Verkehrsregeln befolgen und wirklich anhalten würde.

Jäh ließ er die Kupplung los, trat das Gaspedal durch und riss das Lenkrad nach rechts. Reifen quietschten, der hart gefederte Toyota schlingerte durch die Kurve und schoss südwärts. Kobari gluckste zufrieden, drehte sich zur Seite und grinste Sergeant M'butu an.

Andrew, der Kobaris Steve-McQueen-Imitation schon oft genug erlebt hatte, war nicht beeindruckt. »Eines Tages«, sagte er auf Suaheli, »bringen Sie uns noch um.«

»Alles eine Frage der Reflexe, Sergeant«, erläuterte Kobari mit ernster Miene. »Der Reflexe und des Timings. Wenn beides stimmt, brauchen Sie sich keine Sorgen machen.«

»Und was ist mit den Reifen?«, fragte Andrew. »Wenn ein Reifen geplatzt wäre, was dann?«

Kobari dachte einen Augenblick nach. Schließlich sagte

er: »Dann wären wir über die Strandmauer geflogen.« Er grinste. »Und wir wären tot.«

Andrew nickte. »Prima.«

»Aber es ist kein Reifen geplatzt«, sagte Kobari und schoss mit seinem Maserati weiter die Zielgerade in Monte Carlo hinunter.

Er war noch jung, lebte noch in einer Welt, in der jede kleine Unehrlichkeit eine Überraschung war. Mit ihm über so etwas zu reden hatte wenig Sinn.

Der Asphalt summte unter den Rädern, als sie die Straße entlangrasten. Links der Ozean, der wie immer unglaublich blau und heute auch unglaublich glatt war. Rechts ziegelroter Sandboden mit Palmen und Dornbüschen. Sie kamen an Salims Baumwollspinnerei und der protestantischen Kirche vorbei. Passierten einen kleinen verstaubten asiatischen Laden, den ein paar tief herabhängende, vom Wind gebeutelte Palmen zu erdrücken schienen, und die ummauerten Anwesen der wohlhabenden Europäer – flüchtige Blicke durch verzierte schmiedeeiserne Tore zeigten Gärten mit Nelken und Chrysanthemen und Spaliere, an denen Bougainvillea, Jasmin und Rosen rankten.

»Das sind Giriama, nicht wahr, Sergeant?«, fragte Kobari.

»Was?« Andrew sah ihn an. »Wer?« Er dachte an die abweisenden, großkotzigen Grundstücke: Da gab es gewiss keine Giriama, außer vielleicht als Bedienstete.

»Die Smoke People«, sagte Kobari.

Grimmig runzelte Andrew die Stirn. Er gehörte selbst zum Stamm der Giriama. Kobari war Kikuyu – wie jeder wichtige Regierungsbeamte. Wie fast alle Polizisten. Wie zum Beispiel der fette Sergeant Oto, der heute für die Einteilung der Dienste zuständig gewesen war. Dessen Reaktion auf den Bericht konnte Andrew sich lebhaft vorstellen – nachdenklich, mit aufgeplusterten Wangen: ›Einer von den Smoke People. Tja. Setzen wir M'butu darauf an, sind schließlich seinesgleichen. Und wenn er ein bisschen im Müll herumwühlt, kommt er ja vielleicht auch mal von seinem hohen Ross herunter.‹

Aber so war Kobaris Frage nicht gemeint. Der Constable hatte keine üblen Hintergedanken. Schade eigentlich: Ein Blitzableiter für seine schlechte Laune wäre Andrew gerade recht gekommen.

»Ja«, bestätigte Andrew kurz.

Kobari nickte. »Sind die ihr Leben lang da?«

Andrew seufzte. Es ließ sich nicht vermeiden. Das Stammesrecht hatte ihn zum Experten für die Smoke People gekürt. »Ein paar schon«, sagte er. »Aber die meisten werden nicht alt. Müssen wir hier nicht rein?«

Nach etwa zwei Kilometern Sandpiste näherten sie sich ihrem Ziel. Ein verbeulter, grauer Citroën 2-CV mit Rostflecken parkte unter einer Akazie. Daneben stand Dr. Murmajee, der städtische Pathologe, hielt sich ein Taschentuch vors Gesicht und wirkte vor dem Hintergrund aus Bäumen und Sträuchern in seinem schlaffen schwarzen Anzug außerordentlich fehl am Platz.

Kobari umkurvte die Ente und brachte den Toyota rasant zum Stehen. Andrew öffnete die Tür und stieg aus. Als ihm der grässliche Gestank der Mülldeponie in die Nase stieg, zuckte er zusammen. Der Geruch, den sie schon auf den letzten paar hundert Metern im Land Cruiser wahrgenommen hatten, war hier wirklich entsetzlich: Es stank nach versengten Haaren und Fasern, nach verwesten Kadavern und Gemüseabfällen.

Murmajee kam ihnen entgegen, nahm das Taschentuch in die linke Hand und streckte ihnen die rechte Hand entgegen. »Scheußlich, nicht wahr, Sergeant?«, sagte er und wischte sich mit dem weißen Stoff über die schweißnasse Stirn. »Mit Krankheiten und Tod, ach ja, damit haben wir natürlich viel zu tun, aber mit so etwas…« Er schüttelte den Kopf und erschauderte kurz.

»Stimmt«, pflichtete Andrew ihm bei. Er atmete durch den Mund, würde sich aber, verdammt noch mal, keine Windel unter die Nase klemmen. »Haben Sie die Leiche schon untersucht?«

»Ach, wissen Sie, ich bin gerade erst angekommen.«

Er presste sich das Taschentuch wieder unter die Nase. »Und ich dachte, ich warte doch lieber, bis die Vertreter der entsprechenden Behörde auch angekommen sind. Also Sie, natürlich, und der gute Constable natürlich auch.«

Braucht etwas moralische Unterstützung, dachte Andrew. An jedem anderen Ort hätte er die Leiche längst aufgeschnitten und dabei gegurrt und gesummt wie eine Mama, die ihr Baby kitzelt.

Na ja. Konnte man ihm kaum zum Vorwurf machen. Andrew ging um den Citroën herum an den Rand der Müllgrube. Sie war ungefähr fünfundsiebzig Meter lang, vierzig Meter breit und zwanzig Meter tief. Auf dem Boden waren Häufchen aus unidentifizierbarem, schwarzem Abfall verstreut. Einige qualmten noch ein bisschen. Öliger Rauch waberte zwischen ihnen hin und her und stieg in grauen Fahnen hoch. Der Ort war düster, trostlos und verdammt.

Gehenna, dachte Andrew, der unwillkürlich an die Geschichten der Priester in der Missionsschule denken musste. Links von ihm wand sich eine Fahrspur hinunter in die stinkende Finsternis. Sie war breit genug für die LKWs, die jeden Tag aus der Township kamen, um deren Abfall hier abzuliefern.

Er wandte sich an Dr. Murmajee. »Kommen Sie, Doktor?«

Murmajees runde Schultern hoben und senkten sich zu einem tiefen Seufzer. Kobari hatte sich ein Taschentuch vor Mund und Nase gebunden: ein Desperado, der im Hinterhalt auf die Postkutsche nach Dodge City wartete.

Andrew ging neben der Fahrspur. Sand knirschte unter seinen schweren Polizeischuhen. Kiesel rasselten den Hang hinab. Unten, am Ende der Fahrspur, zog sich ein schmaler Pfad am Grubenrand entlang und verband die qualmenden Abfallhaufen miteinander. Von hier aus konnte man im Müll ein paar Einzelteile erkennen: geborstene Ölfässer, einen Haufen gammelnder Gemüsereste, leere Konservendosen in allen erdenklichen Größen, zerfetzte Pappkartons, kaputte Plastikbehälter für Bleichmittel. Der Gestank wurde immer schlimmer. Es war schwül, die Luft stand. Vorsichtig setzte Andrew einen Fuß vor den anderen. Er wollte nicht stolpern, hinfallen und sich womöglich an einem Stück Stacheldraht oder rostigem Metall verletzen, auf dem es zweifellos von Tetanus- und anderen, wahrscheinlich weitaus gefährlicheren Mikroben nur so wimmelte.

Plötzlich bewegte sich rechts von ihm etwas. Ein scheckiger Hund, dessen Rippen sich deutlich durch das räudige Fell abzeichneten, schlich mit eingeklemmtem Schwanz durch den Rauch. Einen Hund – den brauchte man hier natürlich auf jeden Fall – wegen der Ratten.

Auf der gegenüberliegenden Seite der Grube befanden

sich zwei kleine Hütten, die aus rostigen Blechresten, Brettern, Pappe, Seilen und Schnüren zusammengeflickt waren. Vor diesen Hütten standen einige Leute mit leeren, teilnahmslosen Gesichtern und warteten.

Der Mann trug ein fleckiges, zerlumptes Khakihemd, eine schwarze Pumphose, die bloß bis auf die Waden reichte, und viel zu große Plastiksandalen. Die beiden kahlrasierten Frauen trugen *kangas*, bedruckte Baumwollbahnen, die über den Brüsten zusammengebunden waren und bis zu den Knien herabfielen. Eine der Frauen, die jüngere, eigentlich noch ein Mädchen, trug ein Baby in einem Tuch auf der Hüfte.

Andrew begrüßte die Gruppe mit einem Nicken. »Ich bin Sergeant M'butu«, sagte er in gestochenem Suaheli. »Hier wurde eine Leiche gefunden.« Die Frauen sagten nichts, aber der Mann nickte gleichgültig in Richtung der ersten Hütte. »Da drin.«

Andrew wandte sich an Kobari. »Nehmen Sie die Namen auf. Versuchen Sie herauszubekommen, was passiert ist.« Dann ging er mit Murmajee zur Hütte. Der Eingang war so niedrig, daß sogar Andrew sich bücken musste. Säuerlicher, modriger Geruch ungewaschener Körper schlug ihm entgegen.

Durch eine aus der Blechwand geschnittene Öffnung fiel Licht ins Innere der Hütte, und Andrew erkannte einen einzelnen kleinen Raum mit nacktem Lehmboden. Rechts von ihm war eine flache Kuhle mit ein paar verkohlten Holzstücken und einem kleinen Häufchen Asche. Daneben stand ein kleiner Topf ohne Griffe, eine Papiertüte mit Maismehl für Porridge, eine halbvolle, wassergefüllte Whiskeyflasche und ein kleines Glas mit weißem Inhalt – Salz oder Zucker. Links befand sich eine zerschlissene, unförmige Matratze. Darauf lag die nur mit Baumwollshorts bekleidete Leiche.

Dr. Murmajee, der sich noch immer das Taschentuch vor die Nase hielt, schlurfte zur Matratze und ging so tief in die Hocke, dass sein massiger Körper auf den Hacken ruhte. Während er anfing, die Leiche zu untersuchen, blickte Andrew sich im Raum um. Sonst gab es nichts. Abgesehen vom Gestank ganz ordentlich. Aber karg: keine weiteren Möbel, keine Farbe, kein Nippes, nichts.

»Ähem«, meldete sich Dr. Murmajee.

Andrew drehte sich um. »Ja?«

Murmajee nickte. »Ich glaube, ja, ich gehe davon aus, dass der Körper nach Eintritt des Todes bewegt worden ist.«

»Das sehe ich auch, Doktor«, sagte Andrew geduldig. »Die wenigsten Menschen sterben mit sorgsam auf der Brust zusammengelegten Händen.«

»Ganz recht«, brummelte Murmajee in sein Taschentuch. »Natürlich.«

Andrew hockte sich neben ihn, schob eine Hand unter die Schulter des toten Mannes und versuchte, die Leiche dabei nicht zu berühren. Er prüfte die Matratze. Feucht. »Und gewaschen haben sie ihn auch.«

Murmajee wandte sich an ihn. »Das ist doch bei ihnen so Sitte, nicht wahr?«

»Ja, aber gesetzeswidrig, solange unsere Untersuchung noch nicht abgeschlossen ist. Wie lange ist er schon tot?«

»Ach je. Nicht sehr lange, nein. Die Leichenstarre setzt gerade erst ein.« Er klopfte mit seinem dicken Finger auf die Wange. »Hier, an der Gesichtsmuskulatur können Sie es sehen. Bei dieser Hitze würde ich sagen, so etwa zwei Stunden? Vielleicht drei?«

Jetzt war es zehn Uhr. Also zwischen sieben und acht heute Morgen.

»Und die Todesursache?«

Bei der Untersuchung der Leiche verengten sich Murmajees Augen nachdenklich. »Keine sichtbaren Wunden oder Prellungen. Er wirkt recht gesund – überraschend gesund, nicht wahr? Mitte dreißig, vielleicht? Ach je. Schwierig.« Er wandte sich Andrew zu. »Herzstillstand?«

»Das ist eine Beschreibung, Doktor«, wandte Andrew ein, »keine Erklärung.«

»Ja«, pflichtete Murmajee ihm bedrückt bei. »Ich nehme an, durch eine Autopsie erfahren wir mehr. Wird eine vorgenommen?« Ohne echte Begeisterung: Er schnitt lieber Europäer auf.

»Das muss das CID entscheiden.« Andrew stand auf. »Über die mögliche Todesursache können Sie nichts sagen?«

»Na ja... wissen Sie, es gibt da gewisse Anzeichen, natürlich. Blässe. Kleine Pupillen. Ich würde, natürlich, unter anderen Umständen würde ich sagen, Drogen.«

»Drogen?«, fragte Andrew überrascht. »Eine Überdosis?«

Murmajee kicherte. »Das ist natürlich absurd. Die eingeborenen Afrikaner interessieren sich nicht sehr dafür – wie Sie selbst natürlich wissen. Und ein Bursche wie dieser, ja also, wie soll der an Drogen herankommen, nicht wahr? Ich sage es nur, damit Sie wissen, was ich vermuten könnte.«

»Rauschgift?«, fragte Andrew.

»Ja, vielleicht ein Rauschgift, möglich. Vielleicht ein Barbiturat. Wissen Sie, manchmal kann man es am Zustand der Leiche erkennen. Erbrechen, Krämpfe. Muskelverspannungen. Aber so gewaschen und zurechtgemacht, ach je, nein, nein.« Betrübt schüttelte er den Kopf. »Nur der Mageninhalt natürlich, fürchte ich, kann uns noch Aufschluss geben.«

Andrew nickte. »Danke, Doktor. Ich brauche Sie hier nicht mehr.«

Mit einem leisen Grunzen erhob sich Murmajee, nickte Andrew kurz zu und watschelte hinaus. Draußen stand Kobari mit geöffnetem Notizbuch. Er hatte sein Banditentuch noch immer umgebunden. Die drei Personen hatten sich nicht von der Stelle gerührt. Kobari teilte Andrew mit, dass der Mann Simon Ngio, die ältere Frau seine Gattin Martha und das junge Mädchen mit dem Kind Esther Ogoyo, die Frau von Mathew, dem Toten, war.

Ngio hatte Kobari erzählt, dass Esther Ogoyo an jenem Morgen um halb neun aufgewacht war und festgestellt hatte, dass ihr Mann tot war. Sie hatte Ngio und seine Frau geweckt und es ihnen erzählt, woraufhin Ngio zu einem der Häuser der Europäer an der Uferstraße gegangen war und die Meldung bei der Polizei gemacht hatte.

Andrew beachtete die Frauen erst einmal nicht weiter, die ihn immer noch schweigend und starr ansahen, und ging zu Simon Ngio. Der Mann war Anfang fünfzig, knapp zehn Zentimeter größer als Andrew und ausgesprochen dünn, nur straff gespannte Haut und Knochen. Seine leeren, stumpfen Augen waren rot gerändert. Andrew wusste, dass die Ränder nicht vom Kummer, sondern vom *tembo* stammten, dem Palmwein. Er hatte den typischen Fusel-Aceton-Geruch im Atem des Mannes ausgemacht.

Andrew sagte: »Sie waren natürlich ein guter Freund des Toten.«

Ngio nickte hastig. »Ein sehr guter Freund«, sagte er, und sein Blick verschwamm. Zwei schwarze Stumpen am Unterkiefer waren seine einzigen Zähne.

»Seit wann leben Sie hier?«

»Seit acht Jahren.«

Acht Jahre in der Kloake. Wie machten sie das? »Und der Tote?«

»Seit vier Jahren.« Während er antwortete, huschte Ngios Blick hin und her. Nervös. Aus irgendeinem Grund fühlte er sich schuldig – das musste aber nicht unbedingt auf einen Mord zurückzuführen sein. Vielleicht nur deshalb, weil er lebte.

Andrew fragte: »Wann stehen Sie normalerweise auf?«

»Bei Sonnenaufgang«, sagte er, dann flackerte sein Blick panisch zu seiner Frau hinüber, die gut drei Meter von ihm entfernt stand. Als hätte er plötzlich die Gefahr erkannt, die in diesem Eingeständnis lag. Mit einem Anflug von Interesse sah Andrew die Frau an und merkte, dass sie dem Gespräch aufmerksam und mit wachsamem Ausdruck im faltigen Gesicht folgte.

»Und wann«, fragte Andrew Ngio, »sind Sie heute aufgestanden?«

»Nach der Hälfte der dritten Stunde.« Halb neun. »Als die Frau gekommen ist und mir das über ihren Mann erzählt hat.« Er blinzelte und blickte zur Seite. Ein schlechter Lügner.

»Er hat gestern Abend getrunken«, fauchte Ngios Frau. Der Rettungsversuch. Ihre Stimme krächzte scharf wie ein Sägemesser. »Wenn er trinkt, schläft er immer länger.«

»Stimmt«, sagte Ngio und grinste vor unverhohlener, kindischer Erleichterung. »Gestern habe ich viel *tembo* getrunken.«

Andrew nickte. »Hat Mathew Agoyo gestern auch getrunken?«

»O ja. Wir waren gute Freunde und haben unseren *tembo* immer geteilt.«

»Hat er auch seine *dawa* mit Ihnen geteilt?« Medizin, Drogen.

»*Dawa*?« Der Blick wanderte besorgt hin und her. »Was für *dawa*?«

Ngios Frau sagte: »Mathew hatte keine *dawa*.«

Andrew sah sie an. Gerissene Hexe. Er blickte hinüber zu dem jungen Mädchen, der Frau des Toten. Sie starrte scheinbar teilnahmslos in die Ferne. Der Schock? Dummheit? Vielleicht geistig zurückgeblieben? Schrecklich jung dafür, hier unten ohne Freunde und sonstige Familienmitglieder festzusitzen. Ohne Hoffnung.

Das Baby war aufgewacht und glotzte Andrew an. Anscheinend ebenso teilnahmslos wie seine Mutter. Teilnahmslosigkeit war eine wertvolle Errungenschaft hier unten, die man kultivieren musste. Große braune Augen, glatte Haut. Überall sonst könnte er zu einem gesunden Jungen heranwachsen… Hier hatte er keine Chance. Aber das ging die Polizei nichts an.

Er drehte sich zu Ngio um. Der Mann wiederholte die Worte seiner Frau: »Mathew hatte keine *dawa*.« Sehr einfallsreich. Also irgendeine Droge. Und die drei wussten Bescheid und hatten sich diese Lügengeschichte ausgedacht. Halb neun: Unsinn. Andrew wusste, dass hier ab Sonnenaufgang die LKWs ankamen und mit dröhnenden Motoren laut rumpelnd und quietschend ihre Ladungen abkippten. Niemand konnte dabei schlafen.

Aber was für Drogen? Und woher? Diese Kreaturen hatten zusammen nicht einmal genug Geld, um sich eine

Packung Aspirin zu kaufen, an Rauschgift war gar nicht zu denken. Jeder zusammengeschnorrte Penny ging für Lebensmittel drauf, zur Ergänzung der Brocken, die die Township sie aus dem Müllhaufen picken ließ, wenn sie dafür die Feuer bewachten. Oder für billigen *tembo*, damit sie es von einem schauderhaften Tag bis zum nächsten schafften.

Hatten sie Pillen oder etwas Ähnliches zwischen den Hühnerknochen und den Suppendosen entdeckt? Möglich. Aber wer von ihnen hatte sie gefunden? Wie war der Mann gestorben? Ein Unfall? Selbstmord? Mord? Bei Mord würde Andrew sein Geld auf die alte Frau setzen, weil sie als Einzige die nötige Gerissenheit und auch die Energie dafür aufbringen konnte.

Wenn es kein Mord war, warum logen sie dann?

Er wandte sich an Constable Kobari und sagte auf Englisch: »Behalten Sie die beiden einen Moment im Auge. Ich will mit dem Mädchen sprechen.«

Kobari nickte und zog mit lässiger Geste die Oberkante seines Tuchs zurecht. Das Ding machte ihm richtig Spaß. Lassen Sie die Geldkassette fallen, Marschall, oder ich verpasse Ihnen eine Ladung Blei.

»Mrs. Ogoyo?«, sagte er zu der jungen Frau, »würden Sie bitte einen Augenblick mitkommen?«

Mrs. Ngio rückte näher an das Mädchen heran. »Haben Sie denn kein Mitleid? Ihr Mann ist erst seit ein paar Stunden tot.« Mit gespielter Besorgnis drehte sie sich zu dem Mädchen um.

»Oh«, sagte Andrew angenehm überrascht. »Woher wissen Sie, dass er erst seit ein paar Stunden tot ist? Soweit ich das verstanden habe, wussten Sie nur, dass er irgendwann im Lauf der Nacht gestorben ist.«

Ihre Augen verengten sich. »Ihr *polisi*. Immer versucht ihr, mit euren Tricks die Leute reinzulegen. Bei mir gelingt Ihnen das nicht. Wir sind zwar arm, aber wir sind ehrliche und anständige Menschen. Wir haben ein Recht, ungestört zu trauern. Seit ein paar Stunden habe ich gesagt, und natürlich habe ich gemeint, dass die Nacht erst seit ein paar Stunden zu Ende ist.« Sie war so begeistert von ihrer Vorstellung, dass sie noch etwas Entrüstung nachlegte und ihm vorhielt: »Was soll ich denn sonst gemeint haben?«

Sie drehte sich zur Seite, legte den Arm um die junge Frau und drückte sie leise murmelnd an sich. Die junge Frau reagierte kaum. Dann drehte sich Mrs. Ngio mit geblähten Nüstern und beeindruckend zur Schau gestelltem Zorn wieder zu Andrew um. »Sehen Sie nicht, wie sie leidet? Warum quälen Sie sie so?«

Andrew machte es Spaß: Die Hexe hatte ebenso wenig Vertrauen in das Mädchen wie in ihren Mann.

Er lächelte freundlich. »Ich versichere Ihnen, dass es nicht lange dauern wird.«

Kürzer als geplant. Denn in diesem Augenblick vernahm er hinter sich eine bekannte Stimme. »Herrgott, M'butu, wo haben Sie uns denn jetzt schon wieder reingezogen?«

Cadet Inspector Moi vom Criminal Investigation Directorate war der Besitzer eines fast legendären Schranks voller Safarianzüge in unterschiedlichen Pastelltönen. Heute hatte er einen lavendelfarbenen gewählt und hielt sich ein farblich passendes Taschentuch vors Gesicht, wodurch sein ähnlich legendärer, eleganter Spitzbart nicht zu sehen war. Vorsichtig ging er um einen Haufen rostiger Konservendosen herum. Hinter ihm folgte sein Sergeant, Hasdrubal Inye.

»Entsetzlich«, stöhnte Moi mit angewidertem Gesicht. »Wissen Sie, das ist einfach zu viel, uns mit so etwas zu behelligen.«

Andrew sagte: »Ich habe das CID nicht benachrichtigt. Aber wie Sie wissen, ist das der übliche Verfahrensablauf bei plötzlichen, ungeklärten Todesfällen.«

»Das weiß ich natürlich, Mann. Wofür halten Sie mich? Aber ich habe oben mit dem Inder gesprochen, dem Leichenfledderer hier, und der meint, es ist einfach nur ein Herzstillstand. Akte zu und fertig.

Moi hatte ein Jahr im Zuge eines Austauschprogramms bei Scotland Yard verbracht, wo er gelernt hatte, einen guten Schneider auszuwählen, und wie Inspector Lestrade zu denken und zu reden.

Andrew sagte: »Es gibt hier mehrere beunruhigende Anzeichen...«

»Beunruhigend?«, unterbrach ihn Moi. »Ha. Mich überrascht vor allem, dass dieser Pöbel« – er nickte in Richtung der Smoke People – »sich nicht zu Tode beunruhigt hat. Sehen Sie sich das doch bloß einmal an.« Er erschauderte. »Nun denn, an die Arbeit, nicht wahr? Wo ist das Knochengerüst?«

Andrew zeigte auf die kleine Hütte.

Moi wandte sich an seinen Sergeant. »Gehen Sie hinein, Inye, guter Mann. Prüfen Sie, ob der Inder irgendwelche Messer oder Beile in der Leiche übersehen hat, nicht wahr? Ha ha.«

Als Moi ihm wieder den Rücken zukehrte, warf Inye für Andrew sichtbar einen flehentlichen Blick zum Himmel.

»Nun denn, M'butu«, sagte Moi. »Ich schlage vor, dass Sie mich jetzt auf den neuesten Stand der Ermittlungen bringen, hm?« Er trat ein paar Schritte zur Seite, wobei er den schmierigen Streifen aus Autoreifen sorgfältig mied.

Andrew erklärte ihm, was zuerst Dr. Murmajee und dann auch er selbst vermutet hatten. Er wurde kurz von Sergeant Inye unterbrochen, der berichtete, dass er in der Hütte nichts Verdächtiges entdeckt hatte.

»Nein, nein«, sagte Moi schließlich zu Andrew. »Das haben Sie absolut in den falschen Hals gekriegt, Mann. Ich kenne diese Leute. Man gibt ihnen eine Flasche *tembo*, und sie verschlafen den halben Tag. Der Tote? Wie ich schon sagte, was mich vor allem überrascht, ist, dass die ganze Brut nicht schon längst den Löffel abgegeben hat. Hier wimmelt es nur so von Bakterien, und die Ratten sind so groß wie Zebras. Es gibt hier abertausend Möglichkeiten, woran er gestorben sein kann.« Er hob den Arm und warf einen Blick auf das Zifferblatt seiner goldenen Uhr.

»Eine Autopsie würde –«

»Autopsie?« Mit hochgezogenen Augenbrauen. »Das soll wohl ein Witz sein. Der Inder gibt sich mit seinem Herzstillstand zufrieden, und das schreibt er auch in den Totenschein. Machen Sie sich keine Sorge, Sie haben hier zweifelsohne hervorragende Arbeit gemacht. Aber jetzt trollen Sie sich. Inye und ich erledigen den Rest. Für den Bericht lassen wir uns die Namen noch einmal buchstabieren. Falls dieses Pack überhaupt buchstabieren kann.« Er gluckste.

»Aber wenn er an einer Überdosis Rauschgift gestorben ist –«

»Was wäre dann? Vielleicht ist er das. Vielleicht hat er, wie Sie sagten, etwas im Müll gefunden. Drogen, Medikamente, irgendetwas. Wen interessiert das? Der Mann ist tot, nicht wahr?«

Das, dachte Andrew, war genau der Punkt. »Aber nehmen wir einmal an, dass er vergiftet wurde.«

»Vergiftet? Von einem der anderen, meinen Sie?« Moi lachte. »Wozu? Um ihn all seiner irdischen Güter zu berauben?«

»Eine eingehende Untersuchung mit Autopsie –«

»Hören Sie zu, M'butu.« Moi legte seinen Arm um Andrews Schulter: beste Kumpel. Andrew roch das Parfüm des Inspectors: stechender Schweiß. »Mir ist klar, dass sie Giriama sind. Loyalität, et cetera. Dafür habe ich vollstes Verständnis. Aber auch Sie müssen doch einsehen, dass die es nicht wert sind, sich ihretwegen den Kopf zu zerbrechen. Abschaum, nicht wahr? Einfach Gesindel, weiter nichts. Nehmen wir doch einmal an, einer von ihnen hätte den Knaben um die Ecke gebracht. Was wäre dann schon passiert? Meinen Sie, die Township hat Interesse daran, die Kosten für ein solches Verfahren zu übernehmen? Und welches Gericht könnte eine Strafe verhängen, die schlimmer wäre als das, was sie jetzt haben? Selbst Aufhängen wäre noch eine Verbesserung, nicht wahr?« Glucksend gab er Andrew einen Klaps auf die Schulter. »Nein, überlassen Sie das Inye und mir. Das ist ein Befehl, so.«

Andrew war den ganzen Nachmittag beschäftigt. Erst am frühen Abend fand er die Zeit, zur Müllkippe zurückzukehren.

»Inspector Moi wäre das wahrscheinlich gar nicht recht«, sagte Constable Kobari, der sich sein Tuch wieder umband, als die beiden den Pfad zu den qualmenden Abfallhaufen hinunterstapften.

Bei Erwähnung des selbstgefälligen, herablassenden Moi erstarrten Andrews Gesichtszüge. »Wenn Sie wollen, können Sie ja im Wagen warten.«

»Nein, nein, Sergeant. So war das nicht gemeint. Ich hab mir nur vorgestellt, wie wütend er wird, wenn er was davon erfährt, und dass ich sein Gesicht gern sehen würde. Trotzdem machen wir das natürlich zusammen, Sergeant.«

Andrew bedauerte, dass er so gereizt reagiert hatte, und nickte gerührt. »Ja.« Er lächelte Kobaris verdecktes Desperado-Gesicht an. »Wir sind Outlaws.« Kobari platzte fast vor Lachen über das englische Wort. »Outlaws«, prustete er.

Als sie unten ankamen, fanden sie die Frau des Toten in ihrer Hütte. Andrew postierte Kobari vor der Tür, um Mrs. Ngio abzufangen, und fragte, ob er eintreten dürfe, was ihm gewährt wurde.

Sie saß noch immer mit ausdruckslosem Gesicht in ihrem *kanga* auf der Matratze. Das Baby lag neben ihr, hatte den Kopf in ihren Schoß gelegt und sah Andrew mit großen Augen an, als er sich vor der Mutter hinhockte.

»Mrs. Ogoyo«, sagte er, »ich verstehe, dass das jetzt eine Zeit der Trauer für Sie ist. Aber ich habe ein paar Fragen, auf die ich Antworten haben muss.«

Sie sah ihn kurz an, wandte dann den Blick wieder ab.

»Der *daktari*, der Ihren Mann untersucht hat«, sagte Andrew, »meint, dass der Tod durch die Einnahme einer Art *dawa* verursacht worden sein könnte. Ich glaube, Sie wissen, dass es so war.«

Wieder sah sie ihn kurz an und blickte dann zur Seite. »Mathew hatte keine *dawa*«, sagte sie ausdruckslos.

Der Satz war für die Menschen hier zur Litanei geworden.

»Meiner Meinung nach«, sagte Andrew, »hatte er *dawa*. Oder jemand anders hier hatte welche.«

Ohne ihn anzusehen, sagte sie mit monotoner Stimme: »Die anderen *polisi* haben gesagt, dass alles erledigt ist. Der Pfarrer ist mit ein paar Leuten gekommen und hat Mathew mitgenommen.«

»Es ist nicht erledigt«, sagte Andrew, den diese unerschütterliche Gleichgültigkeit ärgerte.

Das Baby fing an zu weinen, kreischte schrill, und sein rundes Gesicht verzerrte sich zu einer hässlichen Fratze.

Sie nahm es auf den Arm, hielt es an ihre Brüste, streichelte ihm den Rücken. In demselben ausdruckslosen Tonfall sagte sie: »Er hat ein Nervenfieber. Es wird immer schlimmer.«

Das Baby drehte sich auf ihrem Arm, sah Andrew noch einmal an und schrie wieder. Andrew kam sich plötzlich wie ein Ungeheuer vor, so unbeholfen saß er zwischen den Heulenden und Klagenden. Verdrossen versuchte er schließlich, etwas wieder gutzumachen: »Waren Sie mit ihm in Dr. Sayjits Klinik?«

Sie streichelte den Kopf des Babys. »Es ist zu weit. Ich kann nicht so lange laufen.« Die rund um die Uhr geöffnete Klinik war etwa fünf Kilometer entfernt. Andrew wusste, dass afrikanische Frauen, die über dreißig Jahre älter als sie waren, hundert Kilometer in zwei Tagen gehen konnten und das auch häufig taten.

»Was war mit Ihrem Mann?«, fragte er. »Warum hat er ihn nicht hingebracht?«

Das Baby beruhigte sich langsam, es schluchzte und keuchte in ihrem Arm. »Er hat gesagt, dass er bald hingeht«, sagte sie achselzuckend. »Aber für ihn war es auch weit.«

Aber nicht viel weiter – nur eine Straße – als die Läden, in denen er seinen *tembo* kaufte.

Plötzlich regte ihn die Sinnlosigkeit der Situation auf. Zum ersten Mal sprach er Giriama. Er brüllte: »Warum bekommst du überhaupt ein Kind, Frau, wenn du nicht bereit bist, dich darum zu kümmern?« Er sprang auf und stieß seine Hände in die Hosentaschen: Sie zitterten. »Schlimm genug, dass du dich entschieden hast, in diesem Dreck zu hausen – wie kannst du es wagen, ein weiteres Leben hier aufzuziehen?«

Sie hatte sich zurückgelehnt, das Gesicht verzogen und seine Attacke aus dieser Distanz über sich ergehen lassen. Jetzt beugte sie sich mit störrisch verkniffenem Mund zu ihm hinüber: »Frauen sind dazu da, Babys zu bekommen.«

»Nicht, wenn sie in einem Schweinestall leben!« Er kochte vor Wut. Über diese hirnlose Frau und das zum Sterben verdammte Kind; über die Kombination aus Zufall und bewussten Entscheidungen, die sie hier zusammengeführt hatte (Giriama, Blutsverwandte); über sich und seine Scham, über alles.

Andrew überschrie das wieder lauter heulende Baby: »Wenn du dich nicht richtig um ihn kümmern kannst, schick ihn in eine Missionsschule. Da bekommt er etwas zum Anziehen und zu essen und hat die Chance zu überleben. Wenn du ihn hier behältst, wird sein Leben noch schlimmer als deins.«

»Nein!«, sagte sie und schlang ihre Arme um das Kind. Ihre Augen waren weit aufgerissen. »Sie dürfen ihn mir nicht wegnehmen! Sie hat gesagt, dass Sie es versuchen würden!«

»Wer hat das gesagt?« Dann wusste er es. »Mrs.

Ngio.« Er riss die Hände aus den Taschen und beugte sich hastig zu ihr hinüber. »Was hat sie gesagt?« Jetzt weinte die Frau, duckte sich von Andrew weg und umklammerte das brüllende Baby mit aller Kraft. »Dass wir dir das Kind wegnehmen, wenn du sagst, was passiert ist?«, fauchte Andrew, »Wenn du uns von den Drogen erzählst?« Er knurrte: »Idiotin!«

Sie zuckte verängstigt zusammen. Das Baby schrie angsterfüllt.

Andrew stand auf, drehte sich um, machte zwei Schritte. Er atmete stoßweise und unregelmäßig, starr vor Selbsthass. Krieger, Staatsbeamter: der Schrecken törichter Frauen und kranker Kinder.

Kurz darauf, als er sich wieder unter Kontrolle hatte, drehte er sich zu ihr um. Ruhig und bedächtig sagte er: »Niemand wird Sie zwingen, Ihr Baby wegzugeben.« Er hörte die Mattigkeit in seiner Stimme. Er fühlte sich ausgelaugt und schwach. Er räusperte sich. »Aber ich muss über die Drogen Bescheid wissen.«

Sie schluchzte und drückte das Baby fester an sich.

»Erzählen Sie mir davon«, sagte Andrew.

Schließlich erzählte sie.

Andrew stürmte aus ihrer Hütte, ließ den erschrockenen Kobari einfach stehen und stapfte auf die Hütte der Ngios zu. Er schlug mit dem Ballen seiner Faust so hart gegen den Stützpfeiler am Eingang, dass die gesamte Konstruktion wackelte.

»Frau«, brüllte er immer noch auf Giriama. »Komm raus!« Mrs. Ngio erschien im Eingang. Als sie Andrew sah, verzog sie das Gesicht. »Was für Lügen hat sie Ihnen erzählt?«

»Kein einziges Wort mehr«, sagte Andrew zu ihr. »Ich will die Flasche mit den Drogen, die sie Ihnen gegeben hat, und ich will das Radio.«

Die Frau runzelte die Stirn und öffnete den Mund, um etwas zu sagen.

»Kein Wort«, sagte Andrew. »Holen Sie es. Jetzt. Oder ich sorge dafür, dass Sie den Rest Ihres Lebens in einer Zelle verbringen.« Eine leere Drohung, die jetzt aus Andrews Mund aber ausgesprochen überzeugend klang.

Sie verschwand in der Hütte. Andrew wartete. Nach gut einer Minute erschien sie wieder. Sie gab ihm eine kleine Plastikflasche mit weißen Tabletten und ein schwarzes Plastik-Transistorradio in der Größe einer kleinen Bibel. Andrew starrte sie an. Sie erwiderte den Blick mit aufsässig erhobenem Kinn.

Er drehte sich um, ging zur Hütte des Mädchens zurück und schlüpfte hinein. Sie saß immer noch auf der Matratze, das Baby im Arm. Sie sagte nichts. Andrew stellte das Radio auf den Lehmboden und ging wieder hinaus.

Mit einer Kopfbewegung forderte er Kobari auf, ihm zu folgen. Sie gingen schweigend vom Grund der Grube bis hinauf zum Toyota. Als er in den Wagen stieg, knallte Andrew die Tür hinter sich zu.

Kobari setzte sich hinters Lenkrad. »Sergeant?« Mit zusammengekniffenen Lippen schüttelte Andrew den Kopf.

Kobari startete den Motor, wendete und fuhr die Schotterstraße entlang. Als sie die Uferstraße erreichten, spürte Andrew, wie Verbitterung und Zorn in ihm abklangen. Er holte tief Luft und ließ sie langsam wieder ausströmen. Er zeigte Kobari die Flasche. »Heute Morgen fand der Tote das hier. Hat er jedenfalls seiner Frau erzählt. Sie hatte ihn seit Tagesanbruch nicht mehr gesehen. Seitdem waren gut zwei Stunden vergangen. Sie musste sich um das Baby kümmern. Er nahm eine Tablette, sagt sie. Es ging ihm sehr gut, also nahm er noch eine. Daraufhin ging es ihm natürlich noch besser, also nahm er noch ein paar. Noch zehn, glaubt sie. Eine Stunde später war er tot. Er übergab sich, hatte Zuckungen...« Er sah aus dem Fenster aufs blaue, stille Meer. »Idiot.«

»Was ist das?«

»Morphiumsulfat.«

»Warum haben sie es uns nicht gesagt?«

»Die alte Frau. Sie hat seiner Frau erzählt, wenn wir erfahren, dass ihr Mann verbotene *Wazungu*« – europäische – »Medizin genommen hätte, würden wir ihr das Baby wegnehmen.«

»Aber warum hat sie das erzählt?«

»Sie wollte das verdammte Radio haben. Der Tote hat es vor ein paar Wochen aus dem Ort mitgebracht. Wie es aussieht, hat er viel in der Umgebung der *tembo*-Läden gebettelt, herumgeschnüffelt und die Leute belästigt. Seiner Frau hat er erzählt, dass es ein Geschenk war. Wahrscheinlich hat er's geklaut. Egal, auf jeden Fall hat die alte Frau gesagt, dass sie nichts von der *dawa* erzählt, wenn die Junge ihr das Radio gibt.«

»Und die junge Frau hat wirklich geglaubt, dass wir ihr das Baby wegnehmen?«

»Sie ist genauso dumm wie ihr Mann. Die beiden Frauen haben die Leiche gewaschen – natürlich eine Idee der Alten –, und dann haben sie Ngio losgeschickt, um uns zu benachrichtigen.«

»Dann«, sagte Kobari, »war der Tod also ein Unfall.«

»Ja, ein Unfall«, sagte Andrew und sah aus dem Fenster. Das Leben des Mannes war zweifellos kaum mehr als eine Serie von Unfällen gewesen, warum sollte sein Tod etwas anderes sein?

Er wandte sich an Kobari. »Aber es ist schon komisch.« Er schüttelte die Flasche mit den Pillen. »Auf dem Etikett stehen nur die Inhaltsstoffe, die Anzahl der Tabletten und die Dosis an Wirkstoffen, die jede Tablette enthält. Mehr nicht, keine Apotheke oder so etwas. Wie sind sie hier auf den Müll geraten? Warum hat sie jemand weggeworfen?«

Kobari zuckte die Achseln. »Der Besitzer hat sie nicht mehr gebraucht.«

Andrew schüttelte den Kopf. »Nein. Die Menschen – Afrikaner wie Europäer – behalten ihre Medikamente normalerweise noch lange, nachdem die Krankheit abgeklungen ist, gegen die sie sie ursprünglich benutzt haben. Fast so, als wären sie eine Art Talisman, der sie davor schützt, dass die Krankheit zurückkehrt. Morphium wird gegen Schmerzen eingesetzt, gegen jede Art von Schmerzen, und kann immer wieder verwendet werden. Und die Flasche war noch fast voll, als der Idiot sie in die Finger gekriegt hat – und wenn jemand diese Pillen gegen Schmerzen brauchte, warum hat er dann nur so wenige davon genommen?«

Wieder zuckte Kobari die Achseln. »Können wir von der Flasche Fingerabdrücke nehmen?«

»Der Idiot hat sie abgewischt. Und die anderen Idioten hatten sie in der Hand.«

»Vielleicht können wir den Müll rund um die Stelle herum untersuchen, an der er sie gefunden hat.«

»Die Frau weiß nicht, wo das war.«

»Vielleicht ist sie auch nur aus Versehen weggeworfen worden, Sergeant. Das passiert schon mal.«

Andrew nickte. Er trommelte mit der Plastikflasche auf sein Knie, blickte aus dem Fenster und wandte sich wieder an Kobari. »Wer ist in letzter Zeit gestorben? In den letzten Wochen?« Kobari sammelte Todesanzeigen. Aus irgendeinem seltsamen Grund hielt er das für einen Teil seiner Polizeiausbildung.

Kobari runzelte die Stirn. »Europäer oder Afrikaner?«

»Beides. Auch Asiaten. Touristen. Alle. Natürliche Todesursache – zumindest muss es danach ausgesehen haben.«

»Also«, sagte Kobari, »da hätten wir *Bwana* Dinsmore, den Vorsitzenden des Angelvereins. Miss Kaufman, die Schwester des alten deutschen Arztes. Diesen katholischen Pfarrer – wie hieß der noch?«

»*Baba* Reilly.«

»Genau. Und Alysha, die Frau von Ali, dem Trinker aus der Klinik. Und Ruth Mbaio aus dem Delight. Ach, und dieser Tourist, der ertrunken ist, dieser Hippie.«

»Ganz schön viele Tote in letzter Zeit«, sagte Andrew.

»Die Winde sind abgeflaut und der Regen hat noch nicht eingesetzt.«

Andrew nickte. Er überlegte einen Augenblick. »Ich glaube«, sagte er, »dass wir einigen Leuten ein paar Fragen stellen müssen.«

Andrew nahm die Pillenflasche aus der Tasche, beugte sich auf seinem Stuhl vor und stellte sie auf den Kaffeetisch. Der Mann blinzelte, sah ihn an und fragte: »Woher haben Sie die?«

»Kennen Sie die Smoke People?«

Der Mann nickte.

»Einer von ihnen ist heute Morgen gestorben. An einer Überdosis dieser Tabletten.«

Der Mann sagte nichts, lehnte sich nur auf seinem Stuhl zurück und wartete.

»Sie werden feststellen«, sagte Andrew, »dass auf dem Etikett weder eine Apotheke noch der Name eines Arztes steht. Offensichtlich wurden sie nicht als Medikament verschrieben. Wie sind sie also in die Hände dieses Mannes geraten? Meiner Ansicht nach gibt es dafür drei Möglichkeiten. Die erste ist, er hat sie einfach im Müll gefunden. Die zweite, er hat sie irgendwo gestohlen. Sein Sohn war krank, und er hatte schon seit längerem versprochen, etwas dagegen zu unternehmen. Vielleicht ist er heute Morgen in Dr. Sayjits Klinik gegangen – genug Zeit hatte er – und hat sie dort irgendwo herumliegen sehen. Und dann hat er sie geklaut.

Die dritte Möglichkeit ist natürlich, dass jemand sie ihm gegeben hat. Aber das müsste dann eine Person gewesen sein, die problemlos an solche Dinge herankommt. Aber warum sollte eine solche Person einem Mann wie diesem ein so gefährliches Medikament geben?«

Andrew machte eine kurze Pause, der andere Mann zuckte die Achseln.

»Ich habe an Erpressung gedacht«, sagte Andrew. »Vor ein paar Wochen ist eine Frau eines natürlichen Todes gestorben, oder so sah es jedenfalls aus. Merkwürdigerweise arbeitet ihr Mann, wie mir gesagt wurde, in Dr. Sayjits Klinik. Und ungefähr zu dem Zeitpunkt, als diese Frau gestorben ist, kam der Tote in den Besitz eines Transistorradios. Ich habe mich gefragt, ob er vielleicht etwas wusste, womit er den Ehemann erpressen konnte? So dass er von diesem Mann zuerst das Radio und später dann die Pillen bekam?

Aber inzwischen habe ich erfahren, dass Ali Bey, der Ehemann, seit einer Woche auf Familienbesuch in Mombasa ist. Er kann dem Mann das Medikament also heute nicht gegeben haben – und aller Wahrscheinlichkeit nach hat der Mann es heute bekommen, er hat nämlich offenbar sofort, als er die Pillen in der Hand hatte, angefangen, sie einzunehmen.«

Andrew wechselte die Sitzhaltung. »Zur zweiten Möglichkeit, dem Stehlen: Die Leute, die mit dem Toten zusammenlebten, wollten mir weismachen, dass er im Schlaf gestorben ist. Ich gehe davon aus, dass sie das nur gesagt haben, weil sie sicher sein konnten, dass er heute Morgen nicht im Ort war. Sonst hätte ihn jemand gesehen haben und ihre Geschichte damit widerlegen können. Ich habe mich in der Klinik erkundigt, und der Mann ist tatsächlich nicht dort gewesen.

Also bin ich zu dem Schluss gekommen, dass der Mann die Flasche heute Morgen beim Herumwühlen im Müll gefunden haben muss.«

Der andere sah Andrew jetzt aufmerksam an.

Andrew sagte: »Aber warum sollte man eine fast volle Flasche Morphiumsulfat wegwerfen?« Er zählte die Argumente gegen dieses Vorgehen auf, die er zuvor Kobari schon genannt hatte. »Eine Möglichkeit wäre natürlich, dass jemand das Morphium benutzt hat, um jemand anders beiseite zu schaffen, und das Medikament dann, aus Angst, entdeckt zu werden, weggeworfen hat. Und der einzige Mensch in der Township – mit Ausnahme von Ali Bey –, der Zugang zu diesem Medikament hat und vor kurzem den Verlust einer ihm nahe stehenden Person zu beklagen hatte, sind Sie, Dr. Kaufman.«

Dr. Kaufman senkte den Kopf und fuhr sich mit der knochigen, von Altersflecken gesprenkelten Hand durchs dünne, weiße Haar. Andrew wartete. Er sah sich im Wohnzimmer um. Es war groß, aber einfach eingerichtet; ohne den üblichen afrikanischen Kitsch, mit dem die meisten Europäer ihre Häuser voll stopften. Die Möbel waren aus massivem dunklem Holz. Hoch über ihnen ein aus Palmwedeln und Mangrovenstangen geflochtenes *makouti*-Dach. Dr. Kaufman blickte auf. »Eine interessante Geschichte, Sergeant.« Der deutsche Akzent war kaum herauszuhören.

Andrew sagte bloß: »Ein Mensch ist gestorben, Doktor.«

Der Arzt nickte. »Ja«, sagte er. »Ja.« Er sah zur Seite, hob die rechte Hand, rieb sich mit den Fingerspitzen über die Schläfe und schloss die Augen. Er war Ende siebzig, groß, aber gebeugt. Das graue Hemd hing auf hageren Schultern, die graue Hose über knochigen Knien.

Er öffnete die Augen und fragte Andrew: »Warum sind Sie allein gekommen?«

»Ich dachte, Sie würden offener reden, wenn Ihnen nur ein Polizist gegenübersitzt.« Dasselbe hatte er Kobari erzählt. Außerdem war Dr. Kaufman eine hoch angesehene Persönlichkeit. Er war schon vor dem Zweiten Weltkrieg in die Township gekommen, wurde geschätzt und von vielen sogar geliebt. Falls Andrew sich irrte, war es besser, wenn die Folgen nur auf ihn zurückfielen.

Dr. Kaufman sagte: »Viele Beweise haben Sie nicht.«

»Nein«, gab Andrew zu. »Noch nicht.«

Der Arzt lächelte traurig, wodurch die tiefen Falten in

seinem Gesicht allerdings kaum tiefer wurden. »Sie sind ein äußerst kluger Mann, Sergeant.«

Andrew sagte nichts.

Dr. Kaufman betrachtete sein Wohnzimmer mit ruhigem, nachdenklichem Blick, als wollte er es sich ins Gedächtnis einprägen. Schließlich sah er Andrew wieder in die Augen. »Frieda hatte Krebs«, sagte er. Er holte tief Luft. »Leberkrebs, verstehen Sie? Er war unheilbar. Als sie mir von den Schmerzen erzählte, war die Krankheit schon zu weit fortgeschritten. So war sie nun einmal. Hat sich immer geweigert, Schwächen einzugestehen.« Er blickte zur Seite, erinnerte sich. Der Anflug eines Lächelns huschte über sein Gesicht. »Sie…« Er schüttelte den Kopf, wandte sich Andrew zu und sagte mit energischer Stimme: »Wir sind nach Nairobi geflogen, haben alle Tests gemacht, aber es hatte keinen Sinn. Man konnte nichts mehr machen.«

Wieder holte er tief Luft. »Sie hat keine Schmerzmittel genommen. Sie sagte, sie wolle einen klaren Kopf behalten, um das, was mit ihr geschieht, bewusst zu erleben.« Er schwieg, runzelte die Stirn. »Nein, jetzt klingt es so, als wäre sie eine Art Walküre. Unmenschlich. Das war sie nicht. Sie glaubte, dass das eine ebenso wichtige Erfahrung sei wie jede andere, und solange sie es ertragen konnte, wollte sie diese Erfahrung auch machen. Es sei ein Teil ihres Lebens, sagte sie. Es hatte eine Bedeutung, und es gab ihrem Leben eine. Wir haben darüber gesprochen. Wenn die Schmerzen unerträglich werden sollten und sie mich bitten würde, ihrem Leben ein Ende zu setzen, würde ich es tun, darauf haben wir uns geeinigt.«

Er sah wieder kurz zur Seite, blickte Andrew dann aber sofort wieder in die Augen. »Ich musste ihr versprechen, danach weiterzuarbeiten weiterzuleben. Wir waren uns sehr nahe, müssen Sie wissen. Sie wusste, dass ich mit dem Gedanken spielen würde, auch meinem Leben ein Ende zu setzen.«

Er räusperte sich und holte noch einmal tief Luft. »Drei Monate lang habe ich sie leiden sehen. Verstehen Sie das nicht falsch, ich suche nicht nach einer Entschuldigung, ich will es Ihnen nur erklären. In den letzten Wochen schlief sie nicht, konnte nicht aufstehen. Nachts hörte ich sie, hörte, wie sich ihr Körper verkrampfte. Aber sie hat nie vor Schmerzen geschrien… Schließlich sagte sie mir, dass sie bereit sei. Ich gab ihr die Morphiumtablette, um sie zu… Sie hatte eine Heidenangst vor Nadeln. Vor dem Zweiten Weltkrieg hatten sie uns – wie sagt man das? – zusammengepfercht. Wir sind gemeinsam mit ein paar anderen aus dem Lager geflohen, aber die Ärzte – Ärzte! – hatten sie mit Nadeln traktiert… Und als sie dann geschlafen hat, habe ich das Strychnin injiziert…«

Dr. Kaufman starrte sehr lange zu Boden. Andrew schwieg. Schließlich sagte der Doktor, ohne aufzublicken: »Wissen Sie, vor ziemlich langer Zeit habe ich einen Eid geschworen. Ich habe geschworen, Leben zu schützen, nicht zu vernichten. Einmal hatte ich gegen diesen Eid verstoßen, und jetzt sieht es so aus, als hätte ich es noch einmal getan.« Er schüttelte den Kopf. »Der arme Kerl.« Er flüsterte: »*Gott.*«

Plötzlich blickte er auf. »Sie müssen wissen, dass ich die Flasche nicht weggeworfen habe, weil ich, wie Sie vermutet haben, Angst hatte, entdeckt zu werden. Der Leichenbeschauer hat meinen Totenschein akzeptiert. Eine Autopsie wurde nicht vorgenommen, und wer sollte etwas gegen Morphium in einer Arztpraxis haben? Die

Spritze hatte ich sofort weggeworfen, aber die Flasche habe ich tagelang bei mir getragen. Ich weiß nicht, wieso. Als Talisman? Als Verbindung, Kontakt zu meiner Schwester? Ich wusste, dass ich diese Tabletten niemand anders geben konnte. Aber irgendwann habe ich sie schließlich bei der Post in den Mülleimer geworfen. Es war dumm, absolut unverzeihlich – nicht wegen dieses Gesprächs, nicht weil Sie mir dadurch auf die Spur gekommen sind, sondern wegen dieses Mannes. Unverzeihlich ...«

Jäh stand er auf. »Also, es ist vorbei, nicht? Ihre« – er lächelte – »Handfesseln werden Sie nicht brauchen. Ich mache keinen Ärger. Wenn ich darf, würde ich allerdings gern ein paar Kleinigkeiten mitnehmen.«

Andrew wusste sofort, was der Doktor vorhatte. Der doppelte Verstoß gegen den Eid machte das eine, der Schwester gegebene Versprechen hinfällig. »Nein, Doktor«, sagte er.

Am nächsten Morgen bestellte der Polizeipräsident Andrew in sein Büro. Er saß am Schreibtisch, und sein runder Kopf und die breiten Schultern zeichneten sich in dem durchs Fenster einfallenden Licht ab. Er hatte ein Blatt Papier in der Hand. Andrew setzte sich.

»Ich habe hier den Bericht vom CID«, sagte er und klopfte auf den Zettel. »Dieser Mann auf der städtischen Müllkippe. Laut Moi ist das eine ganz eindeutige Sache, und Murmajee hat einen Herzstillstand bescheinigt. Bei diesem Murmajee bin ich mir ja, wie Sie wissen, nie so ganz sicher, und was Moi betrifft ...« Er schüttelte lächelnd den Kopf. »Ich möchte wissen, ob das nach Ihrer Ansicht so in Ordnung ist. Glauben Sie, dass es so war?«

Ein guter Mann von fast schon krankhafter Ehrlichkeit, wenn man den Maßstab dieser Polizeieinheit zu Grunde legte, und um einiges – manchmal ein erstaunliches Stück – klüger, als er aussah: Er strotzte nur so vor Muskeln, hatte ein Gesicht wie eine Faust und wirkte stur und träge. Und er kannte Andrew, gab ihm mehr Spielraum und begegnete ihm mit mehr Respekt als die meisten anderen Vorgesetzten – und mit erheblich mehr, als jeder andere Kikuyu auch nur in Erwägung ziehen würde.

Zum ersten Mal in seinem Leben belog Andrew ihn. »Ja«, antwortete er.

Ein Fall von Sterbehilfe, ein zweiter, bei dem es im schlimmsten Fall auf Totschlag hinauslief, die beide mit einem sicheren Freispruch geendet hätten. Aber für den Rest seines Lebens, so lang oder kurz es noch sein mochte, hätte der Doktor mit Gesprächen hinter vorgehaltener Hand und verstohlenen Blicken zurechtkommen müssen.

Jetzt musste er, genau wie Andrew, nur mit sich selbst zurechtkommen. Und Andrew hatte sich und ihm eine Buße auferlegt. Das Baby des Toten: Der Doktor und er würden gemeinsam dafür sorgen, dass es gesund wurde und zu einem kräftigen Jungen heranwuchs.

Andrew verließ das Büro des Präsidenten, ging durch den Dienstraum und trat aus der Tür in den strahlenden Sonnenschein. Im Schatten des Jacaranda wartete Kobari neben dem Land Cruiser. Auch Kobari kam mit der Lüge und sich selbst zurecht. Und Andrew hatte ihn schwören lassen, dass er, sollte die Wahrheit je ans Tageslicht kommen und er in dieser Sache verhört werden, sagen würde, er habe auf Andrews Befehl gehandelt. Kobari hatte den Schwur mit einem Grinsen im Gesicht geleistet, das ihn einer weiteren Lüge überführte.

Jetzt sagte er: »Alles klar?«

Andrew nickte lächelnd. Es war weit besser gelaufen als erwartet.

»Gut«, sagte Kobari und erwiderte das Lächeln.

Sie stiegen in den Wagen und schlugen die Türen zu. Kobari steckte den Schlüssel ins Zündschloss und sah Andrew mit gerunzelter Stirn an. »Eines beunruhigt mich aber doch noch an der Sache, Sergeant.«

»Und das wäre?«

»Das Radio. Ich bin die Diebstahlsmeldungen durchgegangen, und es war nicht dabei. Woher hat so ein Mann so etwas?«

Das war natürlich wirklich heikel: Kaum anzunehmen, dass einer von den Smoke People ein Radio geschenkt bekam. Das Paradoxe an der ganzen Angelegenheit war (oder das Absurde oder das Tragische; auf jeden Fall eine Tatsache, die Andrew nicht einmal Kobari mitgeteilt hatte), dass die Batterien vor einer Woche den Geist aufgegeben hatten, und keine dieser Personen – nicht einer von den vieren – gewusst hatte, dass man neue hätte besorgen müssen.

»Ich weiß es nicht«, sagte Andrew. »Wahrscheinlich werden wir es nie erfahren.«

Kobari nickte, drehte den Zündschlüssel um, rammte den Schalthebel nach vorn und trat das Gaspedal durch.

Allahs Autobus

Der berühmte Bus kam in der Morgendämmerung in der Township an, gerade zu der Zeit, da die Schatten der Straßenlampen verschwammen und die Welt wieder Farbe bekam. Der unscharfe Horizont aus afrikanischem Himmel und Indischem Ozean hinter den dunklen, unbeleuchteten Läden am Markplatz, den schwarzen Silhouetten der Palmen und Kasuarinen hellte sich langsam auf. Das Blaßgrau verwandelte sich in ein helles, schillerndes Blau.

Sergeant M'butu und Constable Kobari saßen auf der Veranda von Abdullah Beys Café und schlürften dort ihren mit Kardamom gewürzten Kaffee. Sie hatten eine lange, anstrengende Nacht hinter sich und waren müde. Als der uralte Autobus schnaufend und stotternd auf den Marktplatz bog, sah Andrew kaum hin, und Kobari blickte nur kurz auf und murmelte in seine Kaffeetasse: »Hippies.«

Andrew drehte sich um und erkannte den Bus sofort. Er hatte ein Bild davon in der Zeitung gesehen, die sie jede Woche aus Nairobi bekamen. Er war trotzdem überrascht, denn das Foto hatte ihn zu der Annahme verleitet, dass das Gefährt nie ankommen würde – weder hier noch sonst irgendwo.

Er sagte auf Suaheli: »Nein. Das sind Moslems, aus Europa.«

Kobari runzelte die Stirn. »Europäische Moslems?«

Andrew zuckte die Achseln. »Sie nennen sich die Kinder Allahs. Offenbar eine Art Sekte. Ursprünglich aus England. Sie reisen um die Welt, um uns Allahs Botschaft näher zu bringen.«

Kobari sagte lächelnd: »Man sollte meinen, dass Allah ihnen ein besseres Transportmittel zur Verfügung stellen könnte, was, Sergeant?«

Das Fahrzeug machte wirklich keinen sehr stabilen Eindruck. Es war etwa dreißig Jahre alt und hing zur Seite, als würde es hinken. Viele Fenster hatten Sprünge und Kerben, zwei Öffnungen waren mit Pappe abgedeckt. Auf dem verbogenen Dachgepäckträger waren etwa drei bis vier Tonnen Pakete und Bündel mit mehreren Kilometern Seil befestigt. Der ganze Bus war mit nicht zusammenpassenden Farben bemalt, und auch die Ausführung des Anstrichs ließ eher auf große Begeisterung als handwerkliches Geschick schließen. Bei Tageslicht und frisch gewaschen hätte das Farbengewirr womöglich hübsch, vielleicht sogar fröhlich aussehen können, aber im Grau der Morgendämmerung und staubig von der langen Fahrt wirkte es öde, tragisch und verzweifelt wie das verblasste Make-up einer abgetakelten Hure.

Der Motor hatte eine Fehlzündung. Dann noch eine. Der Bus rumpelte auf den Platz und blieb direkt vor Andrew und Kobari stehen. Zu dieser Tageszeit waren erst wenige Leute unterwegs – zwei Arbeiter, ein somalischer Fischer und ein paar Hausangestellte. Wie einstudiert blieben alle gleichzeitig stehen, um das Wunder, das ihnen im Zentrum der Township erschienen war, zu betrachten.

Die Tür des Busses öffnete sich, und die europäischen Moslems strömten heraus. In der Zeitung hatte zwar gestanden, dass es sich um Jugendliche handelte, dennoch war Andrew überrascht, wie jung die Reisenden waren. Das sind eigentlich noch Kinder, dachte er. Keiner war älter als zwanzig, die meisten deutlich jünger. Ungeheuerlich, diese Kinder in solch einem Bus quer durch Afrika zu karren.

Den Passagieren schien das alles nichts auszumachen. Mit einem Überschwang, der wahrscheinlich auch dem Anlass, auf jeden Fall aber der Tageszeit nicht angemessen war, hüpften sie fröhlich über den Marktplatz, winkten den Bewohnern der Township lachend zu, und nahmen so den Platz rund um die Vasco-da-Gama-Säule für sich in Beschlag. Die Jungs trugen Jeans und Hemden, die Mädchen weite, knöchellange weiße oder bunt gefärbte Kleider.

»Hab ich doch gesagt«, beharrte Kobari. »Es sind Hippies, Sergeant. Die Frauen tragen keine Schleier. Und keine *bui-buis.*« Tschadors, die langen schwarzen Gewänder der moslemischen Frauen an der ostafrikanischen Küste.

Andrew grinste. »Vielleicht da oben in ihrem Gepäck.« Kobari grunzte zweifelnd.

Sie huschten auf der Terrasse und um Andrew und Kobari herum, lächelten und nickten freundlich. Ein dünnes und sehr blasses Mädchen blieb stehen, strahlte sie liebenswürdig an und sagte: »Hallo.« Große braune, unschuldige und furchtlose Augen. Im langen, schwarzen Haar leuchtete über dem Ohr eine hellgelbe Blume. Engländerin, ungefähr siebzehn Jahre alt.

Andrew nickte, lächelte: »*Jambo.*« Hallo.

Constable Kobari grunzte noch einmal, als wollte er beweisen, dass er nicht auf das Lächeln falscher Moslems hereinfiele, und blickte zur Seite.

Unverdrossen lächelnd griff sie nach oben, nahm die Blume aus ihrem Haar und reichte sie Kobari. Ihre Haut war durchscheinend, man erkannte die filigranen blauen Adern an ihren schlanken Handgelenken.

Kobari verzog grimmig das Gesicht, dabei flatterten seine Augenlider aber einen Moment lang, und Andrew sah, wie er rot anlief.

»Nehmen Sie sie«, sagte er auf Englisch. »Diesen Bestechungsversuch wird keiner melden.«

Mit gerunzelter Stirn und düsterem, auf den Tisch gerichtetem Blick nahm Kobari die Blume entgegen. Ohne aufzublicken sagte er: »*Ashante.*« Danke.

»Ihr Englisch war schon mal besser«, sagte Andrew auf Suaheli.

»Danke«, grummelte Kobari Andrew entgegen.

Das Mädchen lächelte wieder und sagte: »Bitte sehr.« Dann drehte sie sich um und folgte den anderen ins Café.

Andrew schaute wieder zum Platz, wo noch zwei Personen aus dem Autobus stiegen. Zwei Männer. Einer war groß und schlank, trug ein blaues Jeanshemd und eine schwarze Weste über der Jeans. Er war etwas älter als die anderen, Anfang zwanzig. Er bewegte sich lässig, unverkrampft, streckte die Brust etwas heraus und schob bei jedem Schritt die Hüfte nach vorn. Zweifellos Amerikaner. Nur Amerikaner bewegten sich so. Das hatten sie aus Clint-Eastwood-Filmen gelernt.

Beim Gehen hielt er den Kopf etwas schief, weil er dem anderen Mann zuhörte, der offensichtlich der Mullah war, der Anführer. Er war klein, ein wenig übergewichtig, in eine strahlend weiße *jellaba* gehüllt und redete schnell, mit begeistertem Gesichtsausdruck, wobei er mit den Händen hastig kleine Kreise vollführte.

Das, dachte Andrew, ist der Mann, der für das Ganze verantwortlich ist.

Der Mullah musste den prüfenden Blick und vielleicht auch die Missbilligung gespürt haben, denn als er auf die Terrasse kam, sah er Andrew direkt ins Gesicht. Überraschenderweise hellte sich seine Miene auf, die weißen Zähne blitzten, und er eilte breit lächelnd mit ausgestreckter Hand auf Andrew zu. »Hallo, hallo«, rief er. Er hatte runde Wangen, einen schmalen Schnurrbart, der so exakt geschnitten war, dass man glauben könnte, er wäre mit Bleistift aufgemalt, und er hatte seine wenigen, dünnen schwarzen Haare von links nach rechts über die dunkle Glatze gekämmt. »Ich bin Ali Mustapha, o nein, bitte bleiben Sie sitzen. Ein sehr schöner Morgen, nicht wahr?« Beschwingt schüttelte er Andrews Hand. Er sprach ein flötendes Englisch, der Tonfall erinnerte Andrew an den Singsang der Asiaten in der Township.

»Sehr schön«, stimmte Andrew widerstrebend zu. Ihm gefiel weder der Mann noch sein Überschwang. »Ich bin Sergeant M'butu. Und das ist Constable Kobari.«

Der Mullah ließ Andrews Hand los und ergriff Kobaris. »Es ist mir eine Freude, ganz außerordentlich.« Er zeigte auf Clint Eastwood, der mit ausdruckslosem Gesicht neben ihm stand, die Daumen in die Gürtelschnalle gehängt, und Andrew und Kobari ansah, als erwartete er, dass sie jeden Moment Revolver aus dem Ärmel zögen. »Dies ist ein sehr guter Freund von mir, und er fährt unseren Bus. Luke Brady.«

Ohne das Gesicht zu verziehen oder die Hand zum Gruß auszustrecken, nickte Luke Brady. Der echte Clint hätte es nicht besser machen können.

Der Mullah sagte: »Wir werden einige Tage in Ihrem

sehr hübschen Ort bleiben, weil Luke ein paar Reparaturen an unserem Gefährt vornehmen muss. Wie es aussieht, funktionieren einige wichtige Geräte nicht mehr richtig. Meinen Sie, dass es erforderlich ist, unsere Ankunft bei der Behörde zu melden?«

Andrew schüttelte den Kopf. »Nein, erforderlich ist das nicht.« So wie Gerüchte sich in der Township ausbreiteten, wussten sowieso längst alle Bescheid. »Aber vielleicht ratsam. Einige der Leute, die mit Ihnen reisen, sehen sehr jung aus. Die Papiere sind alle in Ordnung?«

»O ja«, strahlte der Mullah, »vollkommen. Wir haben für alle Pässe und Genehmigungen von den Eltern und ein Gruppenvisum von ihrer äußerst fortschrittlichen Regierung.« Er beugte sich vor und hob die Augenbrauen, als wolle er ein wunderbares Geheimnis verkünden. »Wissen Sie, wir sind auf dem Weg nach Indien.«

Andrew nickte: »Ja, das habe ich in der Zeitung gelesen.« Erstaunlich, dass jemand bereit war, diesem Einfaltspinsel auch nur über die Straße zu folgen, geschweige denn durch einen ganzen Kontinent.

»Ah«, strahlte der Mullah. *Presseberichte*. Wirklich alleroberste Schublade!« Freudestrahlend rieb er sich die Hände.

»Ja«, sagte Andrew. Erstaunlich. »Aber vielleicht wäre es doch besser, wenn Sie sich auf dem Polizeirevier melden. Es liegt drei Straßen weiter in diese Richtung, an der Ecke Harambee Street.«

»Selbstverständlich«, strahlte der Mullah. »Es ist uns eine riesige Freude. Und ich bin Ihnen sehr dankbar für die ausgezeichnete Wegbeschreibung. Wollen Sie sich für eine Tasse Kaffee oder einen kleinen, schmackhaften Imbiss zu uns setzen?«

»Nein«, sagte Andrew, »vielen Dank. Wir müssen los.«
Er stand auf. Kobari folgte seinem Beispiel.

»Ja«, sagte der Mullah strahlend, »dann vielleicht ein andermal. Ich hoffe wirklich, dass wir uns bald wieder sehen.« Er streckte seine Hand aus, schüttelte Andrews, schüttelte Kobaris.

Luke Brady nickte mit ausdruckslosem Gesicht. Mürrischer Flegel.

Noch immer strahlend, nickte der Mullah, dann verschwand er mit Luke Brady über die Terrasse ins überfüllte Café.

Kobari sagte auf Suaheli: »Vielleicht sollten wir noch etwas bleiben, Sergeant. Falls es Ärger gibt.«

»Was soll es hier schon für Ärger geben?« Er sah, dass Kobari die Blume, die die junge Engländerin ihm gegeben hatte, immer noch in der Hand hielt. Er sagte: »Oder wollen Sie das Blumenkind noch einmal sehen?«

»Pah«, erwiderte Kobari und machte eine wütende Bewegung mit der Blume. Aber er lief wieder rot an.

»Kommen Sie«, sagte Andrew. »Wir machen eine Meldung über die Ankunft der Gruppe. Sergeant Oto hat Dienst. Falls es erforderlich ist, darf er das Kindermädchen spielen.«

Kobari steckte die gelbe Blume in seine Hemdtasche. Lächelnd sagte Andrew: »Die kommen schon klar. Sie haben es bis hierher geschafft, und ich glaube kaum, dass ihnen hier etwas geschieht.«

Wie sich herausstellte, war das ein Irrtum.

»Keine Wunden, keine Prellungen, nichts«, sagte der mollige Dr. Murmajee.

»Was ist mit denen, hier an den Armen?«, fragte

Andrew. Die beiden hockten nebeneinander im Sand. »Könnten das Einstiche von Spritzen sein?«

»Ach je, nein«, sagte Murmajee. »Nein, nein, das sind wohl Bisse von Sandflöhen. Gemeine Biester, aber keineswegs tödlich, leider. Nein, nein. Ich fürchte, wir müssen in diesem Fall wirklich eine Autopsie vornehmen, um etwas Substantielles herauszubekommen.« Er schüttelte bedauernd den Kopf, konnte seine Begeisterung aber nur ungenügend verbergen. Eine Autopsie war für ihn die einzige Möglichkeit, das Innenleben von Europäern näher zu untersuchen.

»Die Entscheidung, ob eine Autopsie erforderlich ist, liegt beim CID.«

»O ja«, sagte Murmajee. »Ja, selbstverständlich, Sergeant.«

»Und da er britischer Staatsbürger war, müssen die entsprechenden Formulare von der Honorarkonsulin gegengezeichnet werden.«

»O ja.« Nickend. »Die gute Mrs. Winfield. Eine sehr ehrenwerte Dame, Sergeant.«

»Wann ist der Tod eingetreten?«

»Ach je. Vor ein paar Stunden, würde ich sagen. Vielleicht waren es neun, vielleicht zwölf. Die Leichenstarre hat schon eingesetzt, sehen Sie.« Er piekste mit einem dicken Finger in den reglosen Arm. »Aber durch die Untersuchung des Mageninhalts könnten wir das natürlich weitaus genauer bestimmen…«

»Ja«, sagte Andrew und stand auf. Er sah auf seine Uhr. Viertel vor sieben; also gestern Abend zwischen sechs und neun. Er blickte Murmajee an. »Danke, Doktor. Das CID wird sicher Kontakt zu Ihnen aufnehmen.«

Dr. Murmajee stand auf. Er stieß einen langen Seufzer

aus, es klang, als würde die Luft langsam durch ein Loch im Reifen entweichen. Er klopfte sich den Sand vom schlaff herabhängenden Jackett und den ausgebeulten Knien seiner schwarzen Hose. »Es ist mir immer eine große Freude«, sagte er fröhlich, »in diesen Angelegenheiten mit Ihnen zusammenzuarbeiten.«

Andrew nickte, und Murmajee watschelte den Strand entlang davon. Er summte vor sich hin: eine Fröhlichkeit, die zweifellos der Vorfreude auf Skalpell und Knochensäge entsprang. Fast auf die Stunde genau vor einem Tag war der Autobus in der Township angekommen. Jetzt, da die Farben im aufkommenden Tageslicht wieder greller wurden, stand er etwa dreißig Meter von Andrew entfernt im Sand. Die meisten der europäischen Moslems standen schweigend in kleinen Gruppen um den Bus herum. Constable Kobari ging langsam von einem zum anderen, stellte ein paar Fragen und schrieb ein paar erste Stellungnahmen auf. Andrew betrachtete die Leiche, die halb entblößt in dem alten Schlafsack lag: die nackten, leblosen Schultern im kalten Sand, das auf eigenartige und unverkennbare Weise eingefallene Gesicht in seiner letzten Entspannung. Er war weit gereist, nur um in einem fremden Land an einem einsamen Strand zu sterben. Es sah aus, als wäre er ihm Schlaf gestorben. Hatte er von der Heimat geträumt?

Wild herumzuspekulieren gehörte nicht zu Andrews Job. Also an die Arbeit. Er drehte sich um und ging Richtung Wasser. Seine Schuhe sanken tief in den weichen Sand. »Verzeihung«, sagte er.

Der Mullah saß mit gekreuzten Beinen am Strand und blickte aufs Meer hinaus, über dem die Sonne gerade als große gelbe Scheibe aufgegangen war. Er hielt den Rücken kerzengerade und hatte die Hände auf seiner *jella-bah* übereinander gelegt. Als er aufblickte, musste Andrew verblüfft feststellen, dass der Mullah wieder einmal strahlte.

»Ah«, sagte er. »Und wie geht es Ihnen an diesem wundervollen Morgen, mein Freund?«

Perplex antwortete Andrew mechanisch: »Sehr gut, danke.« Dann runzelte er die Stirn. Wundervoller Morgen? War der Mann verrückt? »Ich fürchte«, sagte er, »ich muss Ihnen einige Fragen stellen.«

»Ja, ja, aber selbstverständlich«, sagte der Mullah lächelnd. Er klopfte neben sich auf den Sand. »Setzen Sie sich doch, bitte. Ich freue mich wirklich ganz außerordentlich, Sie wieder zu sehen.«

Einen Augenblick dachte Andrew, dass der Mann nicht wusste, vielleicht nicht verstanden hatte, dass der Junge tot war. Er warf einen Blick auf die leblose Gestalt hinter sich. Nein. Ausgeschlossen. Aber was sollte das dann? Andrew nahm sein Notizheft aus der Hemdtasche und setzte sich neben den Mullah. Er sagte: »Würden Sie mir bitte sagen, wer die Leiche wann entdeckt hat?«

»Ja, ja«, sagte der Mullah und strahlte ihn immer noch idiotisch grinsend an. »Die kleine Belinda hat ihn gefunden, und das ist vielleicht ungefähr eine Stunde her. Das hat sie ziemlich mitgenommen, natürlich, und daher ist sie zu mir gekommen, um es mir zu sagen.«

»Wer hat die Polizei informiert?«

»Ich habe den kleinen Alex den Strand hinauf zu dem schönen großen Haus an der Landzunge geschickt. Gestern habe ich mich mit den Besitzern unterhalten, wirklich ein äußerst angenehmer Erfahrungsaustausch, und daher wusste ich natürlich, dass sie Englisch sprechen. Ja, ein sehr nettes Ehepaar, Sergeant, die Crenshaws – kennen Sie sie zufällig?«

»Nein, nicht persönlich.« Andrew wurde langsam von einem Gefühl der Unwirklichkeit erfasst: Er unterhielt sich mit dem Mullah am Strand, und dabei waren sie irgendwie auf einer anderen Wellenlänge als der Rest der Welt. »Ich habe den Eindruck«, sagte er, »dass Sie den Verlust ziemlich gut bewältigt haben.«

Der Mullah strahlte. »O ja, herzlichen Dank, Sergeant.« Er beugte sich zu Andrew und sagte mit gesenkter Stimme: »Aber wenn ich ganz ehrlich bin, muss ich doch zugeben, dass ich mich einen kurzen Augenblick lang der Selbstsucht hingegeben und alles völlig vergessen hatte.«

»Vergessen?«, fragte Andrew. »Was hatten Sie vergessen?«

»Ich hatte vergessen, dass diese Welt und alles in ihr natürlich das Spiegelbild Allahs ist.« Er strahlte wieder. »Ich habe ihn sehr gerne gemocht, wissen Sie«, sagte er und nickte in Richtung der Leiche, »und ich habe mir in meiner albernen Selbstsucht erlaubt, vom rechten Weg abzukommen. Aber schließlich hat Allah in seiner Gnade eingegriffen.«

»Ich verstehe.« Allah, natürlich, oder vielleicht doch ein Hirnschaden. »In seinem Pass steht, dass er Robert Laird hieß. Wie lange war er schon bei Ihrer Gruppe?«

»Oh, ziemlich lange. Ja, vier Jahre. Wissen Sie, er war einer der Ersten.«

»Aber er war erst achtzehn. Ist er schon mit vierzehn zu Ihnen gekommen?«

»Jugend ist völlig relativ, Sergeant. Er war ein Ausreißer und hatte schon Dinge erlebt, die die meisten Erwachsenen, wenn sie Glück haben, niemals erleben werden. Er hat mit Alkohol, Drogen und viel Schlimmerem zu tun gehabt.«

»Hatte er immer noch damit zu tun?«

»O nein. Er war ganz artig, sehr freundlich, sehr ernst, hat allen seine Hilfe angeboten.«

Andrew nickte. Artige Jungs waren ihm suspekt. »War er gesund?«

»Vollkommen. Er war in den Bewegungen sehr gut geworden.«

»Bewegungen?«

»Zweimal am Tag haben wir Bewegungsstunden, Übungen zur Harmonisierung von Körper und Geist. Es macht sehr viel Spaß.«

»Gymnastik.«

»Nein, nein. Bewegungen.«

»Ah, ach so. Und er hatte auch keine Herzprobleme? Oder sonstige Beschwerden?«

Der Mullah schüttelte den Kopf. »Alle wurden vor der Abfahrt aus London ausgiebig untersucht. Darauf hatte ich bestanden, natürlich. Diejenigen, die nicht geeignet waren, mussten dort bleiben.«

»Hatte er Feinde unter den anderen?«

Zum ersten Mal runzelte der Mullah die Stirn. »Feinde, Sergeant? Wir sorgen füreinander, kümmern uns um die anderen und gehen unserer gemeinsamen Aufgabe nach. Unter uns gibt es keine Feindschaften.«

»Nein«, sagte Andrew, »gewiss nicht. Aber könnte es nicht sein, dass der eine oder andere unter ihnen sich vielleicht nicht so sehr um ihn gekümmert, sich ein paar Sorgen weniger gemacht hat?«

Der Mullah sah Andrew einen Augenblick lang an.

Hoch über ihnen schrie eine einzelne Möwe. Schließlich sagte der Mann mit trauriger Stimme: »Sie haben einen schwierigen Beruf, Sergeant. Er verlangt von Ihnen, die Zwietracht zu suchen, statt sie zu meiden.« Sein Lächeln wurde breiter. »Aber ich muss Ihnen in aller Offenheit mitteilen, dass Ihr Versuch, nachsichtig mit mir umzugehen, mich mit größter Zufriedenheit erfüllt.« Er strahlte wieder – es konnte einen zur Raserei bringen. »Unglücklicherweise fürchte ich, dass meine Antwort eine Enttäuschung für Sie sein wird. Sie lautet einfach nein.«

»Keine Krankheit, keine Feinde. Aber trotzdem ist der Junge tot.«

Der Mullah hob die Augenbrauen. »Wie ich sehe, vermuten Sie üble Machenschaften. Eine Intrige.«

»Ich vermute gar nichts, solange ich nicht mehr weiß. Sie werden sicher verstehen, dass eine Autopsie in einem Fall wie diesem praktisch unvermeidlich ist.« Der Mullah zuckte kurz die Achseln. »Es ist nur noch Fleisch.«

Andrew runzelte die Stirn. Eine sehr ungenierte Bemerkung für einen Moslem.

Der Mullah, der Andrews Reaktion gesehen hatte, lächelte ihm zu. »Er ist noch unter uns, Sergeant. Die Erscheinungsformen mögen sich ändern, aber sie bleiben doch die Gleichen.«

»Ja.« Jetzt also Erscheinungsformen. »Mrs. Winfield, die Honorarkonsulin, wird mit Ihnen in Kontakt treten. Ich fürchte, Sie werden einige Dokumente ausfüllen müssen.«

»Ja, ja«, erwiderte der Mullah strahlend. »Nichts entgeht dem eisernen Griff der Dokumente, was, Sergeant? Nicht einmal der Tod.«

Plötzlich rief eine bekannte Stimme hinter ihnen: »*Ser-*

geant M'butu!« Andrew drehte sich um und sah Cadet
Inspector Moi in einem exzellent geschnittenen Safari-
Anzug (dessen Farbe Andrew nach kurzer intensiver
Überlegung als *mauve* identifizierte) auf sie zukommen.
Hinter ihm folgte Hasdrubal Inye, sein Sergeant. Das
Criminal Investigations Directorate war am Tatort einge-
troffen.

Andrew stand auf, nickte dem Mullah zu und sagte:
»Vielleicht werden wir uns später noch einmal unterhalten.«

Der Mullah strahlte. »Oh, wunderbar. Darauf freue ich
mich schon sehr, Sergeant.«

Andrew ging Inspector Moi entgegen, der die Leiche im
Vorbeigehen mit einem kurzen Blick maß und etwas murmelte. Inye blieb daraufhin stehen und hockte sich neben
die Leiche. Moi ging weiter.

»In Ordnung«, sagte Moi, als er Andrew gegenüber-
stand. »Dann setzen Sie mich mal ins Bild.« Nach nur
einem Praktikumsjahr bei Scotland Yard konnte Moi
einen solchen Satz von sich geben, als hätte er von Geburt
an nichts anderes getan.

Andrew erzählte das wenige, was er in Erfahrung gebracht hatte. Inspector Moi gähnte gelangweilt. »Klingt,
als könnten wir da nicht viel machen. Wahrscheinlich ein
Herzanfall. Oder Drogen.«

Andrew sagte: »Ich glaube nicht, dass Drogen im Spiel
sind. Im Bus können keine gewesen sein – so wie die aussehen, wurden sie wahrscheinlich von jedem Polizisten
zwischen der Grenze und hier durchsucht. Und da sie gestern erst angekommen sind, werden sie kaum die Zeit
gehabt haben, jemanden zu finden, der ihnen Stoff verkauft.«

Moi rümpfte die Nase. »Also ein Herzanfall, wie ich schon sagte. Passiert häufiger mal bei den *Wazungu*« – den Europäern –, »die vertragen die Hitze einfach nicht.«

»Er war kerngesund.«

»Na, so ganz offenbar dann doch nicht. Ha ha.« Er sah zur Leiche hinüber und strich sich über seinen eleganten Spitzbart. »Eine Autopsie müssen wir wohl trotzdem vornehmen lassen. Verdammte Zeitverschwendung, aber was soll man machen.« Er wandte sich dem Mullah zu, der immer noch im Sand saß und aufs Meer hinausblickte. »Ist das der große Wallawalla?«

Andrew nickte. »Ihr Anführer, ja.«

»Hält Zwiesprache mit Allah, was? Oder wartet er nur auf den nächsten Zug? Ha ha.« Als Andrew nicht antwortete, runzelte er die Stirn, strich sich noch einmal über den Spitzbart und sagte: »Nun denn. Wir übernehmen den Fall. Sagen Sie Ihrem Mann, dass er Inye alles mitteilen soll, was er herausbekommen hat, dann können Sie Ihrer Wege ziehen.«

Nur wenigen Frauen kann man mit einer gewissen Berechtigung einen breiten Brustkorb zusprechen. Mrs. Winfield, die britische Honorarkonsulin, war eine von ihnen. Sie war klein, stämmig, hatte keine Taille, und ihr Bauch hing wie bei einem Bauarbeiter über den Gürtel der unvermeidlichen Jeans. Sie war nie geschminkt und trug ihr kräftiges, graues Haar kurz wie ein Mann und mit einem Seitenscheitel. Trotz allem wirkte sie allerdings keineswegs maskulin, sondern vielmehr so vollkommen und unabänderlich geschlechtslos, als weigerte sie sich völlig, die Geschlechtlichkeit als solche anzuerkennen, ein Konzept, das offenbar absolut nichts mit ihr zu tun hatte. (Es hatte einmal einen Mr. Winfield gegeben, aber er war schon vor über zwanzig Jahren gestorben – aus eben diesem Grunde, wie die Witzbolde der Township mutmaßten.)

Sie saß über ihren Schreibtisch gebeugt und hatte Andrew den breiten, mit einem karierten Flanellhemd bekleideten Rücken zugewandt, als der junge somalische Hausdiener ihn in das mit Bücherregalen gesäumte Arbeitszimmer führte und in akzentfreiem, britischem Englisch verkündete: »Sergeant M'butu, Madam.«

»Einen ganz kleinen Moment bitte, Sergeant«, sagte sie über die Schulter. »Danke, Dullah.« Zwischen den Büchern und Papieren, mit denen ihr Schreibtisch übersät war, hantierte sie mit etwas in einem Schuhkarton herum. Ein neues Paar vernünftiger Wanderschuhe?

Der Diener nickte Andrew kurz zu, drehte sich um und verließ geräuschlos das Zimmer.

»Ha!«, sagte Mrs. Winfield plötzlich. »Hab ich dich!« Sie drehte sich zu Andrew um und präsentierte ihm grinsend ein Insekt von der Größe einer Suppentasse, dessen Panzer sie mit ihren Fingern umklammerte. Und das Vieh *lebte*, die schwarzen Chitin-Beine surrten wild in der Luft herum. Andrew konnte auf der anderen Seite des Zimmers hören, wie sie aneinanderschlugen. Ihm rutschte der Magen in die Kniekehle.

»Ist er nicht eine Schönheit?«, fragte sie stolz. »Nashornkäfer. Gerade erst angekommen. Die werden hier nicht so groß. Ein Vetter von Ali hat ihn im Landesinneren gefunden. Sehen Sie sich bloß mal diese *Hörner* an.«

Mrs. Winfield hatte einen gewissen Ruf als Amateur-Insektenkundlerin. Andrew, der weiche Knie hatte, wurde bewusst, dass er auf so etwas hätte vorbereitet sein müssen.

»Ja, mein Süßer«, sagte sie zu dem Käfer und hielt ihn sich vors Gesicht. Seine langen Beine durchfurchten die Luft, als würde er ihr mit Freude die Haut abziehen. »Nun aber Ruhe. Husch, husch in deinen Karton. Ich kümmer mich später um dich. In Ordnung. So.« Sie legte den Deckel auf den Karton und wandte sich Andrew zu.

»Entschuldigen Sie, Sergeant, dass ich mich so gehen lasse, aber ich musste unbedingt einen Blick auf den Burschen werfen. Hier, bitte setzen Sie sich.« Sie zeigte auf den Stuhl neben dem Schreibtisch.

Misstrauisch beäugte Andrew den Schuhkarton.

»Keine Sorge«, sagte sie lächelnd. »Darin ist er gut aufgehoben. Und ich versichere Ihnen, dass er sich bei Ihrem Anblick weit mehr erschrocken hat, als Sie sich bei seinem.«

Das, dachte Andrew, ist äußerst unwahrscheinlich. Aber mit einem weiteren unsicheren Blick auf den Karton ging er durchs Zimmer und setzte sich. Aus dem Karton war ein kurzes Kratzen zu vernehmen.

»Also«, sagte sie. »Wie kann ich Ihnen helfen? Heute in Zivil, wie ich sehe. Reisen Sie inkognito?«

»Das ist ein inoffizieller Besuch.«

»Ja? Persönliche Angelegenheit? Visum?«

Andrew schüttelte den Kopf. »Es hat mit dem jungen Engländer zu tun, der vor zwei Tagen gestorben ist.«

Mrs. Winfield runzelte die Stirn. Ihr derbes, rundes Gesicht wurde vor allem durch das lebhafte Mienenspiel davor bewahrt, hässlich zu wirken. »Aber Sie sagten inoffiziell.«

»Ja. Kennen Sie Dr. Murmajee?«

»Ja, natürlich. Ich habe die Formulare für die Erlaubnis der Autopsie unterzeichnet.«

»Er ist recht besorgt wegen dieses Jungen.« Sogar so besorgt, dass er heute Morgen zu Andrews Haus gekommen war und Mary gedrängt hatte, ihn zu wecken. »Er konnte die Todesursache nicht bestimmen.«

»Herzstillstand, dachte ich. Der Bericht liegt hier irgendwo.« Sie wedelte mit der Hand über ihren Schreibtisch. »Ich habe ihn von diesem Typen vom CID, der sich wie ein Zuhälter in Nairobi kleidet.«

»Aber Herzstillstand besagt nur, dass das Herz aufgehört hat zu schlagen, erklärt aber nicht, warum. Dr. Murmajee wurde gewissermaßen, äh, dazu gedrängt, es zu unterzeichnen, weil er die exakte Todesursache nicht feststellen konnte.«

»Von wem wurde er gedrängt?«

»Von gewissen Behörden.«

Sie lächelte. »Da ist Diskretion gefordert, nicht wahr?«

Andrew nickte. »Wie gesagt, es gab keinerlei Hinweise auf die Todesursache. Kein Anzeichen für äußerliche Gewalteinwirkung, kein Gift oder sonstige Fremdstoffe im Körper. Alle Organe waren bei bester Gesundheit.«

»Aber dennoch ist der Junge tot.«

»Ganz genau.«

»Und, äh, welchen Verdacht hegte Dr. Murmajee?«

»Er hat den Verdacht, ohne ihn weiter untermauern zu können, dass der Junge erstickt ist.«

»Erstickt? Er wurde erwürgt? Aber dann hätte man doch sicher Anzeichen gefunden.«

»Wenn er erwürgt worden wäre, schon. Über dem Kehlkopf ist ein kleiner Knochen, das Zungenbein, der in solchen Fällen häufig bricht. Meistens treten auch noch Schäden am Kehlkopf selbst auf. Und es gibt noch weitere Hinweise. Etwas, das Petechien heißt, winzige geplatzte Kapillaren in den Augen, die man bei genauer Untersuchung entdeckt.« Der größte Teil dieses Wissens war Andrew erst heute Morgen im Gespräch mit Murmajee vermittelt worden.

»Aber das alles war nicht festzustellen«, sagte sie.

»Nein. Aber das sind, wie gesagt, die Anzeichen für ein Erwürgen, bei dem direkt auf den Kehlkopfbereich Gewalt ausgeübt wird. Dr. Murmajee hat mich darauf aufmerksam gemacht, dass es möglich ist, einen Menschen auch ohne Ausübung solcher Gewalt zu ersticken.«

»Tatsächlich«, sagte Mrs. Winfield und hob die Augenbrauen interessiert. »Wie das?«, fragte sie, als wollte sie es selbst einmal versuchen.

»Einfaches Ersticken. Ein Gegenstand – ein Kissen zum Beispiel – wird so auf das Gesicht gelegt, dass Mund und Nase bedeckt sind. Bei einem solchen Tod wäre das einzige physische Symptom ein Ödem, also Wasser in der Lunge. Und das findet man bei fast jeder Leiche.«

»Aber ich denke, die Person, die erstickt wird, würde sich wehren. Und zwar ziemlich heftig. Würde das nicht Spuren hinterlassen? Prellungen oder Abschürfungen?«

»Normalerweise schon. Aber der Junge lag in einem Schlafsack, schlief wahrscheinlich fest und hatte die Arme neben sich liegen. Dr. Murmajee ist der Ansicht, wenn jemand sich auf ihn gehockt und ihn mit einem Kissen erstickt hätte, wären keinerlei Spuren aufgetreten. Der Junge wäre durch den Schlafsack gefesselt gewesen und hätte sich nicht wehren können.«

Sie verzog das Gesicht. »Wie schrecklich. Ich darf davon ausgehen, dass Sie mit Murmajees Theorie übereinstimmen.«

»Ich kann sie nicht ohne weiteres abtun, ja.«

»Aber wer sollte so etwas getan haben?«

»Bisher habe ich keine Ahnung. Anzunehmen ist jedoch, dass es ein anderes Mitglied der Jugendgruppe war. Sie waren erst einen Tag in der Township. Es ist unwahrscheinlich, dass er sich in dieser kurzen Zeit Feinde außerhalb dieses kleinen Kreises gemacht hat.«

»Aber warum sollte einer der anderen ihn umbringen?«

»Auch da habe ich keine Ahnung.«

Sie lehnte sich zurück. »Nun denn. Und was wollen Sie jetzt von mir?«

»Soweit ich weiß, will die Gruppe irgendwann morgen in Mombasa sein, um von dort mit der Fähre nach Indien zu fahren.« Heute war Mittwoch. »Sie reisen mit einem Gruppenvisum. Um das Land zu verlassen, brauchen sie eine Kopie der Ausfuhrgenehmigung für den Rücktransport der Leiche nach England, die Sie unterschreiben müssen.«

Mrs. Winfield nickte. »Und Ihnen wäre es lieber, wenn ich die Ausfuhrgenehmigung nicht unterschreiben würde.«

Andrew nickte. »Ja. Wenn das möglich wäre.«

Sie runzelte die Stirn. »Wenn ich das richtig verstanden habe, ist das CID mit dem Herzstillstand als Todesursache zufrieden.«

»Ja.«

»Die wollen kein Ermittlungsverfahren einleiten.«

»Nein.«

»Aber Sie.«

»Ja.«

»Inoffiziell.«

Andrew zuckte die Achseln. »Ich habe zwei Tage frei,

und was ich in meiner Freizeit mache, geht niemand etwas an.«

Sie nickte. Sie blickte zur Seite und kratzte sich im kurz geschnittenen Haar. Dann sah sie Andrew wieder an. »Ihnen ist klar, dass die Reisenden, oder zumindest die meisten von ihnen, britische Staatsbürger sind. Ich bin für ihr Wohlergehen zuständig. Und Sie haben keine Beweise. Sie können das Land verlassen, wann und wie sie wollen.«

Andrew nickte.

»Aber wenn Sie Recht haben, ist einer von ihnen ein Mörder.« Sie runzelte die Stirn. »In Ordnung«, sagte sie. »Wir machen das folgendermaßen. Ich halte die Ausfuhrgenehmigung ein bisschen zurück. Sagen wir, drei Tage. Dann haben Sie mindestens bis Samstag Zeit. Und die nächste Fähre geht erst nächste Woche Freitag, also bleiben die Leute vielleicht bis Mitte nächster Woche in der Township. Aber das kann ich Ihnen natürlich nicht garantieren. Mehr als drei Tage kann ich Ihnen nicht geben. Und streng genommen dürfte ich nicht einmal das.«

»Ich verstehe«, sagte Andrew. »Und ich bin Ihnen dankbar.«

Sie lächelte. »Das sollten Sie auch, zum Teufel noch mal. Und vergessen Sie nicht, mich auf dem Laufenden zu halten. Wenn Sie etwas herausbekommen, sagen Sie mir Bescheid.«

Andrew stellte sein Moped neben der Uferstraße ab und ging über den strahlend weißen Sand. Vom Ozean wehte eine salzige Brise herüber. Ein paar von den Kindern, etwa die Hälfte der Mitreisenden, saßen einzeln oder in kleinen Gruppen am Strand. Der Bus stand noch an derselben Stelle wie vor zwei Tagen. Inzwischen war er jedoch gewaschen und poliert, so dass die bunten Kreise und Spiralen an den Seitenflächen in der hellen Mittagssonne leuchteten.

Vorn unter der Motorhaube ragten zwei Paar Beine hervor. Das eine in Jeans mit spitzen Cowboystiefeln an den Füßen gehörten vermutlich Clint Eastwood. Das andere war in die Falten eines weißen Gewandes gehüllt und konnte zum Mullah gehören, falls dieser knöchelhohe, rote Basketballschuhe trug. Als Andrew näher kam, hörte er, wie jemand mit amerikanischem Akzent sagte: »Knarre.«

Neben den weiß gewandeten Beinen lag eine fleckige Persenning, auf der ein Werkzeugsortiment ausgebreitet war. Eine kleine braune Hand kam unter dem Bus hervor und tastete über das Segeltuch, wurde angehoben und wieder fallen gelassen. Der gesuchte Schraubenschlüssel lag etwa fünfzehn Zentimeter außerhalb ihrer Reichweite. Andrew trat heran, um zu helfen.

In den folgenden Tagen und Wochen war er nie ganz sicher, ob er tatsächlich gesehen hatte, was er nun zu sehen glaubte. Schließlich hatte er die Nacht zuvor nur drei Stunden geschlafen, bevor Murmajee an seine Tür getrommelt hatte. Trotz der Brise war die Luft heute drückend heiß. Seine Augen brannten, und der Schmerz in seiner Stirn breitete sich aus wie schnell wachsendes Unkraut.

Als er sich hinunterbeugte, um nach dem Schraubenschlüssel zu greifen, glaubte er, zu sehen, dass dieser, wie von einem Magneten angezogen, fünfzehn Zentimeter über die Persenning in die ausgestreckte braune Hand sprang. *Patsch*.

Andrew blinzelte und richtete sich auf. Nein. Hastig

vergewisserte er sich, wo er war. Die Sonne brannte noch immer vom gleißend blauen Himmel, die grünen Wellen brachen, überschlugen sich schäumend und liefen wie immer auf dem glänzenden nassen Sand aus. Links sah er die Türme und Minarette, die Geschäfte und Wohnhäuser der Township. Sein Moped stand noch am Straßenrand, wirkte winzig und zerbrechlich, strahlte dabei aber aus ebendiesem Grund etwas unendlich Beruhigendes aus.

Alles war wie vorher – also war auch nichts geschehen.

Hirngespinste. Übermüdung und zu viel Sonne. Der Mann hat einen Schraubenschlüssel genommen. Du brauchst dringend eine Pause. Bring das hier schnell hinter dich und dann ab ins Bett.

Er räusperte sich. »Entschuldigung.«

Die roten Basketballschuhe schossen in die Höhe, und unter dem Fahrzeug ertönte ein dumpfer Schlag. Nach einer kurzen Pause bohrten sich die Hacken der Schuhe in den Sand, und die weiß gekleideten Beine wanden sich ungelenk unter dem Bus hervor. Der Mullah erschien. Sein rundes Gesicht strahlte Andrew entgegen.

»Ah, mein guter Freund«, sagte der Mann und rappelte sich hastig auf. Er klopfte sich die Hände ab und streckte Andrew die Rechte entgegen. Mit der Linken rieb er sich die Stirn. Offenbar hatte er sich gestoßen.

»Tut mir Leid«, sagte Andrew, »dass ich Sie erschreckt habe.«

»Nein nein nein«, sagte der Mullah. »Keineswegs, es ist mir eine riesige Freude, Sie wieder zu sehen.« Er nickte Clint Eastwood zu, der auch unter dem Bus hervorgekommen war, sich lässig den Arm kratzend neben ihm stand und Andrew mit ausdruckslosem Gesicht ansah. »Luke und ich waren dabei, die erforderlichen Wartungsarbeiten für unsere Weiterfahrt abzuschließen. Das Wichtigste ist schon erledigt, so dass wir morgen früh abfahren können. So Allah will.«

»Ich habe davon gehört«, sagte Andrew. Das runde, glänzende Gesicht, der wichtigtuerische Schnurrbart, die schillernde Glatze, die er vergeblich versuchte, unter den dünnen, pomadisierten Strähnen zu verstecken: Der Mann war so banal, so oberflächlich und nichts sagend, dass Andrew ihm (nach der seltsamen optischen Täuschung mit dem Schraubenschlüssel) dafür fast dankbar war.

»Und wie«, fragte der Mullah, »können wir Ihnen behilflich sein?«

»Ich würde gerne mit einigen Ihrer, äh, Anhänger sprechen. Über den Tod des Jungen.«

»O nein«, sagte der Mullah. »Sie sind nicht meine Anhänger. Wir sind alle Anhänger, gemeinsam, ja. Anhänger Allahs, des richtigen Wegs.«

»Ja, natürlich«, sagte Andrew. »Trotzdem. Wenn Sie nichts dagegen haben, würde ich mich gern mit ihnen unterhalten.«

»Aber selbstverständlich!«, sagte der Mann. »Wir stehen Ihnen alle uneingeschränkt zur Verfügung.« Er runzelte ratlos die Stirn. »Aber wenn ich das richtig verstanden habe, hat der andere Polizist gesagt, dass alle Verwirrungen in dieser Sache zur vollsten Zufriedenheit aufgeklärt sind.«

»Ja, natürlich. Es geht mir nur darum, eine Art Zusammenfassung zu erstellen, um, wie man so sagt, die losen Fäden zu verknüpfen.«

Der Mullah strahlte. »Die losen Fäden! Ja! Perfekt! Verknüpfen Sie sie. Auf jeden Fall, knüpfen Sie. Wir wollen doch keinen herumliegen lassen, nicht wahr, Luke?«

Alberner Knabe. »Gibt es unter den anderen Mitgliedern der Gruppe einen, dem der Junge sich anvertraut hätte?«

Der Mullah runzelte nachdenklich die Stirn. »Hm. Anvertraut. Wir sind uns untereinander natürlich alle vertraut, stehen uns sehr nahe. Aber ich begreife, was Sie meinen, ja.« Er nickte. »Ich würde sagen, die kleine Sharon. Ja. Ich hatte den Eindruck, dass der kleine Bob dem Charme der kleinen Sharon nicht widerstehen konnte. Meinst du nicht auch, Luke?«

Luke zuckte cool und unverbindlich die Achseln. »Sie hingen zusammen rum. Genau wie Bobby und Peter.« Er konnte offenbar tatsächlich sprechen, wenn es sein musste.

»Sind die beiden hier in der Nähe?«

»Peter ist im Ort«, sagte der Mullah. »Aber Sharon ist da drüben und genießt diesen fantastischen Sonnenschein.«

»Dann entschuldigen Sie mich fürs Erste. Vielleicht werde ich später noch einmal auf Sie zukommen.«

»O ja. Darauf freue ich mich schon ganz ungeheuer.«

Andrew nickte; der Mullah nickte strahlend; Luke Brady neigte minimal den Kopf. Sein Wortschwall hatte ihn offenbar erschöpft.

Während er auf das Mädchen zuging, bedauerte Andrew, dass er Kobari heute Morgen nicht erreicht hatte. Der hatte bei den Vorermittlungen mit einigen der Kinder gesprochen. Vielleicht war ihm dabei etwas aufgefallen, oder er hatte sogar Verdacht geschöpft. Aber Kobari, der auch zwei Tage frei hatte, war anscheinend spurlos verschwunden. Er war nicht in seiner Unterkunft und hatte auch keine Nachricht hinterlassen.

Das Mädchen lag auf einer ausgebleichten, olivgrauen Armeedecke. Sie bedeckte ihre Augen mit dem abgewinkelten rechten Arm. Keine moslemische Frau aus der Township hätte gewagt, sich in diesem Badeanzug in der Öffentlichkeit zu zeigen (die meisten würden so etwas wahrscheinlich nicht einmal im Privatbereich tragen). Der im Prinzip keusche, hautfarbene Einteiler einer Schnittform, wie sie von den meisten Olympia-Schwimmerinnen benutzt wird, klebte wie eine zweite Haut an ihr und zeigte alles, was er zu verbergen vorgab.

»Verzeihung«, sagte Andrew.

Das Mädchen hob den Arm ein wenig, hielt ihn sich aber weiter als Sonnenschutz über die Augen und sah zu ihm hinauf. »Yeah?« Australisch? Cockney?

Andrew stellte sich vor. »Darf ich mich wohl kurz mit Ihnen unterhalten? Es geht um den Tod des Jungen. Robert Laird.«

»Ich dachte, das ist erledigt. Die Pumpe, haben sie gesagt.«

Das Mädchen hatte den Schmerz eindeutig überwunden. Vielleicht hatte Allah in der Person des Mullahs ihr beigestanden.

»Ja, natürlich. Nur noch ein paar abschließende Fragen.«

Sie holte tief Luft, der Badeanzug spannte sich imponierend. Dann seufzte sie. »Okay«, sagte sie, richtete den Oberkörper auf und setzte sich in den Schneidersitz. Mit einem Nicken in Richtung des jetzt freien Stücks Decke sagte sie: »Platzen Sie sich.«

Andrew zog es vor, sich dort hinzusetzen, wo er war.

»Okay«, sagte sie noch einmal. »Schießen Sie los.« Sie war achtzehn oder neunzehn Jahre alt und hatte, obwohl

man sie keineswegs als füllig bezeichnen konnte, noch
einen Rest Babyspeck am Körper, schulterlange braune
Haare und reine, glatte Haut (und davon reichlich).
Große, runde, braune Augen, eine kleine Nase und volle,
leicht schmollende Lippen. Ihr Gesicht wirkte gleichzeitig
leer und sinnlich.

»Ich glaube«, sagte Andrew, »dass Sie und der Junge
befreundet waren.«

Sie zuckte die Achseln. »Wir sind hier alle miteinander
befreundet.«

»Ich habe gehört, dass es eine engere Freundschaft gewesen sein soll.«

Sie runzelte die Stirn. »Was meinen Sie damit?«

»Nur, dass er zu Ihnen eine besondere Zuneigung emp-
fand.«

Sie entspannte sich und sagte wieder achselzuckend:
»Das war sein Problem, oder?« Vielleicht merkte sie, dass
das herzlos klang, denn sie fuhr fort: »Also wissen Sie, er
war ein netter Kerl, und vielleicht stand er auf mich. Aber
wir waren eigentlich doch bloß Freunde.«

»Waren Sie viel zusammen?«

»Ich weiß nicht, was Sie mit viel meinen. Er hat in meiner Nähe rumgehangen und mir geholfen und so.«

»Wobei?«

»Verschiedenem. Sie wissen schon. Meine Tasche gepackt, den Schlafsack, so dass alles ordentlich verstaut
war.«

»Hat er Ihnen je etwas anvertraut?«

»Was anvertraut?«

Herrje. Schlimmer als Zähne ziehen. »Irgendetwas.«

»Keine Ahnung. Ist mir jedenfalls nicht aufgefallen.
Wissen Sie, wir sind ja dauernd zusammen im Bus, oder?

Wir waren an denselben Orten, haben dieselben Dinge gesehen. Was soll man einem da anvertrauen?«

Neuer Versuch, sie zum Plaudern zu bringen, ihr Vertrauen zu gewinnen. »Sind Sie schon lange bei der Gruppe?«

»Ich? Nicht lange. Etwas über ein Jahr.«

»Sie sind in London dazugekommen?«

»Yeah, genau.« Sie sah gelangweilt zur Seite. Mit der Technik lief es ja gleich viel besser.

»Und was haben Sie damals gemacht. Vor Ihrem Beitritt?«

»Dies und das.« Sie runzelte die Stirn. »Ich dachte, Sie wollten über Bobby sprechen.«

»Ja, aber ich glaube, um Bobby zu verstehen, muss ich die Gruppe verstehen.«

»Also, was ich vorher gemacht habe, ist doch wohl meine Sache, oder?«

»Ja, natürlich.« Kratzbürstig. Nächster Versuch. Etwas neutraler. »Erzählen Sie mir etwas über diese Reise.«

»Was denn so?«

Andrew seufzte. »Macht sie Ihnen Spaß? Europa? Afrika?«

Sie zuckte die Achseln. »Das war okay. Europa war schön. Frankreich. Deutschland. Die Schweiz hat mir nicht so gut gefallen. Wir haben zwei Wochen in Zürich festgehangen. Mörderisch.«

»Warum das?«

»Ne Schweizer Schei-... eine Schweizer Ratte hat was im Motor zerfressen. War völlig hinüber. Ali und Luke haben ewig gebraucht, bis sie die richtigen Teile zusammen hatten.«

»Sie nennen ihn Ali?«, fragte Andrew überrascht.

»So heißt er doch wohl, oder?« Zum ersten Mal lächelte sie. Verächtlich. »Wie sollen wir ihn denn sonst nennen? Swami? Wir sind keine verdammten Yogis, oder? Wir sind Moslems. Unser einziger Gott ist Allah. Ein Mensch ist bloß ein Mensch. Selbst ein heiliger Mann wie Ali.«

»Sie glauben, dass er ein Heiliger ist?«

»Warum sollte ich mich sonst mit dieser verdammten Hitze und dem Staub abgeben? Die elende Fahrerei?«

Andrew nickte mit einem Blick, in dem, wie er hoffte, etwas lag, das wie Mitleid aussah. »So eine Reise muss ziemlich teuer sein. Die Lebensmittel für alle, der ganze Kleinkram, Benzin. Woher kommt das viele Geld?«

»Spenden.«

»Von wem?«

»Von Leuten. Leuten, die wir auf der Straße treffen. Und Ali kennt Leute, Scheichs und so. Manchmal geben sie uns was. Anonym. Sechs Monate vor unserer Abfahrt haben wir eine große Spende gekriegt. Ohne die wäre das Ganze geplatzt.«

»Seit wann ist die Reise geplant?«

Sie zuckte die Achseln. »Keine Ahnung. Fragen Sie Ali. Als ich dazugekommen bin, war das schon alles am Laufen.«

»Erzählen Sie mir von Ihrer Ankunft in der Township.«

»Was denn so?«

Andrew holte tief Luft. Wie es aussah, würde das noch eine Weile dauern.

Langsam, Stück für Stück, bekam er es aus ihr heraus. Sie waren an jenem Morgen vom Marktplatz, wo Andrew und Kobari sie zum ersten Mal gesehen hatten, zum Strand gefahren. Luke Brady hatte für alle, die es wünschten, in einer nahe gelegenen *Pension* Unterkunft gebucht.

Sie sagte, dass keiner gezwungen war, am Strand zu schlafen, was die meisten allerdings dennoch vorzogen.

Am Vormittag hatten sie sich die Township angesehen. Nachmittags hatte sich die Gruppe dreigeteilt: Einige hatten im Ort Flugblätter verteilt, auf denen die Reise beschrieben und um Spenden gebeten wurde, einige hatten Lebensmittel eingekauft, den Bus gewaschen und den Zeltplatz hergerichtet und einige hatten frei und konnten sich ausruhen oder auf eigene Faust die Umgebung erkunden. (Das übliche Vorgehen, sagte sie. Fast jeden Tag hatte ein Drittel der Gruppe frei und die Leute konnten machen, wozu sie Lust hatten. »Ohne Spaß«, pflegte der Mullah zu sagen, »ist das Leben nicht lebenswert.«) Bobby war an der Reinigung des Busses beteiligt gewesen. Er hatte ihn ausgefegt.

Um halb fünf war die gesamte Gruppe zu den Bewegungsübungen wieder zusammengekommen, und um fünf Uhr hatte es dann Abendessen gegeben.

»Hat Bobby«, fragte Andrew, »sich an dem Tag irgendwie anders verhalten als sonst?«

Sie zuckte die Achseln. »Er wirkte ein bisschen niedergeschlagen. Beim Essen. Aber das kam schon mal vor.«

»Haben Sie mit ihm gesprochen?«

»Nein.«

»Sonst jemand?«

»Peter, glaub ich. Die beiden waren Kumpel.«

»Was ist nach dem Essen passiert?«

Nach dem Essen hatten sich alle zurückgezogen. (Das taten sie jeden Abend bei Sonnenuntergang, mit dem der Spaß offenbar endete.) Luke Brady war mit denjenigen, die in der *Pension* wohnten, abgezogen, und die anderen waren in die Schlafsäcke gekrochen.

»Haben Sie in der Nacht irgendetwas gesehen oder gehört?«

»Nein. Ich habe geschlafen, was sonst?«

»Die ganze Nacht?«

»Yeah.«

»Haben Sie in der Nähe von Bobby geschlafen?«

»Nein. Er hat lieber allein etwas abseits geschlafen. Genau wie ich.«

»Wer hat am nächsten an ihm dran geschlafen?«

»Vickie. Die Amerikanerin. Da drüben ist sie.« Sie nickte in Richtung eines blonden Mädchens, die etwa zwanzig Meter entfernt auf einer Decke lag.

Vickie war etwa genauso alt wie Sharon und trug den gleichen Badeanzug, der auch die gleiche verwirrende Wirkung hatte. (War das eine religiöse Gruppierung, fragte Andrew sich, oder eine verdammte Schwimmmannschaft?) Sie stammte aus Kalifornien und war, wie sie sagte, der Gruppe vor zwei Jahren in London beigetreten, wo ihr Vater in der Botschaft arbeitete. Mit einer Begeisterung, die Andrew auf ihre Erziehung in Los Angeles zurückführte, erklärte sie ihm, dass sie Afrika einfach super fände. Sie fand Allah auch einfach super, genau wie Ali. Gegen Sharon hatte sie jedoch gewisse Vorbehalte.

»Also, ich will ja nicht klatschen«, sagte sie, »aber sie hat den armen Bobby echt wie Dreck behandelt. Man hat gemerkt, dass er verrückt nach ihr war, oder so. Woran man das gemerkt hat? Also, er ist ihr die ganze Zeit wie ein Hund nachgelaufen, oder so, klar? Echt krass. Und Sharon hat ihn überhaupt nicht beachtet.«

»War Sharon anderweitig interessiert? Hatte sie einen anderen Freund?«

Das Mädchen hatte typisch amerikanische Gesichtszüge: freundlich, lebhaft und durchschnittlich. Jetzt zuckte der Blick ihrer blauen Augen in Richtung Autobus. »Ich glaub, sie stand auf Mr. Cool. Den Desperado.«

»Luke Brady? Der Fahrer? Hat er ihre Gefühle erwidert?«

»Der? Keine Chance. Wissen Sie, der lässt sich zu so was nicht herab.« Ein klein wenig verbittert? Zurückgewiesen?

Andrew fasste zusammen: »Sharon stand also auf Luke, der nichts von ihr wollte, und Bobby stand auf Sharon, die nichts von ihm wollte.«

Sie nickte. »Und Belinda stand auf Bobby, der nichts von ihr wollte.«

»Wer ist Belinda?« Noch eine. Affären und Intrigen wie in der Mittelschule. Und dann schoss ihm durch den Kopf, dass diese Kinder eigentlich genau dort sein sollten.

»Sie ist nicht da. Ist im Ort. Sie ist wundervoll. Sie werden sie mögen. Tun alle.« Sie rümpfte die Nase. »Sogar Luke.«

»Und Belinda? Die konnte Sharon wahrscheinlich nicht ausstehen, oder?«

»Hm-hm. Null Chance. Weil Belinda nämlich niemand nicht ausstehen kann, klar? Die ist nämlich ein echter Schatz, so echt hundert Prozent.«

»Sagen Sie«, sagte Andrew, »sind, äh, Beziehungen zwischen den Gruppenmitgliedern erlaubt?«

Sie grinste. »Meinen Sie Sex, oder so? Nein, natürlich nicht. Wir leben alle für Allah. Und Sex ist nur in der Ehe erlaubt, wissen Sie? Und wenn Leute heiraten wollen, müssen sie von den anderen getrennt leben. Sie gehören immer noch dazu, aber es ist dann, na ja, eben nicht mehr das Gleiche.«

»Was würde passieren, wenn zwei Leute eine Beziehung hätten?«

Sie zuckte die Achseln. »Ich weiß nicht. Ist nie passiert. Ali würde mit ihnen reden, denk ich.«

Andrew nickte. »Wären Sie so nett, mir von Ihrer Ankunft in der Township zu erzählen?«

Vickies Bericht war zwar erheblich ausführlicher als Sharons, stimmte im Großen und Ganzen aber damit überein. Während des Abendessens war Bobby etwas niedergeschlagen gewesen: »Als würde er über etwas nachdenken, wissen Sie?« Nein, worüber wusste sie nicht, aber Peter könnte vielleicht etwas wissen, die beiden hatten sich nämlich unterhalten.

Andrew sagte: »Soweit ich weiß, waren Sie diejenige, die am nächsten bei Bobby geschlafen hat. Haben Sie in der Nacht irgendetwas gehört oder gesehen?«

»Ich habe Luke gesehen.«

Andrew hob die Augenbrauen. Nach Sharons Auskunft hatte der Fahrer die Nacht in der *Pension* verbracht. »Wann?«

Sie zuckte die Achseln. »Ich weiß nicht. Ich trage keine Uhr, ich richte meine Zeit nach dem Takt ein, den mein Körper mir vorgibt. Aber ich bin in der Nacht aufgewacht und habe rübergeschaut und gesehen, wie Luke zur Straße zurückging.«

»Sind Sie sicher, dass er es war?«

»Ja. Ganz sicher. Ich hab ihn erkannt, als er an der Straße war. Wegen der Straßenlaternen, Sie wissen schon.«

»Haben Sie sonst noch jemanden gesehen?«

»Hm-hm. Ich konnte nicht wieder einschlafen, also hab ich mich hingesetzt und die Sterne betrachtet. Die sind hier wirklich super. Aber dann musste ich wieder in meinen Schlafsack – die Sandflöhe wollten mich fressen. Sehen Sie.« Sie zeigte ihm ihre Arme, die von rosafarbenen Punkten übersät waren. »Das ist ganz schön gruselig, wissen Sie?«

»Was?«

»Na ja, dass ich hier gesessen habe, und Bobby vielleicht schon, na ja, dass er seinen Herzanfall vielleicht schon gehabt hat.«

Als Andrew zum Autobus zurückging, bemerkte er, dass ihm von dort ein junger Bursche entgegenkam. Blond, blassblaues Hemd, khakifarbene Hose, Sandalen.

»Hallo«, sagte der Junge und lächelte. »Mein Name ist Peter. Ali hat gesagt, dass Sie mit mir reden wollen.« Englischer Akzent. Wahrscheinlich genauso alt wie die anderen beiden.

Unter dem Bus lag niemand mehr. Andrew sagte: »Ist der Mullah gegangen?«

»Er ist mit Luke in den Ort.«

»Dann kommen Sie. Suchen wir uns ein kühleres Plätzchen.«

Die beiden gingen zum Bus, und Andrew, der genug vom Hocken hatte (neben all der entblößten jungen Haut), setzte sich in den schattigen Sand. Der Junge setzte sich ihm gegenüber und kratzte sich den Knöchel.

»Haben sich die Sandflöhe auch auf Sie gestürzt?«, fragte Andrew.

Der Junge grinste. »Das sind echte Raubtiere, nicht wahr?«

Die Viecher hatten die ganze Gruppe heimgesucht. Warum, um alles in der Welt, hatten sie nicht woanders geschlafen? In einem anderen Ort? In einem anderen Land?

»Ali hat Sie wirklich gern, wissen Sie«, sagte der Junge.

»Bitte?«

»Ali. Er hat Sie wirklich gern. Er sagt, dass Sie beide im selben Bereich tätig sind.«

»Oh. Wie das?«

»Sie versuchen beide, Rätsel zu lösen, hat er gesagt.«

Andrew grunzte. Vielleicht hatte der Mullah Lust, sich um dieses zu kümmern.

Peter erzählte, dass er der Gruppe vor etwa einem Jahr beigetreten war, kurz nachdem er die Schule verlassen hatte. Sein Bericht über die Ankunft in der Township entsprach Vickies und Sharons.

»Ich habe gehört«, sagte Andrew, »dass Bobby an dem Abend beim Essen ein bisschen niedergeschlagen war und dass Sie sich mit ihm unterhalten haben.«

»Also«, sagte der Junge, »ja, hab ich.« Widerstrebend.

»Können Sie mir sagen, worüber Sie gesprochen haben?«

»Bobby war unglücklich.«

»Weshalb?«

»Na ja, also, er mochte eines der Mädchen hier sehr gerne.«

Andrew nickte. »Ja, Sharon.«

Der Junge grinste dankbar und offenbar erleichtert, dass er ihren Namen nicht zu nennen brauchte. »Ja. Er mochte sie sehr.«

»Ja?«

»Und, na ja, sie mochte ihn nicht, verstehen Sie? Nicht so wie er sie.«

»Ja. Und?«

Der Junge seufzte. »Er hat mir erzählt, dass er um ihre Hand anhalten wollte.«

»Ah.«

»Ich habe ihm natürlich gesagt, dass ich nicht glaube, dass sie einwilligen wird. Und selbst wenn sie das tun würde, könnte er nicht mehr bei der Gruppe bleiben. Das ist eine der Regeln. Er hat gesagt, dass ihm das egal ist und dass er, wenn sie nicht einwilligt, die Gruppe sowieso verlässt.«

»Ja?«

»Na ja, das wäre wirklich schrecklich gewesen. Wir hätten natürlich auch Ärger bekommen, weil wir ein Gruppenvisum haben und tonnenweise Papierkram erforderlich gewesen wäre. Das hätte Ali bestimmt keinen Spaß gemacht. Aber so richtig schrecklich wäre es für Bobby gewesen. Er war nämlich wahnsinnig gern in der Gruppe. Daher hab ich zu ihm gesagt, dass er noch mal darüber nachdenken und es mit Belinda bereden soll.«

»Belinda.« Schon wieder.

»Eine von den Mädchen. Ich wusste, dass sie Bobby mag, und ich dachte, dass sie es ihm vielleicht ausreden kann.«

»Hat er mit ihr geredet?«

Peter zuckte die Achseln. »Ich glaub nicht, dass er dazu gekommen ist. Wir sind gleich nach dem Abendessen ins Bett gegangen.«

Andrew nickte. »Konnten Sie Bobby von Ihrem Schlafplatz aus sehen?«

»Eigentlich nicht. Er war so zwanzig bis dreißig Meter entfernt.«

»Also haben Sie in der Nacht nichts gesehen?«

»Nein. Ich war völlig geschlaucht. Ich habe bis zum Morgen durchgeschlafen.«

»Und Belinda? Wo hat sie geschlafen?«

»Da drüben, glaube ich.« Die Stelle, auf die er zeigte, lag relativ nah an der, wo der Junge geschlafen hatte.

»Ist Belinda noch im Ort?«

»Ich weiß es nicht. Ich habe sie seit gestern nicht gesehen.«

»Gestern? Hat sie letzte Nacht nicht hier geschlafen?«

»O doch, bestimmt. Aber ich nicht. Luke hat mich gestern gebeten, die Nacht in der *Pension* zu schlafen.«

»Warum?«

»Er hat gesagt, dass er noch etwas zu erledigen hat und ich ein Auge auf die anderen Kids werfen soll.«

»Haben Sie ihm etwas von Ihrem Gespräch mit Bobby erzählt?«

»Nein, Bobby hat mich gebeten, nichts davon zu sagen.«

Andrew nickte. »Diese Belinda würde ich gern mal sehen.«

»Aber das haben Sie doch schon.«

»Wie bitte?«

»An dem Tag, an dem wir hier angekommen sind. Vor dem Café. Ich habe gesehen, wie Sie mit ihr gesprochen haben. Der andere Polizist war auch dabei.«

Andrew erinnerte sich. Die langen schwarzen Haare, die durchscheinende Haut. Die hellgelbe Blume. Ein Geschenk.

Für Constable Kobari.

Kobari war noch nicht in seine Herberge zurückgekehrt, als Andrew wieder in der Township war. Ihn hatte den ganzen Tag keiner gesehen. Andrew hinterließ eine Nachricht, in der er den Constable aufforderte, sich so schnell wie möglich zu melden. Kobari meldete sich nicht.

Am nächsten Morgen, Donnerstag, fuhr Andrew in aller Frühe zu Kobaris Herberge. Kobari war immer noch nicht da. Als Andrew auf dem Zeltplatz ankam, erzählte der Mullah ihm entspannt lächelnd, dass Belinda auch noch nicht zurückgekommen sei. Luke war in den Ort gegangen, um sie zu suchen.

Wunderbar, dachte Andrew. Luke und Kobari, das Duell im Staub. Zwölf Uhr mittags auf der Hauptstraße.

»Sie kommt zurück«, versicherte der Mullah ihm.

»Sie scheinen sich gar keine Sorgen zu machen.«

»Oh nein, natürlich nicht. Allah wird sie beschützen.«

Idiot.

»Denken Sie doch bloß einmal darüber nach«, sagte der Mullah. »Wenn wir heute gefahren wären, wie wir es eigentlich geplant hatten, hätten wir jetzt auf sie warten müssen, ja. Aber Mrs. Winfield, die äußerst bemerkenswerte Honorarkonsulin, hat mich darüber in Kenntnis gesetzt, dass sie einige der erforderlichen Dokumente nicht vor Samstag ausstellen kann. Sehen Sie? Das Ganze entwickelt sich nach einem perfekten Plan.«

Andrew nickte. »Und wann wollen Sie nun abfahren?«

»Oh, ich denke am Samstag, ja, sobald wir die Dokumente erhalten haben. Eine gemütliche Fahrt nach Mombasa, und dann bleiben wir vielleicht noch ein paar Tage in einem der Dörfer südlich der Stadt. Sie sind außerordentlich farbenfroh, habe ich mir sagen lassen.«

Also. Noch zwei Tage. »Darf ich noch mit ein paar von den Kindern reden?«

»Aber selbstverständlich, mein lieber Freund.«

Andrew sprach mit ein paar weiteren Gruppenmitgliedern, erfuhr aber nichts Neues. Alle erzählten dieselbe Geschichte. Bobby hatte den Bus gefegt; Bobby war beim Abendessen etwas verschlossen gewesen; Bobby war gestorben, ohne dass jemand etwas gesehen hatte. Ja, Bobby hatte Sharon gemocht. Ja, Belinda hatte Bobby gemocht.

Wo war Belinda? Und wo Kobari?

In dieser Nacht las Andrew seinem Sohn aus *Babar, der Elefant* vor, als es klopfte. Andrew erhob sich aus seinem Sessel, ging durchs Wohnzimmer und öffnete die Haustür. Kobari.

Seine Kleidung, eine braune Hose und ein gelbes Sporthemd, waren verknittert, als hätte er darin geschlafen. Er sah Andrew verlegen an.

»Wo, zum Teufel, sind Sie *gewesen*?«, platzte Andrew heraus. Er blickte sich kurz um, trat vor die Tür und schloss sie hinter sich.

»Tsavo«, antwortete Kobari.

»*Tsavo*?« Ein hundert Kilometer entferntes Wildreservat.

»Ja. Das englische Mädchen – erinnern Sie sich an sie? Die, die mir im Café …«

»Sie waren mit ihr in *Tsavo*? Zwei verdammte Tage lang?«

»Ich habe mir den Wagen von meinem Cousin geliehen. Er ist in einer Erosionsrinne liegen geblieben, und die Ranger haben uns erst heute Nachmittag gefunden. Ich wusste, dass ich in der Nähe des Wagens bleiben muss.« Es gab Löwen in Tsavo. Letztes Jahr hatte einer einen japanischen Touristen gefressen, samt Kamera und allem Drum und Dran. »Und bis der Wagen dann repariert war –«

»Warum, zum Teufel, sind Sie mit ihr nach Tsavo gefahren?«

»Sie war außer sich, Sergeant. Der Junge, der gestorben
ist, war ihr Freund. Ich bin ihr bei Abdullah Bey's begegnet, und wir haben uns unterhalten. Ich dachte, wenn sie
die Tiere sieht, fühlt sie sich besser.«

»Und das hat zwei Tage gedauert?«

»Warum regen Sie sich so auf, Sergeant? Ich hab doch
nichts getan. Was kann ich dafür, dass mein Cousin so ein
Schwein ist und nicht weiß, wie man ein Auto behandelt.«

»Ja, ja. Tut mir Leid. Haben Sie das Mädchen zum
Strand gebracht?«

Kobari sah zur Seite. »Also, äh, nein, noch nicht, Sergeant. Wissen Sie, ich hatte gehofft, dass Sie mitkommen
und mir helfen, das zu erklären. Die anderen könnten
sonst denken, dass etwas passiert ist, obwohl das eigentlich doch –«

»Wo ist sie?«

»Kobari nickte in Richtung Straße. »Im Wagen.«

Freitagabend, halb neun. Andrew saß neben einem kleinen Dornenbaum auf einer Düne, von der er auf den etwa
hundert Meter entfernten Zeltplatz hinabsah. Im klaren
Licht der Sterne konnte er vor dem grauen Strand gerade
noch die dunkle Silhouette des Busses erkennen.

Er saß hier schon seit über einer Stunde und wartete auf
eine Eingebung, die natürlich nicht gekommen war.

Während des Gesprächs mit dem Mädchen hatte er
einen kurzen Moment lang gedacht, dass er von ihr etwas
Wichtiges erfahren würde. Sie hatte in dieser Nacht nicht
schlafen können, sagte sie. Sie hatte gesehen, dass auch er

sich schlaflos hin und her gewälzt, sich zwischendurch aufgerichtet und aufs Meer geblickt hatte. Sie hatte mit ihm reden wollen, hatte sogar ihren Badeanzug angezogen, das einzige Kleidungsstück, das sie zur Hand hatte, und war aus ihrem Schlafsack gekrabbelt, um zu ihm zu gehen. Dann hatte sie es sich anders überlegt. Er sollte zur Abwechslung mal zu ihr kommen, schließlich war sie bisher immer zu ihm gegangen. Aber um ihm zu zeigen, dass sie da war, dass er mit ihr reden konnte, war sie zum Wasser gelaufen und geschwommen.

Als sie sich umgedreht hatte, um nachzusehen, wie er darauf reagierte, hatte er sich wieder hingelegt. Verärgert war sie weiter hinausgeschwommen. Sie hatte sich in der Bucht vom lauwarmen Wasser tragen und eine Weile treiben lassen. So ungefähr zwanzig Minuten, sagte sie. (Andrew, der noch nie nachts geschwommen war, sah es förmlich vor sich, wie sie von riesigen, grau glänzenden Haien, jeder so groß wie der Autobus, umkreist wurde.) Als sie wieder zurückgekommen war, hatte es ausgesehen, als schliefe er. Sie hatte sich zum Trocknen auf ihren Schlafsack gelegt, bis die Sandflöhe sie gezwungen hatten, wieder in ihn hineinzukriechen.

Hatte sie Luke Brady gesehen? Nein.

Wann war sie rausgeschwommen? Nicht spät. Gegen acht, oder vielleicht neun.

Also war der Junge um acht noch am Leben gewesen. Das hatte Dr. Murmajee nach der Analyse des Mageninhalts auch gesagt.

Nehmen wir an, sie hat mit dem Jungen gesprochen. Er verrät ihr, dass er um Sharons Hand anhalten will. Innerlich wütend gibt sie sich besorgt, täuscht freundschaftliche Anteilnahme vor. Deckt ihn zu. Geht weg. Schnappt sich ein Kissen, kommt zurück, springt auf ihn drauf und erstickt ihn.

Möglich. Rein körperlich auf jeden Fall. Laut Murmajee waren weder viel Kraft noch großes Körpergewicht erforderlich. Der Junge war schmächtig gewesen und zudem hilflos im Schlafsack gefangen.

Aber wenn es wahr wäre, wie sollte Andrew es beweisen? Und was war mit Luke Brady, dem Fahrer? In einsilbigen Cowboy-Lauten hatte er zugegeben, dass er die *Pension* am fraglichen Abend verlassen hatte und zum Strand gegangen war. Er wollte nachsehen, ob alles klar war. Und war alles klar? Jep. Ist ihm etwas aufgefallen? Nope. Wann war das? Weiß nicht. Zehn, oder so.

Warum hatte er die Nacht darauf nicht in der Pension geschlafen? Brauchte Ersatzteile für den Bus. Was für Teile? Keilriemen, Zündkerzen. Konnte er sie nicht am Tag besorgen? Keine Zeit. Mochte er Belinda? Jep, echt nettes Mädel.

Belinda, todunglücklich über Bobbys Enthüllung, sieht Brady und erzählt ihm davon. Zuvorkommend erstickt er Bobby für sie.

Blödsinn.

Aber irgendjemand hat den Jungen erstickt. Warum?

Was hat Bobby an jenem Tag getan, dass er zum Opfer eines Mordanschlags wurde. Nichts. Den Autobus gereinigt. Andrew hatte nachgeschaut. Zwei Reihen einfacher Sitzbänke. Die hinterste Bank auf der rechten Seite war ausgebaut und an ihrer Stelle ein grauer Metallbehälter festgenietet. Er war mit einer Ausrüstung für den Notfall gefüllt: Feuerlöscher, Erste-Hilfe-Kästen, Trinkwasserflaschen, Konserven, ein paar Farbdosen.

War irgendwo Schmuggelware versteckt? Für Waffen,

Gold oder Drogen war kein Platz. Diamanten? Aber Diamanten hätten die Zollfahnder bei der Suche nach Drogen entdeckt. Der Bus war zweimal völlig auseinander genommen worden, wobei die Zöllner auch das Gepäck durchsucht und die Polster aufgerissen hatten.

Keine Chance. Und morgen verschwanden sie. Alle. Womöglich mit einem Mörder.

Etwas biss Andrew in die Wade. Ein Sandfloh. Geistesabwesend schlug er danach. Er schreckte hoch. Sah auf seine Uhr. Dann sprang er auf und rannte die Düne hinab zu seinem Moped.

»Es ist mir natürlich eine ganz außerordentliche Freude«, strahlte der Mullah, »Sie heute ein zweites Mal zu sehen. Aber vielleicht könnten Sie uns erklären, warum wir uns hier alle versammeln sollten?«

Sein weißes Gewand umhüllte seinen stämmigen Körper, während er im Schatten des Busses im Sand saß. Die anderen hockten um ihn herum: Luke auf einer Seite, Peter auf der anderen, Sharon, Vickie und Belinda hinter ihm. Andrew und Kobari standen ihnen in Uniform gegenüber.

»Ich habe Ihnen«, sagte Andrew, »wie heute Morgen angekündigt, die Dokumente von Mrs. Winfield mitgebracht. Aber ich fürchte, Sie werden sie nicht verwenden können.«

»Tatsächlich?«, fragte der Mullah lächelnd. »Und warum nicht, bitte?«

»Sie werden noch einmal überarbeitet werden müssen, weil ich einen von Ihnen wegen Mordes an Robert Laird festnehmen muss.«

»Ah«, sagte der Mullah. »Und um wen handelt es sich?«

»Um ihn«, sagte Andrew. »Peter.«

Peter riss den Kopf nach hinten. »*Was?*«

»Vor ein paar Tagen«, sagte Andrew, »als ich mit Ihnen gesprochen habe, haben Sie Ihre Flohbisse am Knöchel gekratzt. Hinterher ist mir aufgefallen, dass nur die Leute von Sandflöhen gebissen wurden, die in dieser Nacht nicht in ihrem Schlafsack waren. Vickie und Belinda haben zugegeben, dass sie ihre Schlafsäcke eine Zeit lang verlassen hatten, und beide wurden gebissen. Belinda hat mir erzählt, dass sie gesehen hat, wie Bobby auf seinem Schlafsack saß, und er hatte auch mehrere Flohbisse. Selbst Luke Brady, der nur kurz hier am Strand entlangspaziert ist, wurde gebissen – ich habe ihn heute Morgen gefragt. Sharon hingegen hatte ihren Schlafsack nicht verlassen und hat daher auch keine Flohbisse.« Er nickte in Richtung Sharon, deren Haut so makellos war wie vor drei Tagen.

Er wandte sich an Peter. »Sie haben behauptet, dass Sie sich gleich nach dem Abendessen hingelegt und bis zum Morgen durchgeschlafen hätten. In der folgenden Nacht können Sie nicht gebissen worden sein, weil Sie diese in der *Pension* verbracht haben. Ich habe mich erkundigt, und von den anderen, die dort geschlafen haben, ist keiner von irgendwelchen Insekten gebissen oder gestochen worden.«

Peter lachte locker und entspannt. »Sandflöhe. Um Himmels willen. Ich weiß nicht, wann die verdammten Viecher mich gebissen haben. Wahrscheinlich vor dem Schlafengehen.«

»Nein«, sagte Andrew. »Nein, ich habe gestern Abend mit Mrs. Winfield über diese Tierchen gesprochen. Sie müssen wissen, dass sie Insektenkundlerin ist. Sie hat mir erzählt, dass die Biester erst zwei Stunden nach Sonnenuntergang aus dem Sand krabbeln und zwei Stunden vor Sonnenaufgang wieder darin verschwinden. Die Sonne geht um halb sieben unter. Zwei Stunden danach, um halb neun, hätten Sie, wenn Sie die Wahrheit gesagt hätten, flohsicher in Ihrem Schlafsack gelegen. Sie wären nicht gebissen worden, und an den Knöcheln schon gar nicht. Aber Sie wurden gebissen. Also haben Sie gelogen. Sie haben in dieser Nacht ihren Schlafsack verlassen. Und das haben Sie getan, um Bobby Laird zu ermorden.«

»Jetzt aber mal halblang«, sagte Peter. »Das ist doch lächerlich. Warum sollte ich Bobby ermorden?«

»Warum«, sagte Andrew und nickte. »Ja, das habe ich mich auch gefragt. Warum sollte jemand Bobby ermorden? Aber alle hatten mir erzählt, dass Bobby beim Abendessen bedrückt war, dass ihn irgendetwas beunruhigt hatte. Sie waren der Einzige, der das mit seiner Vernarrtheit in Sharon begründet hat. Damit haben Sie wieder gelogen. Er war beunruhigt, weil er beim Reinigen des Busses am Nachmittag etwas entdeckt hatte, das er nicht hätte entdecken dürfen.«

Andrew wandte sich an den Mullah, der ihn mit einem dünnlippigen Lächeln ansah. »Gestern Abend habe ich darüber nachgedacht, welche Art von Schmuggelware man in diesem Autobus transportieren könnte. Eine Möglichkeit war Gold. In manchen Teilen Indiens bekommt man für Gold dreimal so viel wie in Europa. Ich habe den Gedanken jedoch verworfen, weil Gold schwer und daher kaum zu verstecken ist. Wie Sie hören, dachte ich an Goldbarren.«

»Aber Gold ist ein Metall. Es kann geschmolzen und in jede gewünschte Form gegossen werden.«

Er sah Peter an. »Am Montag, als Bobby den Bus reinigte, ist ihm, wie ich glaube, aufgefallen, dass die Farbe vom Metallbehälter im hinteren Teil des Busses abblättert. Er hat gesehen, was darunter war. Ich habe es heute Morgen selbst untersucht. Der Behälter ist aus massivem Gold und wiegt zweifellos weit mehr als fünfhundert Pfund. Das weiß natürlich keiner, denn er ist mit Nieten am Boden befestigt und kann nicht angehoben werden.«

»Moment«, sagte Luke Brady. Andrew sah ihn an. »Ich habe den Behälter selbst eingebaut. Und festgenietet. Er ist aus Stahl und wiegt keine fünfhundert Pfund.«

»Sie haben den Originalbehälter eingebaut. Er wurde in Zürich, das, wie Sie sicher wissen, einer der größten Goldmärkte der Welt ist, durch einen anderen ersetzt. Zuerst hat Peter jedoch den Motor des Busses zerstört, damit er genug Zeit für diesen Austausch hatte.«

Andrew wandte sich Peter zu. »Bobby hat das Gold entdeckt, erkannt, worum es sich handelt, und nicht gewusst, was er machen soll. War der Mullah, ein Mann, dem er große Achtung entgegenbrachte, in Goldschmuggel verwickelt? Dann beging er einen schrecklichen Fehler. Er sprach über das Dilemma ausgerechnet mit der einen Person aus der Gruppe, die ihn dann aufgrund seiner Entdeckung ermorden sollte. Mit Ihnen.«

»Das stimmt doch nicht«, sagte Peter kopfschüttelnd. »Das ist nicht wahr.«

»Sie wussten, dass Sie ihn beseitigen mussten, konnten es aber nicht sofort machen. Sie haben ihm geraten, mit niemandem darüber zu sprechen. Vielleicht haben Sie ihm gesagt, dass Sie den Mullah am nächsen Morgen gemeinsam zur Rede stellen würden. Als Sie in dieser Nacht auf die passende Gelegenheit gewartet haben, sahen Sie, dass Belinda schwimmen ging. Sie fürchteten, dass Bobby ihr bei ihrer Rückkehr sein Geheimnis verraten könnte. Also haben Sie ihn umgebracht, als Belinda draußen in der Bucht schwamm. Am nächsten Tag haben Sie die Stelle übermalt, von der die Farbe abgeblättert war. Die Farbdose steht noch im Behälter.«

»Das ist absoluter *Irrsinn*«, sagte Peter. »Wie, um alles in der Welt, soll ich an fünfhundert Pfund Gold gekommen sein?«

»Oh, ich zweifle nicht daran, dass Sie nur ein kleiner Fisch sind. Ihre Arbeitgeber, wer immer sie auch sein mögen, haben Ihnen vor einem Jahr den Auftrag erteilt, der Gruppe beizutreten. Sie haben Ihnen aufgetragen, den Motor zu zerstören, beim Austausch der Behälter zu helfen und das Gold bis zur Ankunft in Indien nicht aus den Augen zu lassen. Ich vermute, dass von ihnen auch die anonyme Spende kam, die die Fahrt erst ermöglicht hat. Denn was sind schon ein paar tausend englische Pfund, wenn der zu erzielende Gewinn leicht eine Million übersteigen kann.

»Das ist doch völliger Quatsch«, schrie Peter, »und Sie können absolut nichts davon beweisen.«

Andrew nickte. »Schon möglich. Aber Sie kommen vor Gericht. Und das Gold wird beschlagnahmt. Selbst wenn Sie aus dieser Sache wieder rauskommen, werden Ihre Auftraggeber sich eine Strafe für Sie überlegen. Schließlich haben sie alles verloren, auch ihren Einsatz.«

Der Junge war zu schnell für Andrew. Er war auch für die anderen zu schnell. Blitzartig zog er das Messer aus der Tasche, klappte mit einem kurzen Schlag die Klinge auf und legte dem Mullah einen Arm um den Hals. Er riss den Mann hoch und drückte ihm die Messerspitze unterhalb der Brust aufs Gewand. Als Luke Brady auf ihn losgehen wollte, sprang Peter, den Mullah im Griff, nach hinten.

»Keine Bewegung!«, zischte er.

»Das ist absurd«, sagte Andrew. »Sie haben keine Chance –«

»*Halt's Maul!*« Hastig sah er sich um. »Belinda! Steig in den Bus. Du fährst uns hier weg.«

Constable Kobari trat einen Schritt vor, aber Andrew legte ihm eine Hand auf die Schulter.

Belinda stand mit besorgtem und verunsichertem Gesicht auf.

»Hast du nicht gehört?«, sagte Peter und stieß dem Mullah die Messerspitze in die Brust. Auf dem Gewand des Mannes breitete sich langsam ein hellroter Fleck aus. Sein Gesicht blieb jedoch ausdruckslos. Peter knurrte: »Steig in den Bus, du blöde Kuh!«

In diesem Augenblick sausten die Hände des Mullahs auf das Messer zu. Unmöglich, aber Andrew hatte fast den Eindruck, er würde es zu sich ziehen. Aber vielleicht war es auch nur eine instinktive Bewegung des erschrockenen Peter. Die Klinge verschwand im weißen Gewand, der Körper des Mullahs erzitterte kurz und sank dann in sich zusammen.

Peter stand mit offenem Mund da, dann stürzte sich Luke Brady auf ihn und knallte ihm die Faust ins erstaunte Gesicht.

Eine Woche war vergangen. Andrew saß – wieder einmal – unterm Dornenbaum auf der Düne über dem Zeltplatz. Das Gelände war verlassen. Bevor sie nach Nairobi gefahren waren, um ihren Flug nach London zu nehmen (nachdem bei einer Abstimmung alle für den Abbruch der Reise gewesen waren), hatten die Kinder den Platz gesäubert. Jetzt, im strahlenden Sonnenschein, war es nur noch ein leeres Stück weißer Sandstrand. Man hätte meinen können, dass hier nie irgendetwas passiert war.

Das Gold war beschlagnahmt worden. Peter (wie sich herausstellte, war das nicht sein richtiger Name) saß im Gefängnis und wartete auf ein Verfahren wegen Schmuggels und zweifachen Mordes. Kobari schmollte. Auch das Versprechen des Mädchens, im nächsten Jahr wiederzukommen, hatte ihn nicht aufgeheitert.

Warum hatte der Mann das getan? Um das Mädchen zu schützen?

Denn selbst wenn er sich nicht absichtlich ins Messer gestürzt hatte, war es doch – einfach durch die hastige Bewegung – praktisch Selbstmord gewesen.

Konnte ein wirklich heiliger Mann Selbstmord begehen? Selbst wenn es um die Rettung eines anderen Menschen ging?

Wenn er ein Heiliger gewesen sein *sollte*, warum hatte er das Böse in Peter nicht bemerkt? Konnte nicht einmal ein Heiliger ins Herz eines Menschen blicken?

Die Leiche wurde mit demselben Flug wie die Kinder nach England zurückgeschickt. Sie hatten darum gebeten. Mrs. Winfield hatte sie bei der Organisation dieses Transports unterstützt. In gewisser Weise war er also immer noch bei ihnen. Was hatte er gesagt? Die Erscheinungsformen ändern sich –

»*Aber sie bleiben doch die Gleichen*«, sagte eine Stimme deutlich hörbar mit asiatischem Singsang hinter ihm. Andrews Nacken war plötzlich eiskalt und angespannt. Er drehte sich um.

Nichts. Niemand. Nur eine Möwe, die in der Ferne kreiste und langsam im grellen Licht der Sonne verschwand.

Ohne jeden Fehler

Die Leute von der Spurensicherung hatten mit dem ihnen eigenen Tempo und Feingefühl gearbeitet, so dass sie nur zwanzig Minuten gebraucht hatten, um die Suite in ein Schlachtfeld zu verwandeln. Hier im Wohnzimmer lagen die Tische auf der Seite und die Stühle waren umgekippt. Haftpulver für Fingerabdrücke bildete in allen Ecken kleine Schneewehen. Matte Blitzlichtbirnen waren auf dem Fußboden verteilt wie die Eier einer ausgesprochen verwirrten Henne.

Und auf dem Läufer unter der offenen Verandatür lag das Präzisionsgewehr des Heckenschützen. Selbst jetzt, wo es wie ein Krapfen von einer feinen weißen Staubschicht bedeckt war, wirkte es noch gemein und gefährlich.

Und das durchaus zu Recht. Erst vor einer Stunde hatte es ein Hochgeschwindigkeitsgeschoss zischend durch die Luft in den unvermutet fragilen Schädel von Mr. Forrest Tupperman befördert, einem Touristen aus Tarpon Springs, Florida – wo und was immer das auch sein mochte.

»Nicht ein einziger Fingerabdruck?«, fragte Sergeant Andrew M'butu den jungen Constable Umwayo, der gerade damit beschäftigt war, die Waffe vorsichtig in einen Plastiksack zu stecken.

»Nichts, Sergeant«, sagte Umwayo und sah ihn beleidigt an. (Er war untröstlich, wenn die Wunder der Technik ihm den Dienst versagten.) »Keiner auf dem Gewehr, keiner auf dem Zielfernrohr, und im Zimmer ist auch keiner zu finden.«

»Sie hat alles abgewischt, bevor sie gegangen ist.«

»Ja«, nickte Umwayo traurig. »Ja, es sieht so aus.«

Andrew runzelte die Stirn. »Was für eine Frau würde so ein Gewehr verwenden?«

»Mein Typ wäre sie nicht«, sagte Umwayo, der sich dann, als er kichern musste, die Hand vor den Mund hielt, um seine schlechten Zähne zu verdecken, und hinzufügte: »Hoffe ich jedenfalls.«

Andrew nickte abwesend und trat durch die offene Glastür auf den Balkon. Sein Magen schoss in rasendem Tempo bis in den Kopf hinauf – er hasste die Höhe –, als er über die Brüstung auf die Leute hinabsah, die weit unter ihm auf der Harambee Street herumliefen.

Touristen. Selbst die Dürre der letzten Jahre und die folgende Hungersnot hatten sie nicht stoppen können. (Wenn man auch sagen musste, dass der Sex-Tourismus aus Skandinavien durch die AIDS-Epidemie etwas zurückgegangen war.) Jedes Jahr wurden es mehr – aus Europa, Amerika und Japan ergossen sie sich in die Township, kamen mit Autos und Schiffen, Zügen und Flugzeugen. Sie alle hatten dazu beigetragen, dass der Ort sich veränderte, dass langsam, aber unaufhaltsam aus einem Fischerort eine Art Dritte-Welt-Vergnügungspark mit *Echten Afrikanischen Eingeborenen* geworden war. Und jetzt, als genügten der Sand, die Sonne und die schäbigen Souvenirs nicht mehr, sie angemessen zu unterhalten, brachten sie auch noch ihre Präzisionsgewehre mit, um sich gegenseitig abzuknallen.

Vielleicht war das ein neuer Trend. Vielleicht sollte das Fremdenverkehrsministerium Leute an den Flughäfen postieren, die die ankommenden Passagiere freundlich mit Schusswaffen und Munition ausstatteten. »Weidmannsheil, *Bwana*. Einen schönen Urlaub wünsche ich.«

Warum nur Schusswaffen? Warum keine Handgranaten? Bazookas? Strategische Nuklearwaffen?

Andrew drehte sich um und sah die Hotelwand hinauf. Sie glänzte blassgold im Licht der untergehenden Sonne. Vierundzwanzig Schwindel erregende Stockwerke bis nach oben.

Ein saudischer Prinz hatte diesen eleganten Turm aus Marmor und Glas erbauen lassen, der in seiner vollklimatisierten Pracht den Indischen Ozean überblickte, und ihn das *Soroya* genannt (nach seiner Frau). Er hatte noch einen weiteren Turm in der Nähe gebaut, das Ebenbild dieses Hotels, der *Jasmin* (nach seiner Geliebten) hieß. Sie waren völlig autark, in jedem gab es Läden, Boutiquen, Discos und Restaurants, in denen unterwürfig lächelnde, ehemalige Gigolos aus Nairobi in Smokings so ursprüngliche afrikanische Gerichte wie flambiertes Büffelfleisch servierten.

Beide Hotels standen an der Harambee Street und waren nur drei Blocks, also etwa hundert Meter, voneinander entfernt. Genau die Distanz, die man, wie die Ereignisse des heutigen Tages gezeigt hatten, mit einem gut gezielten Schuß aus einem Präzisionsgewehr überbrücken konnte.

Als Andrew zum Jasmin hinüberstarrte, sah er eine untersetzte Person, die plötzlich auf einem Balkon in seiner Höhe erschien. Vor der Fassade des anderen Hotels sah er sie nur als kleine dunkle Gestalt in Zivilkleidung.

Er war natürlich zu weit entfernt, um es sicher sagen zu

können, aber wahrscheinlich war es Hasdruble Inye vom CID, der den Tatort inspizierte. Das würde bedeuten, dass Inyes direkter Vorgesetzter, der unschätzbare Cadet Inspector Moi, nicht weit weg war. Ja, da blitzte es schon blaumetallisch, als Moi (das konnte nur Moi in der vollen Pracht einer seiner legendären pastellfarbenen Overalls sein) auf den Balkon hinaustrat.

Bringen wir es besser hinter uns, bevor der Cadet Inspector hier auftaucht. Die Leiche im Jasmin wird ihn nicht ewig aufhalten.

Andrew drehte sich um und trat wieder ins Hotelzimmer. Er schritt über den Teppich ins Schlafzimmer.

Die Kommode war umgestoßen, Bettdecke und Kissen waren im Raum verteilt, als hätte jemand darin geschlafen, der unter Platzangst litt. Außerdem waren weitere verlorene Blitzlichtbirnen verstreut.

Die Constables Ngio und Gona stolzierten kichernd vor dem Spiegel herum, holten Frauenkleider aus dem Schrank und hielten sie sich vor den Körper. Augenlider klapperten kunstvoll, Lippen wurden verführerisch gespitzt. Constable Gona, dessen Figur an einen Wasserbüffel erinnerte, sah besonders reizvoll aus.

Beides vollkommen hoffnungslose Fälle. Dick und Doof bei der Polizei.

Andrew drehte sich um und ging zurück ins Wohnzimmer.

Das passte alles nicht zusammen. Das Gewehr, die Entfernung, die Genauigkeit des Schusses und das Beseitigen möglicher Fingerabdrücke deuteten auf einen Profi hin. Vielleicht ein politischer Mord? Kennedy in Dallas, Martin Luther King in … wo war das gewesen? Irgendwo im Süden der Vereinigten Staaten.

Wodurch hatte dieser Forrest Tupperman ein solches Ende verdient? (Und was für ein Name war Tupperman überhaupt? Was für ein Name war Forrest?)

Und eine Attentäterin?

CIA? Das CIA hatte zweifellos Teams von Attentäterinnen. Ein Arbeitgeber, für den Chancengleichheit nicht nur ein Wort war, oder? Köderte sie bei den olympischen Spielen wahrscheinlich mit dem Angebot lebenslanger Gratis-Anabolika. Nahmen Scharfschützen – Scharfschützinnen, Scharfschießer – Anabolika?

Hatte Tupperman sich mit dem CIA angelegt?

Andrew sah auf seine Uhr. Wo blieb Kobari? Da lässt man ihn eine einfache Besorgung machen, und – hokuspokus – ist er wie vom Erdboden verschluckt.

Als hätte er diese Verleumdung irgendwie auf übersinnliche Weise erfasst, öffnete Constable Kobari genau in diesem Augenblick die Eingangstür und betrat die Suite. Er grinste Andrew ins Gesicht und verkündete: »Sergeant, wir haben noch einen Zeugen.« Er drehte sich um und rief jemanden aus dem Flur herein.

Misstrauisch und mit unruhigem Blick kam eine schmächtige, ältere Frau in der schwarz-orangefarbenen Dienstmädchenuniform ins Zimmer. Als sie Andrew sah, runzelte sie die Stirn und trat unwillkürlich einen Schritt zurück.

»Ah«, sagte Andrew und lächelte der Frau fröhlich zu. »Ruth. Wie läuft das Geschäft?«

Sie verzog das Gesicht. »Ich habe jetzt Arbeit.«

Constable Kobari warf beiden fragende Blicke zu. Er sagte: »Sie kennen sie, Sergeant?«

»Aber natürlich«, antwortete Andrew lächelnd. »Ruth Awante. Eine äußerst versierte Taschendiebin.« Zu der

Frau gewandt, fuhr er fort: »Aber ich hatte gehört, dass Sie in Nairobi waren, Ruth. Was ist passiert? Ist Ihnen das Klima dort nicht bekommen?«

Nicht mehr verschüchtert, sondern hoch erhobenen Hauptes erwiderte sie auf Suaheli: »Ich lebe jetzt anders.«

»Ja?«, fragte Andrew in demselben Tonfall. »Dann sind Sie jetzt eine aufrechte Bürgerin, oder?«

Ein kurzes, steifes Nicken: »*Ndio.*« Ja.

»Dann werden Sie uns sicher mit Freuden helfen. Kommen Sie. Setzen Sie sich.«

Die Spurensicherung hatte die Möbel im Essbereich versehentlich stehen lassen. Andrew und Kobari setzten sich nebeneinander an den runden Tisch, die Frau saß ihnen eingeschnappt und mit gesenktem Blick gegenüber.

»Also«, sagte Andrew und holte sein Notizheft und einen Kugelschreiber aus der Hemdtasche. »Sie behaupten, dass Sie eine Zeugin sind.«

Sie rutschte auf ihrem Stuhl herum und zeigte mit einer kurzen Bewegung des Daumens auf Kobari. »*Er* behauptet, dass ich eine Zeugin bin.«

»Ich habe, wie Sie mir aufgetragen hatten, mit dem so genannten Serviceleiter gesprochen«, sagte Kobari. »Er sagt, sie sollte zwischen halb fünf und halb sechs hier den Flur reinigen.«

Andrew nickte. Die anderen Zeugen hatten ausgesagt, dass der Schuss um fünf Uhr gefallen war. Er fragte Ruth Awante: »Sie waren also draußen im Flur, als der Schuss abgegeben wurde.«

Sie zuckte mürrisch die Achseln. »Vielleicht, vielleicht aber auch nicht.«

Andrew nickte. »Und vielleicht sollte ich den Serviceleiter über Ihre sehr interessante Vergangenheit informieren.«

Mit einem weiteren Stirnrunzeln griff sie sich in die Dienstmädchenschürze, zog eine zerknitterte Zigarettenschachtel und ein Einwegfeuerzeug heraus. »Darf ich rauchen?«

Andrew zuckte die Achseln.

Sie steckte sich eine Zigarette in den Mund und zündete sie an, nahm die Zigarette zwischen ihren knubbeligen Zeigefinger und den Daumen und kniff die Augen gegen den Rauch zusammen. Sie sah, wie Andrew den Blick von ihrer Hand abwandte, und streckte sie ihm langsam, fast verächtlich entgegen, so dass er die verdickten Gelenke sehen konnte. »Ich kann nicht mehr leben wie früher. Ich habe Arthritis.«

Andrew nickte. Er hatte es sofort erkannt, als er gesehen hatte, dass die Finger wie Krallen gebogen waren. Er schob einen der schweren Glasaschenbecher zu ihr hinüber.

Sie klemmte die Zigarette in die Kerbe des Aschenbechers und legte die Hände unterm Tisch in den Schoß, als wollte sie sie verstecken. Sie betrachtete ihn mit prüfendem Blick. »Bekomme ich Geld dafür«, fragte sie, »wenn ich es Ihnen erzähle?«

»Nein«, sagte Andrew. »Natürlich nicht. Aber wenn Sie die Wahrheit sagen, bin ich gerne bereit, Ihre frühere Tätigkeit zu vergessen.«

Sie runzelte die Stirn. »Sie sind schlimmer als die Asiaten.« Sie meinte die indischen Ladenbesitzer, denen die kleinen *dukas* in der Stadt gehörten und die von den meisten Afrikanern der Township für konzessionierte Banditen gehalten wurden.

»Sie waren draußen«, sagte Andrew. »Auf dem Flur.«

Nach kurzem Überlegen nickte sie. »*Ndio.*« Sie hob

eine Hand über den Tisch, nahm die Zigarette und zog daran.

»Sie haben den Schuss gehört«, sagte Andrew und schlug sein Notizheft auf.

Sie stieß eine graublaue Rauchwolke aus. »Ungefähr zur elften Stunde.« Fünf Uhr. »Ich wusste nicht, dass es ein Schuss war. Ich dachte, jemand hätte etwas fallen lassen. In einem der Zimmer.«

»Haben Sie etwas gesehen?«

»Ich hab sie gesehen. Vorher.«

»Sie? Meinen Sie Jeannette Moseley? Die Frau, die in dem Zimmer gewohnt hat?«

Ein Nicken.

»Wann?«

»Gleich als ich in den Flur gekommen bin. Sie ist hier reingegangen.«

»Also eine halbe Stunde nach der zehnten Stunde.« Vier Uhr dreißig.

Ein Nicken.

»Und woher wussten Sie, dass sie es war?«

»Ich hatte sie schon vorher gesehen. Gestern und am Tag davor.«

»Beschreiben Sie sie.«

Ruth Awante beschrieb sie: eine große, schlanke, brünette Frau mit braunen Augen. Eine *Wazunga*, was normalerweise Europäerin bedeutete, aber auch Amerikanerinnen einschloss.

Andrew nickte. Die Beschreibung stimmte mit der überein, die er schon vom Portier erhalten und telefonisch ans Revier weitergegeben hatte.

Er fragte: »Was haben Sie gesehen, nachdem der Schuss gefallen war?«

»Nichts.«

»Wie lange waren Sie auf dem Flur?«

»Bis die Polizei kam.« Constable Gona war als erster Polizist hier gewesen. Aber Gona hatte gemeldet, dass das Zimmer bei seiner Ankunft leer gewesen war.

»Sie haben nicht gesehen, dass die Frau das Zimmer verlassen hat?«

Ruth Awante schüttelte den Kopf.

»Aber Sie waren die ganze Zeit auf dem Flur?« Ein Nicken. »Gibt es noch einen anderen Weg, auf dem sie das Zimmer verlassen haben kann?«

Wieder ein Kopfschütteln. »Wenn sie zum Fahrstuhl oder zur Treppe wollte, musste sie an mir vorbei.«

Es war nicht völlig auszuschließen, dass die Frau sich in einer waghalsigen Aktion vom Balkon ihrer Suite auf den des Nachbarzimmers geschwungen hatte. Aber das Zimmer in östlicher Richtung wurde von Mr. und Mrs. Danon bewohnt, dem französischen Ehepaar, den ersten, die den Schuss als solchen identifiziert und der Polizei gemeldet hatten. Andrew hatte mit ihnen gesprochen. Bei Ihnen waren keine unerwarteten Gäste auf dem Balkon aufgetaucht.

Die Suite in westlicher Richtung war leer, und die Balkontür von innen verschlossen. Theoretisch könnte die Frau natürlich vorher in die leere Suite eingebrochen sein, die Balkontür geöffnet haben und dann, nachdem sie den hilflosen Mr. Tupperman niedergestreckt hatte, hätte sie von ihrem Balkon auf den der leeren Suite springen, hineingehen und alle Türen hinter sich abschließen können.

Aber wozu? Nur um der Polizei Rätsel aufzugeben?

Und außerdem wäre sie trotzdem an Ruth Awante vorbeigekommen.

Ein Seil? Wie ein Bergsteiger die Hotelwand hinunter? Einer Frau, die mit einem Präzisionsgewehr umgehen konnte, war so etwas zuzutrauen.

Aber sie hatten kein Seil gefunden, und es gab auch sonst keinen Hinweis darauf, dass eins benutzt worden war. Und zweifellos hätte das jemand gesehen. Hatte aber keiner.

Was immer sie auch nach dem Abfeuern des Gewehrs getan hatte, im zwölften Stock war sie jedenfalls nicht mehr. Die Polizei hatte jedes Zimmer, jeden Betriebsraum und jede Besenkammer unter Andrews Aufsicht durchsucht.

»Haben Sie sonst irgendjemanden auf dem Flur gesehen?«

Mit einem beiläufigen Zucken ihrer hageren Schultern antwortete sie: »Zwei Männer.«

»Hotelgäste?«

»Einer, ja. Ich habe ihn schon vorher gesehen. Unten im Erdgeschoss.«

»Aus welchem Zimmer kam er?«

Wieder ein Achselzucken. »Weiß ich nicht. Ich habe ihn nur einmal gesehen, als er auf den Fahrstuhl gewartet hat.«

»Und der andere?«

»Den kannte ich nicht.«

»Beschreiben Sie die beiden Männer.«

Sie sagte, dass beide *Wazungu* waren. Der Mann, den sie vorher schon einmal gesehen hatte, war Anfang dreißig, mittelgroß, hatte einen gedrungenen Körperbau und trug eine kurze Hose und ein buntes Hemd. Braunes Haar und braune Augen. Der andere Mann war größer, dünner, etwa genauso alt, und er trug einen khakifarbenen Safari-Anzug. Kurze blonde Haare, blaue Augen, Brille.

Andrew fragte: »Wann haben Sie die beiden gesehen?«

»Bevor die Polizei hier war.«

»Nach dem Schuss?«

»*Ndio.*«

Andrew wandte sich an Constable Kobari. »Gehen Sie mit ihr zum Empfang. Stellen Sie fest, ob der Portier weiß, wer diese Männer sind.«

Kobari nickte. »Glauben Sie, dass sie etwas damit zu tun haben, Sergeant?«

»Ich weiß es nicht. Aber selbst wenn nicht, haben sie vielleicht etwas gesehen.«

Nachdem Kobari und die Frau gegangen waren, schlenderte Andrew noch einmal durch die Suite. Das Wohnzimmer, das Schlafzimmer, schließlich das Badezimmer.

Auch hier war alles voll Haftpulver. Aber genau wie überall in der Suite fehlten die Fingerabdrücke.

Andrew öffnete die Tür zum Medizinschränkchen und sah hinein. Es gab nicht mehr preis als bei der ersten Untersuchung, nur dass die Frau ihre Parfüms, Creme- und Puderdosen nicht mitgenommen hatte.

Er betrachtete die Badewanne. Die Spurensicherung hatte nicht ein einziges Haar von Jeannette Mosley gefunden. Abgesehen von den Kosmetika, den Kleidern und dem Koffer im Schrank, war es, als hätte es Jeannette Mosley nie gegeben.

Andrew blickte zur Toilette, sah die hochgeklappte Brille und runzelte die Stirn.

Er ging zurück ins Wohnzimmer, wo Constable Umwayo über das Sofa gebeugt seine Tasche schloss.

»Umwayo«, sagte er.

»Sergeant?«

»Haben Sie auf der Toilettenbrille nach Fingerabdrücken gesucht?«

»Ja, selbstverständlich.« Umwayo richtete sich auf und klopfte sich das Pulver von der Uniform.

»War die Brille dabei hochgeklappt oder heruntergeklappt?«

Umwayo kicherte und bedeckte seinen Mund mit der Hand.

Ein Polizist, der bei der Spurensicherung arbeitete, aber wenn man von Toiletten sprach, fing er an zu kichern.

»Das ist eine einfache Frage, Mann. Als Sie die Brille das erste Mal gesehen haben, war sie da oben oder unten?«

»Oh«, sagte Umwayo plötzlich ernst. »Oben. Sie war oben, Sergeant. Warum?«

»Sie waren der Erste im Badezimmer?«

»Ja.«

»Was ist mit Constable Gona?«

»Ich bin nur ein paar Minuten nach Gona angekommen. Ich glaube nicht –«

Andrew drehte sich um und ging ins Schlafzimmer. Gona und Ngio hatten aufgehört, affektierte Fräulein zu spielen, und die Frauenkleidung in den Koffer gepackt. Andrew fragte Gona: »Haben Sie die Toilette berührt, seit Sie hier angekommen sind?«

Gona blinzelte ihn erstaunt an. »Was?«

Schwachkopf. »Haben Sie das verdammte Klo angerührt?«

Gona runzelte widerwillig die Stirn. Andrew war zwar offiziell sein Vorgesetzter, gehörte aber dem Stamm der Giriama an und stand als solcher per Definition unter einem furchtlosen Kikuyu-Krieger wie ihm. »Warum sollte ich die Toilette anrühren? Bin ich hier Hausmeister?«

Andrew runzelte die Stirn. Er wandte sich an Ngio. »Und Sie?«

Ngio, sein Giriama-Stammeskollege, war erstaunt. »Nein, Sergeant. Sollte ich?«

Andrew ging durchs Zimmer zum Telefon auf dem Nachttisch. Als er die Hand danach ausstreckte, klingelte es.

Er nahm den Hörer ab. »*Jambo*«, blaffte er hinein.

»Geben Sie mir M'butu, ja?« Der gezierte Tonfall von Inspector Moi, der ein Jahr im Austausch bei Scotland Yard gewesen war und sich für Bulldog Drummond hielt.

»Am Apparat, Inspector. Sergeant M'butu.«

»Ah. Guter Mann. Fast fertig, da drüben, nicht wahr? Hier ist alles erledigt. Dachte mir, es wäre Zeit, unsere Ergebnisse auszutauschen, was?«

»Inspector, ich glaube, ich weiß, wie wir diese Jeannette Moseley finden können.«

»Tatsächlich? Hat eine Adresse zum Nachsenden der Post hinterlassen, was? Ha ha.«

Die beiden Constables starrten Andrew mit offenen Mündern an wie zwei Film-Clowns. Er drehte sich ungeduldig ab und winkte, dass sie sich auf den Weg machen sollten. Sie sahen einander mit demselben verwirrten Gesichtsausdruck an und zuckten ergeben die Achseln. Dann, bis zum bitteren Ende in ihrer Rolle als Stummfilm-Komiker, griffen sie gleichzeitig nach dem Koffer. Nach einem winzigen Augenblick der Unentschlossenheit riss Gona ihn an sich. Ngio warf Andrew einen beleidigten Blick zu, und die beiden schlurften davon.

»Sind Sie noch dran, Sergeant?«

»Inspector, wir müssen aufhören, nach einer Frau zu suchen.«

»Wie bitte?«

»Es gibt keine Jeannette Moseley. Es gab auch nie eine.«

Am anderen Ende der Leitung war es still. Dann räusperte Moi sich. »Ich kann Ihnen nicht ganz folgen, Sergeant.«

»Es gibt keine Jeannette Moseley. Die Toilette, Inspector, die Brille war hochgeklappt.«

»Die Brille war hochgeklappt«, wiederholte Moi verdutzt. Andrew konnte sich vorstellen, wie er aussah: leerer Blick, den Mund vor Verblüffung halb offen über dem säuberlich zurecht gestutzten Spitzbart.

»Ja«, sagte Andrew. »Sonst hat sie keiner angefasst. Und eine Frau hat keinen Grund, die Toilettenbrille hochzuklappen. Ein Mann schon, eine Frau nie.«

»Sergeant, die, äh, anatomischen Unterschiede zwischen Männern und Frauen sind mir durchaus bekannt. Bin schließlich inzwischen seit fünf Jahren verheiratet.«

Was, wenn man Mois Beobachtungsgabe zugrunde legte, absolut keine Aussagekraft hatte. »Ja, natürlich, Inspector, aber –«

»Mehrere Personen haben diese Frau gesehen«, sagte Moi. »Ich habe mit dem Portier telefoniert, und er hat sie persönlich in die Liste der Hotelgäste eingetragen. Habe vor Ihrer Ankunft dort mit Constable Gona gesprochen – guter Mann, der Gona –, und der hat mir erzählt, dass ihr Zeug in der ganzen Suite verteilt war. Kleider, Röcke, all so was. Sie ist wohl kaum eine Fata Morgana, was? Ha ha.« Andrew verdrehte die Augen. Moi und Gona. Es gab noch Helden der Vorzeit auf diesem Planeten.

Er sagte: »Der Portier hat keine Frau gesehen, Inspector, sondern einen als Frau verkleideten Mann. Als der Schuss fiel, war ein Zimmermädchen auf dem Flur. An ihr sind nur zwei Männer vorbeigekommen. Einer von ihnen muss diese Jeannette Moseley gewesen sein.«

»Nun aber mal langsam«, unterbrach Moi. »Das Ganze basiert auf der Aussage eines Zimmermädchens?«

»Ich kenne das Zimmermädchen, Inspector. Sie hat ein ausgezeichnetes Auge.« Wie von einer guten Taschendiebin nicht anders zu erwarten, was Andrew in Anbetracht der Situation allerdings nicht erwähnte.

»Also hören Sie zu, Sergeant«, sagte Moi. »Es reicht mir vollkommen, dass ich das Motiv dieser Sache gefunden habe, und, da gibt es kein Vertun, Ihr Transvestit spielt da nun wirklich keine Rolle.«

Andrew seufzte heimlich, wobei er die Sprechmuschel kurz nach unten drehte. »Ja?«

»Bei diesem Fall haben wir es mit Eifersucht zu tun. Schlicht und ergreifend.«

»Eifersucht«, wiederholte Andrew und stellte fest, dass sein Mund vor Verblüffung halb offen stand. Er schloss ihn.

»Dieser Tupperman«, sagte Moi, »hatte etwas mit einer Schnitte in den Staaten. Hab's aus erster Hand. Die Ehefrau. Hand ist vielleicht etwas zu nett ausgedrückt. Aus erster Kralle. Oder vielleicht Klaue. Ha, ha. Über Geschmack lässt sich nicht streiten, was? Jedenfalls hat sie das mit dem Techtelmechtel herausbekommen und sich beinahe scheiden lassen. Dann haben die beiden sich entschlossen, es noch einmal miteinander zu versuchen und sind hierhergekommen, um Abstand zwischen sich und das Durcheinander zu bringen. Offenbar ist die Schnitte ihnen gefolgt, hat auf ihre Chance gewartet, tja, und dann peng und das war's mit *Bwana* Tupperman.«

Nach einem weiteren stillen Seufzer fragte Andrew: »Hat die Ehefrau Ihnen den Namen dieser Person genannt?«

»Gladys Norman. Tuppermans Sekretärin. Sie passt auf Moseleys Beschreibung. Wir brauchen sie nur zu finden, dann können wir Feierabend machen.«

»Aber Inspector –«

»Außerdem hat die amerikanische Botschaft jemand mit der Halb-acht-Maschine geschickt. Attaché oder so was. Heißt Emerson. Wenn Sie sich beeilen, erwischen Sie ihn noch am Flugplatz. Sie können ihn ja schon mal ins Bild setzen, wenn Sie mit ihm aufs Revier fahren. Aber, M'butu, erzählen Sie ihm nichts über Transvestiten. Oder Toiletten, um Himmels willen.« Den Schauder, der Moi befiel, konnte man durchs Telefon hören. »Nicht in Gegenwart der Leute von der Botschaft.«

Der Portier hatte einen der beiden *wazungu* identifiziert, die Ruth Awante auf dem Flur gesehen hatte. Der untersetzte Mann hieß Lloyd Thurston. Er war Amerikaner und wohnte in Zimmer 1238, das vom selben Flur abging wie Moseleys. *Bwana* Thurston hatte sich nicht abgemeldet, und der Portier ging davon aus, dass er am späteren Abend wieder da sein würde. Der andere Mann war ihm ebenso fremd, wie er es für die ehemalige Taschendiebin gewesen war.

Das erfuhr Andrew von Constable Kobari, als sie auf der Uhuru Avenue im Toyota Landcruiser zum Flugplatz rasten.

Im Austausch für diese Informationen weihte Andrew

Kobari in seine Jeannette-Moseley-Theorie ein, die Kobari ziemlich beeindruckte.

Leider war Kobari recht leicht zu beeindrucken.

»Und jetzt«, sagte Kobari und knallte den Schalthebel – nach Andrews Empfinden – in den achten Gang, »fahren wir also zum Flugplatz, um den Mann von der amerikanischen Botschaft abzuholen.«

»Nein«, sagte Andrew. »Wir fahren zum Flugplatz, um festzustellen, ob einer der beiden *wazungu* dort ist, die Ruth Awante gesehen hat. Die Halb-acht-Maschine fliegt um acht zurück nach Nairobi. Das ist der letzte Flug heute Abend.«

»Sie glauben, dass einer dieser Männer Jeannette Moseley war?« Er starrte Andrew fragend an.

»Ja, der Dünne. Und gucken Sie bitte auf die Straße.«

»Aber, Sergeant.« Kobari warf einen kurzen Blick auf die Straße, stellte befriedigt fest, dass ein Zusammenstoß nicht unmittelbar bevorstand, und sah Andrew wieder an. »Wenn er meint, dass er uns mit seiner Maskerade getäuscht hat, braucht er die Township heute nicht mehr verlassen. Er kann jederzeit sicher abreisen.«

»Ja, vielleicht. Aber was soll er hier noch? Seine Arbeit ist getan, und je länger er bleibt, desto größer wird die Gefahr, dass jemand etwas herausbekommt.«

»Ah«, sagte Kobari und wich mit einem harten Ruck einem großen, gescheckten Hund aus, den die Fahrkünste des Constable so erstaunten, dass er wie versteinert stehen blieb. »Verstehe.« Er nickte voller Überzeugung.

Andrew hätte diese Überzeugung gerne geteilt. Der Mann konnte ebenso gut morgen abreisen, oder auch in einer Woche oder in einem Monat. Er konnte per Bus, Zug oder in einem Mietwagen wegfahren. Und wenn er nicht versuchte, ausgerechnet heute Abend das Flugzeug zu nehmen, würde man ihn unter den Tausenden von Touristen in der Township wahrscheinlich nie finden.

Insbesondere, da Andrew offenbar der Einzige war, der nach ihm suchte.

Hier bedurfte es eines Quäntchen Glücks.

Allem Anschein nach war das Glück Andrew hold. Erstens hatte die Maschine aus Nairobi Verspätung (das hatte allerdings wenig mit Glück zu tun, sondern war vielmehr der Normalfall), was bedeutete, dass Andrew eventuell ein Treffen mit dem Mann von der Botschaft vermeiden konnte. Zweitens kam um Viertel vor acht ein Mann mit kurzen blonden Haaren, blauen Augen und einer Brille in einem khakifarbenen Safari-Anzug durch die Glastür in den Terminal, der nur einen einzigen großen Koffer bei sich hatte.

Andrew und Kobari saßen am Ende einer Reihe orangefarbener Plastikstühle, von denen jeder sorgfältig auf größtmögliche Unbequemlichkeit hin optimiert worden war. Touristen liefen schwatzend und jammernd im hell erleuchteten Saal hin und her, gestikulierten mit Coca-Cola-, Happy-Time- und Tusker-Lager-Flaschen.

Andrew sah den Mann zuerst, wandte sich an Kobari und sagte: »Da.«

Kobari senkte seine Cola-Flasche und nickte. »Sie hatten Recht, Sergeant. Wieder einmal, was?«

»Wir werden sehen. Kommen Sie.«

Die beiden drängten sich durch die Menschenmenge, die sich teilte, um sie hindurchzulassen. Die Leute schreckten mit abgewandtem Blick vor ihnen zurück. (Im Allgemeinen hatten die Touristen mehr Respekt vor der

Polizei als die Einheimischen: Schließlich konnte jeder Schwarze in Uniform ein entfernter Verwandter von Idi Amin sein.) Andrew stellte sich neben den Mann und sagte: »Entschuldigen Sie, Sir.«

Der Mann drehte sich um, sah erst Andrew und dann Kobari an und blinzelte ein wenig hinter seiner Hornbrille. »Ja?« Er war schlank und sehr gepflegt. Trotz seiner großporigen Haut hatte er keine Falten. Seine Gesichtszüge waren ebenmäßig, fast zart. Schmales Kinn, kleiner Mund. Er sprach mit einem leichten Timbre in mittlerer Stimmlage. Ja, er hätte sich als Frau verkleiden können.

»Sergeant M'butu, städtische Polizei. Das ist Constable Kobari. Wir hätten ein paar Fragen an Sie, Sir.«

Die Augenbrauen des Mannes zogen sich zusammen, während sein Blick zwischen Andrew und Kobari hin und her wanderte. »Fragen?«, sagte er zu Andrew. »Wozu?«

»Wenn Sie uns für einen Augenblick nach draußen begleiten könnten, Sir.«

»Äh, ja … selbstverständlich.« Immer noch ratlos und unbekümmert.

Würde ein normaler Tourist nicht verängstigter auf die Aufforderung reagieren, in Begleitung von zwei Polizisten in die afrikanische Nacht hinauszutreten?

Andrew führte den Mann – und Kobari, der sich sehr professionell hatte zurückfallen lassen und die Nachhut bildete – durch die Türen, über den Betonboden in den grellweißen Lichtkegel unter einer Straßenlaterne. Andrew drehte sich zu dem Mann um und fragte: »Könnte ich bitte einen Blick in Ihren Pass werfen?«

»Natürlich.« Der Mann stellte den Koffer ab und griff in die linke Brusttasche seines Safari-Anzugs. Er zog einen blauen Pass heraus und reichte ihn Andrew. »Was suchen Sie, Sergeant?« Als wäre er nur neugierig.

Ohne zu antworten, öffnete Andrew den Pass. Carl Fogarty, Los Angeles, California. Geburtsdatum: 23. März 1956. Zweiunddreißig Jahre alt.

Andrew blätterte die Seiten durch. Der Ausweis war neu, enthielt nur einen Stempel. Der Mann war vor sechs Tagen eingereist.

Andrew schloss den Pass, gab ihn aber nicht zurück, sah dem Mann in die Augen und sagte: »Zum ersten Mal im Ausland, *Bwana* Fogarty?«

Fogarty lächelte und präsentierte dabei zwei so perfekte Zahnreihen, dass sie unmöglich echt sein konnten. Ebenso wenig wie der Rest des Mannes. »Ja, so ist es. Ich wollte schon immer einmal nach Afrika.« Mit einem weiteren zähnefletschenden Lächeln zeigte er in die Dunkelheit um sich herum. »Und hier bin ich nun.«

Andrew nickte. »*Bwana* Fogarty, wir haben eine Zeugin, die Sie heute am späten Nachmittag zusammen mit *Bwana* Lloyd Thurston im zwölften Stock des Soroya Hotels gesehen hat.«

Der Mann blinzelte wieder. »Ja. Also, klar. Da bin ich gewesen. Und worum geht's? Ist Thurston was passiert?«

Immer noch etwas ratlos, aber nicht richtig verwirrt. Entschieden zu ruhig.

»Nein, *Bwana* Thurston nicht. Aber es wurde ein Mord verübt. Ich wäre Ihnen dankbar, wenn Sie uns aufs Revier begleiten und dort einige Fragen beantworten könnten.«

Fogarty runzelte die Stirn und sah auf seine Armbanduhr. »Wissen Sie, Sergeant, ich muss diese Maschine kriegen. Ich fliege morgen aus Nairobi zurück in die Staaten.«

»Wenn Sie sich verspäten, erstatten wir Ihnen alle zusätzlichen Aufwendungen. Und falls es erforderlich sein sollte, besorgen wir Ihnen auch ein Zimmer.« Wenn nötig auch für den Rest Ihres Lebens.

Es schien, als hätte der Mann Andrews Gedanken gelesen. Für einen winzigen Augenblick, es ging so schnell, dass man hinterher hätte glauben können, dass es nie passiert war, blitzte etwas hinter der unbeteiligten, verbindlichen Maske auf. Einen Moment lang lag etwas Berechnendes in den blassblauen Augen, während sein Blick zwischen Andrew und Kobari hin und her huschte.

Erwischt, du Schwein. Andrew spürte, wie seine Muskeln sich anspannten. Aber dann lächelte der Mann, verbindlich, unbeteiligt und zuckte resigniert die Achseln und sagte: »Na ja, okay. Wenn Sie meinen, dass es so wichtig ist.«

Als die drei zum Toyota gingen, fragte Kobari auf Suaheli: »Sergeant, was ist mit dem Flugzeug. Der Passagier?«

»Wir funken aus dem Wagen, dass sie jemand vom Revier schicken sollen.«

Die Verbindlichkeit des Mannes war unerschütterlich, eine undurchdringliche Wand. Er lächelte freundlich, nickte nett und weigerte sich seit über einer Stunde beharrlich, etwas an der Darstellung, die er Andrew im Toyota gegeben hatte, zu ändern.

Andrew sagte: »Gehen wir das doch noch einmal durch, *Bwana* Fogarty. Wann genau sind Sie in der Township angekommen?«

»Wie ich schon sagte, Sergeant. Vor sechs Tagen. Am Zehnten.«

»Und wo haben Sie gewohnt?«

»Im Hotel Aladdin.«

Die beiden saßen in dem Verhörraum des Polizeireviers, der von den dreien am wenigsten unangenehm war; dem Raum, der ausschließlich für Touristen benutzt wurde.

Nur wenige Touristen wären auf den Gedanken gekommen, dass sie bevorzugt behandelt wurden. Über ihnen leuchtete eine kahle Glühbirne, die Zementwände und der Zementfußboden waren in einem widerlichen, fahlen Grün gestrichen. Mitten in der Stahltür war eine kleine, ursprünglich von außen zu öffnende, jetzt aber festgerostete Sichtklappe. Das einzige Fenster war ein kleines vergittertes Rechteck direkt unter der Decke hinter einem Dickicht aus Spinnweben.

Aber an Stelle von zwei harten Holzbänken, den einzigen Möbelstücken in den anderen beiden Räumen, standen in diesem zwei durchhängende Feldbetten, ein kleiner Holztisch und zwei Stühle mit senkrechten Rückenlehnen. Andrew saß auf einem, Fogarty auf dem anderen. Constable Kobari war losgeschickt worden, um alles zu überprüfen, was an der Geschichte des Mannes überprüfbar war.

Andrew sagte: »Und was führt Sie in unsere Township?«

»Wie ich schon sagte, ich wollte schon immer einmal nach Afrika. Ich hatte nur keine Zeit. Oder kein Geld.«

»Aber warum sind Sie ausgerechnet in diese Stadt gekommen?«

Fogarty zuckte die Achseln. »Ich hatte gehört, dass es hier schön ist.«

»Und wie genau kam es, dass Sie plötzlich das Geld hatten? Und die Zeit?«

Fogarty seufzte leise. »Wie ich schon sagte, mein Geschäft ist gut gelaufen. Da habe ich mich entschlossen, einmal richtig in Urlaub zu fahren.«

»Und was machen Sie beruflich?«

»Ich besitze ein Sportgeschäft. In Los Angeles.«

»Gibt es in einem solchen Geschäft auch Gewehre?«

»Natürlich. Und Pistolen.« Fogarte lächelte verbindlich und unausstehlich. »Und Zelte und Schlafsäcke.«

Unerträglich. Hinter seiner höflichen, unbeweglichen Maske machte der Mann sich über ihn lustig. Fogarty war schuldig, und Andrew wusste es, und Fogarty wusste, dass Andrew es wusste. Beide wussten, dass Andrew es vermutlich nie beweisen können würde.

»Haben Sie ein Gewehr, *Bwana* Fogarty?«

»Ich habe viele Gewehre, Sergeant. Ich habe so etwa vierzig oder fünfzig im Laden.«

»Besitzen Sie selbst ein Gewehr? Haben Sie eines in Ihrem Haus?«

»Nein.«

»Haben Sie je mit einem Gewehr geschossen?«

»Sergeant, ich sagte Ihnen doch schon, dass ich nicht auf Gewehre stehe.«

»Haben Sie ein Gewehr mitgebracht, als Sie in dieses Land eingereist sind?«

»Nein.«

»Haben Sie eines erworben, als Sie hier waren?«

Wieder ein leiser Seufzer. »Nein.«

»Und wann haben Sie *Bwana* Forrest Tupperman kennen gelernt?«

»Sergeant, ich habe Ihnen doch gesagt, dass ich ihm nie begegnet bin. Bis vorhin, als Sie mir von ihm erzählt haben, hatte ich nicht ein einziges Mal von ihm gehört.«

»Erklären Sie mir noch einmal, was Sie im zwölften Stock des Soroya Hotels gemacht haben.«

Aber in diesem Moment wurde die Stahltür von außen geöffnet, und Constable Ngio betrat den Raum. Mit fahrigem Blick sagte er, ohne Andrew dabei in die Augen zu sehen: »Der Präsident will mit Ihnen reden.«

Warum war der Präsident noch im Revier, wo er doch normalerweise um sieben Uhr nach Hause ging? Hatte er auf den Attaché der amerikanischen Botschaft gewartet?

Und warum sah Ngio ihn so sonderbar an – oder vielmehr nicht an?

Andrew klopfte an die Bürotür und hörte die dröhnende Stimme des Präsidenten: »*Karibu.*« Herein.

Andrew öffnete die Tür.

Der Präsident saß hinter seinem Schreibtisch. Er war ein kräftig gebauter Mann, noch größer und breitschultriger als Constable Gona. Ihm gegenüber saß ein weiterer großer Mann, ein Europäer oder Amerikaner in einem verknitterten grauen Anzug. Seine kurzen gewellten Haare hatten dieselbe Farbe wie der Anzug. Sein rundes Gesicht war gerötet. Auf Wangen und Nase leuchteten geplatzte Kapillaren.

»Kommen Sie herein, Sergeant, und setzen Sie sich«, sagte der Präsident.

Andrew setzte sich rechts neben den großen Fremden. Mit diesen beiden in einem Zimmer kam er sich wie ein Zwerg vor.

Der Präsident sagte: »Das ist *Bwana* Emerson von der amerikanischen Botschaft.«

Andrew nickte, der große Mann erwiderte das Nicken mit ausdruckslosem Gesicht und sagte »Hi ya.«

»*Bwana* Emerson ist hier, um mit uns an den Ermittlungen im Mordfall *Bwana* Tupperman zu arbeiten. Er würde sich gern mit Ihnen unterhalten.«

Andrew nickte.

»Aber zuerst«, sagte der Präsident, »würde ich selbst gern ein paar Worte mit Ihnen reden.« Der Präsident wandte sich an den Amerikaner. »*Bwana*, das Zimmer nebenan steht Ihnen zur Verfügung. Das zu Ihrer Linken. Ich schicke Sergeant M'butu sofort zu Ihnen.«

Emerson nickte. »Okay.« Er erhob sich vom Stuhl – dem Grunzen und unzufriedenem Schnaufen zufolge keine leichte Aufgabe –, wankte zur Tür, öffnete sie, trat in den Korridor und schloss die Tür hinter sich.

Andrew wandte sich dem Präsidenten zu, der ihn aufmerksam ansah.

Der Präsident sagte: »Cadet Inspector Moi ist verärgert, Sergeant.«

»Ja, Sir?« Moi war also zu Papa gerannt und hatte sich ausgeheult. Kein Wunder, dass Ngio sich eigenartig benommen hatte: Der arme M'butu saß wieder einmal in der Patsche. Wahrscheinlich wusste inzwischen schon das ganze Revier Bescheid.

Schlagartig und ärgerlicherweise fingen seine Ohren zu brennen an. Der Präsident sagte: »Er ist hier eine Viertelstunde lang in seinem blauen Overall herumgetobt.«

Andrew erlaubte sich ein schwaches, hoffnungsvolles Lächeln.

Der Präsident erwiderte es nicht. »Er hat ein paar ernsthafte Beschuldigungen gegen Sie erhoben. Offenbar hat er Ihnen einen direkten Befehl gegeben. Sie sollten zum Flugplatz fahren, *Bwana* Emerson ausfindig machen und ihn zum Revier bringen. Offenbar haben Sie diesen

Befehl missachtet, einen amerikanischen Staatsbürger festgenommen und verhört. Haben Sie eine Erklärung für Ihr Verhalten?«

»Ja, Sir«, sagte Andrew. »Ich denke schon. Durch einen glücklichen Zufall ist mir, als ich am Flugplatz gewartet habe, dieser Amerikaner aufgefallen. Er passte genau auf die Beschreibung eines Mannes, der im zwölften Stock des Soroya gesehen worden war. Ungefähr um die Zeit, als von dort aus der Schuss auf *Bwana* Tupperman abgegeben wurde.«

»Durch einen glücklichen Zufall also.«

»Ja, Sir.«

»Auf den Gedanken, dass er dort sein könnte, waren Sie nicht gekommen?«

»Gewissermaßen schon«, sagte Andrew und rutschte auf seinem Stuhl etwas nach vorn. »Ich hatte die Möglichkeit in Betracht gezogen.«

»Hat der Mann zugegeben, dass er im Soroya war?«

»Ja.«

»Und Sie haben ihn als Zeugen festgehalten?«

Andrew zögerte.

Der Präsident nickte. »Mois Ausführungen waren etwas unzusammenhängend, aber wenn ich Sie richtig verstehe, halten Sie den Mann für mehr als einen Zeugen.«

Andrew nickte. »Ich halte ihn für den Mörder.«

»Erklären Sie das.«

Noch einmal legte Andrew seine Theorie über Jeannette Moseley dar.

Der Präsident saß unbeweglich am Schreibtisch. In seinem runden Gesicht war keine Regung zu erkennen. So wie er aussah, hätte er ebenso gut die Wand anstarren können – oder auch die Wand sein, die angestarrt wurde.

Als Andrew fertig war, nickte er einmal und sagte: »Halten Sie Ihre Version für weniger unwahrscheinlich als Mois Darstellung mit der rachsüchtigen Sekretärin?«

»Sie klingen zugegebenermaßen beide recht fragwürdig, Sir. Aber ich glaube, dass meine wahr ist.«

Der Präsident nickte wieder. Er nahm einen Brieföffner vom Schreibtisch und inspizierte ihn einen Moment lang. Schließlich nickte er noch einmal und sagte, ohne aufzublicken: »Vierundzwanzig Stunden, Sergeant.«

»Sir?«

Der Präsident sah ihn an. »Sie können den Mann vierundzwanzig Stunden festhalten. Wenn Sie in dieser Zeit etwas finden, das Ihre Version bekräftigt, machen wir weiter. Wenn nicht, lassen wir ihn laufen.«

»Ja, Sir«, sagte Andrew. Er fügte hinzu: »Aus rechtlicher Sicht, Sir, können wir ihn achtundvierzig Stunden festhalten, ohne Anklage zu erheben.«

Zum ersten Mal lächelte der Präsident. Das Lächeln war berüchtigt: die verkniffenen Lippen und der kalte Blick – ein Lächeln, das, Gerüchten zufolge, ein Regierungsmitglied einmal bewogen hatte, seinen Urlaub in der Township um eine Woche zu verkürzen.

»Ich danke Ihnen, Sergeant«, sagte er mit sanft grollender Stimme, »dass Sie mich über die Gesetze aufklären.«

Nicht zum ersten Mal verstand Andrew, wie der Minister sich gefühlt haben musste.

»Tatsache ist«, sagte der Präsident, »dass Sie praktisch nichts in der Hand haben, was den Mann mit dem Mord in Verbindung bringt. Ich gebe Ihnen vierundzwanzig Stunden, weil sich ihre Einschätzungen in der Vergangenheit gelegentlich als richtig erwiesen haben. Ich hoffe, dass das auch diesmal zutrifft.«

»Ja, Sir.«

Der Präsident nickte. »In Ordnung. Constable Kobari wartet in der Funkzentrale auf Sie. Wenn Sie mit ihm gesprochen haben, reden Sie mit diesem Emerson. Er sieht aus wie ein Clown, aber ich vermute, das täuscht. Er hat mir erzählt, dass er selbst einmal bei der Polizei war, und ich glaube ihm.«

»Ja, Sir«, sagte Andrew und stand auf.

»Oh, und Sergeant?«

»Sir?«

»Ich würde vorschlagen, dass Sie Moi ein paar Tage aus dem Weg gehen.«

»Die Toilettenbrille«, sagte Emerson lächelnd und schüttelte den Kopf. »Find ich gut. Find ich wirklich gut.«

Er goss noch etwas Whiskey aus der kleinen Flasche, die er aus seiner Jackentasche geholt hatte, in das Wasserglas. Er schraubte den Deckel fest und steckte die Flasche wieder ein. Dann lehnte er sich, das Glas in beiden Händen haltend, zurück – mit erstaunlichem Anmut, fast wie ein altes Mütterchen, das fürchtet, auch nur einen einzigen Tropfen ihres guten Sherrys zu verschütten – und sagte: »Aber natürlich kann auch 'ne Frau die Brille oben gelassen haben. Besonders dieses Schätzchen. Vielleicht wollte sie Beweismaterial verschwinden lassen.«

»Dazu hätte sie sie nicht hochklappen brauchen«, stellte Andrew klar.

Emerson zuckte die Achseln. »Sie sagten, dass alle Fingerabdrücke abgewischt waren. Vielleicht hat sie sie nach dem Putzen oben gelassen.«

»Möglich. Aber zwischen dem Schuss und der Ankunft des ersten Polizisten wurden nur zwei Personen auf dem

Flur gesehen. Zwei Männer. *Bwana* Thurston und *Bwana* Fogarty.«

Emerson nickte. »Haben Sie diesen Thurston schon entdeckt?«

»Nein. Wir suchen noch nach ihm.«

Emerson nickte wieder und trank einen winzigen Schluck Whiskey. Der Mann war ganz anders als die (sehr wenigen) Leute von der Botschaft, denen Andrew bisher begegnet war. Die hatten ordentlich gebügelte Tropenanzüge, frisch gestärkte, weiße Hemden, italienische Krawatten und so blank polierte Schuhe getragen, dass der Himmel sich darin spiegelte. Emersons Schuhe waren abgeschabt, auf seinem Hemd und seiner Krawatte waren Suppenflecken, und sein Anzug sah aus, als hätte er Steine darin herumgeschleppt.

Jetzt sah er Andrew über den Rand seines Glases an und sagte: »Okay. Inwieweit hält Fogartys Geschichte einer Überprüfung stand?«

»Vollständig«, antwortete Andrew.

Das hatte Constable Kobari ihm in der Funkzentrale mitgeteilt.

Andrew sagte: »Er ist hier vor sechs Tagen angekommen und hat sich ein Zimmer im Hotel Aladdin genommen. Er ist nicht allzu viel unter Menschen gegangen, hat sich aber einen Wagen gemietet und mehrere Tagestouren gemacht. Er sagt, er wäre nach Tsavo gefahren, und das Gegenteil kann man ihm nicht beweisen.« Tsavo war das Wildreservat hundert Kilometer westlich.

Wieder ein Nicken. »Wann hat Jeannette Moseley sich das Zimmer im Soroya genommen?«

»Gestern. Auch sie scheint nicht viel unter Menschen gegangen zu sein.«

»Was absolut nichts beweist.«

»Nein«, gestand Andrew ein.

»Moseley, oder wer immer das war, wollte ein Zimmer auf der entsprechenden Hotelseite haben? Und in der passenden Etage?«

»Ja. Sie wollte auf die Seite und in den elften oder zwölften Stock. Das war kein Problem. Die meisten Gäste nehmen ein Zimmer mit Meerblick.«

Emerson nickte und nippte an seinem Whiskey. »Was ist mit den Koffern? Wie hat Fogarty das Ihrer Meinung nach gemacht?«

»Er könnte beide mitgebracht haben, und in einem hatte er die Verkleidung für Jeannette Moseley.«

»War es dieselbe Marke?«

»Nein.«

Ein Nicken. »Was erzählt er dem Zöllner, wenn der den Koffer öffnet?«

»Jeden Tag kommen Tausende von Touristen in Nairobi durch den Zoll. Und selbst wenn *Bwana* Fogarty einer der wenigen gewesen wäre, deren Gepäck untersucht wird, hätte er dem Beamten erzählen können, dass das die Kleidung seiner Frau oder einer Bekannten ist, die schon vorher eingereist ist. Und jetzt würde sich keiner mehr daran erinnern.«

Emerson nickte. »Wissen die im Aladdin noch, wie viele Koffer er bei seiner Ankunft dabeihatte?«

»Ja. Einen.«

Ein Schluck Whiskey. »Okay. Hypothese: Er kommt mit zwei Koffern an. Er lässt den Moseley-Koffer in einem Schließfach am Flugplatz. Die muss man erst nach einer Woche wieder leeren, stimmt's?«

Andrew nickte.

»Er fährt zum Aladdin«, fuhr Emerson fort, »und nimmt sich unter dem Namen Fogarty ein Zimmer. Gestern mietet er sich dann einen Wagen, fährt zum Flugplatz, holt den Koffer und fährt irgendwohin, um sich umzuziehen und so weiter. Und die Perücke aufzusetzen.«

»Und er setzt sich braune Kontaktlinsen ein.«

»Ja, das auch. Die Kontaktlinsen. Dann parkt er den Wagen irgendwo und nimmt sich im Soroya unter dem Namen Moseley ein Zimmer.«

»Ja. Ich glaube, das oder etwas Ähnliches hat er getan.«

»Und heute, nachdem er Tupperman erschossen hat, kehrt er in seinem Fogarty-Aufzug ins Aladdin zurück. Kontaktlinsen und Perücke hat er irgendwo auf dem Weg entsorgt.«

»Und, wie ich annehme, ein paar Handschuhe.«

Emerson runzelte die Stirn. »Handschuhe?«

»Wir haben an seinen Händen einen Paraffin-Test gemacht. Er ist negativ ausgefallen. Ich glaube, beim Abfeuern des Gewehrs hat er Handschuhe getragen, die er dann mit den anderen Dingen weggeworfen hat.«

»Er hat einem Paraffin-Test zugestimmt?«

»Ja. Er hat sich sehr kooperativ verhalten.«

Emerson lehnte sich lächelnd zurück. »Wenn das, was Sie sagen, die Wahrheit ist, haben Sie es mit einem cleveren Bürschchen zu tun, Sergeant.«

Andrew nickte. »Ich halte ihn tatsächlich für äußerst clever.«

»Und es tun sich zwei größere Probleme auf.«

»Und die wären?«

»Erstens musste Moseley einen Pass abgeben, als sie im Soroya ein Zimmer genommen hat. Haben Sie ihn?«

»Ja. Er lag noch an der Rezeption. Der Einreisestempel mit dem Datum von vorvorgestern ist offensichtlich gefälscht. Aber damit sollte ja auch nur ein Hotelportier getäuscht werden.«

»Und das Bild sieht aus wie Fogarty?«

»Es besteht eine gewisse Ähnlichkeit. Aber es reicht nicht, um ihn zu überführen oder ihn auch nur vor Gericht zu stellen.«

Emerson nickte. »Haben Sie irgendwelche anderen Aufzeichnungen darüber, wie Moseley eingereist sein könnte? Passagierlisten? Zollunterlagen?«

»Nichts.«

Emerson nickte. »Der Pass ist gefälscht?«

»Ja. Sonst wäre er nicht zurückgelassen worden.«

»Okay. Das andere Problem.«

Andrew nickte. »Die Waffe, ja.«

»Yeah. Fogarty hat das Gewehr gewiss nicht durch den Zoll geschleppt.«

»Ich sehe da zwei Möglichkeiten. Entweder hat er es irgendwie eingerichtet, dass die Waffe schon vor ihm hier war und er sie irgendwo abholen konnte, oder er ist nach Mombasa gefahren und hat sie sich dort auf dem Schwarzmarkt besorgt.«

»Wenn man den falschen Pass und all das andere dazunimmt«, sagte Emerson, »kommt man in beiden Fällen nicht um die Schlussfolgerung herum, dass man es mit einem Profikiller zu tun hat.«

»Das sehe ich auch so.«

Emerson nippte an seinem Whiskey. »Und warum sollte ein Profikiller einen Touristen vom Schlage Tuppermans abknallen?«

»Ich weiß es nicht. Ich hatte gehofft, dass Sie uns vielleicht bei der Beantwortung dieser Frage behilflich sein könnten.«

Emerson hob eine Augenbraue. »Wie das?«

»Wäre es der Botschaft möglich, etwas über den Background von Mr. Tupperman herauszubekommen?«

Der Amerikaner zuckte seine schweren Schultern. »Kein Problem. Ich hab schon mit dem Polizeichef von Tarpon Springs telefoniert. Er ruft mich noch heute Nacht zurück.« Er nippte an seinem Whiskey. »Sonst noch was?«

»Ja.« Andrew bewegte sich jetzt auf unsicherem Boden und wusste nicht recht, wie er fortfahren sollte. »Außerdem würde mich interessieren, ob Sie es für möglich halten, dass dieses Attentat vielleicht von einer staatlichen Organisation durchgeführt worden sein könnte?«

Emerson lächelte. »Yeah? An welchen Staat denken Sie da?«

»An keinen...«, sagte Andrew und merkte, dass seine Augen hastig blinzelten. »An keinen bestimmten. Ich habe mich nur gefragt, ob Sie da vielleicht eine Idee hätten.«

Emerson grinste geduldig und belustigt. »Worüber reden wir hier, Sergeant? KGB? CIA?«

Andrew rutschte unbehaglich auf seinem Stuhl hin und her. »Das weiß ich natürlich nicht. Ich wollte nur die Möglichkeit –«

Emerson lehnte sich zurück und schlug die Beine übereinander. »Passen Sie auf, Sergeant. Ich denke, das können Sie vergessen. Über das KGB weiß ich natürlich nicht viel, aber ein paar Knallköppen vom CIA bin ich begegnet. Gehört zu meinem Job. Und wenn das CIA Tupperman platt machen wollte, hätten sie irgendein raffiniertes Aftershave benutzt, das seine Nase in, na, sagen wir zwei

Monaten zu einem Rosenkohl hätte werden lassen, so dass er keine Luft bekommt.«

Er grinste. »Hinterhältig, oder? Denen gefällt so etwas. Besonders den Neuen. Die würden nicht mit Heckenschützen arbeiten.« Er schnaubte. »Und wenn, dann würden die nicht treffen.«

»Was ist Ihr Aufgabenbereich, *Bwana* Emerson? Wenn ich fragen darf.«

Emerson goss sich den Rest von seinem Whiskey in die Kehle. »Berater. Sicherheit. Jedenfalls bis nächste Woche. Dann bin ich Geschichte.«

»Sie verlassen die Botschaft?«

»Yeah.« Er grinste. »Was glauben Sie, warum ich hier bin? Ich bin der Einzige, der da entbehrlich ist.«

»Sie kehren zurück in die Vereinigten Staaten?«

Emersons Lächeln wurde starr. »Yeah. Zurück nach Disneyland.« Er blickte hinab, sah dass sein Glas leer war, runzelte die Stirn, drehte sich um und stellte es auf den kleinen Tisch neben sich. Dann wandte er sich wieder an Andrew. »Lassen wir das. Fogarty: Wie erklärt er, dass er versehentlich in der zwölften Etage aus dem Fahrstuhl gestiegen ist?«

»Das kann durchaus passieren. Das Restaurant, das er angeblich gesucht hat, ist im obersten Stockwerk des Soroya. Im Fahrstuhl liegen zwei Reihen Knöpfe direkt nebeneinander. Die erste reicht von der Eingangshalle bis zum zwölften Stock, die zweite vom dreizehnten bis zum Restaurant. Er behauptet, er hätte versehentlich den falschen Knopf gedrückt. Den für den zwölften Stock statt für den vierundzwanzigsten.«

»Und dann ist er den ganzen Korridor entlanggelaufen, bis er gemerkt hat, dass er sich vertan hat?«

»Ja. Ich halte das für den Schwachpunkt in seiner Geschichte.«

»Aber es wäre möglich.«

Andrew zuckte die Achseln. »Möglich, ja.«

»Und während er da rumstolpert, trifft er Thurston.«

»Ja. Er sagt, dass sie sich nie zuvor begegnet waren. Er sagt, er hat Thurston von seinem Irrtum erzählt, woraufhin der vorschlug, dass sie gemeinsam in ein anderes Restaurant gehen sollten, ins Sindbad.«

»Hat Ihr Mann das Sindbad überprüft?«

»Ja. Die beiden wurden dort gestern am frühen Abend zwischen halb sechs und sechs beim Essen gesehen. Fogarty sagt, dass er gegen Viertel nach sechs gegangen und zum Aladdin zurückgefahren ist, um seine Sachen zu packen.«

»Aber die Zeit hätte gereicht, um das Zeug wegzuwerfen. Die Perücke und so.«

»Ja. Er könnte es in den Taschen seines Safari-Anzugs gehabt haben.«

Emerson schürzte die Lippen. »Dieses Zimmermädchen im Soroya hat Fogarty erst bemerkt, als er zusammen mit Thurston den Flur entlangkam?«

»Genau. Wenn er die Wahrheit sagt, müsste Ruth Awante ihn aus irgendeinem Grunde übersehen haben, als er aus dem Fahrstuhl gestiegen ist.«

»Und das glauben Sie nicht.«

»Nein.«

Emerson blickte einen Moment zur Seite und sah Andrew dann wieder an. »Okay, Sergeant. Es kann so gelaufen sein, wie Sie glauben.« Er zuckte die Achseln. »Wir haben in den Staaten eine ganze Menge Typen, die sich wie Frauen anziehen. Und umgekehrt. Und viele von denen machen das ziemlich gut. Warum sollte nicht auch ein Profikiller dabei sein? Aber wenn das stimmt, ist dieser Fogarty ein echtes Schätzchen. Der macht keine Fehler.«

»Außer vielleicht bei der Toilettenbrille.«

Emerson grinste. »Yeah, außer bei der, vielleicht. Aber andererseits können Sie auch völlig danebenliegen. Fogarty könnte ein einfacher Zivilist sein, der nur zur falschen Zeit am falschen Ort war.« Er grinste. »Aber das glauben Sie nicht, stimmt's?«

»Ich bin davon überzeugt, dass er schuldig ist. Er hat so etwas… irgendwie Unwirkliches.«

»Okay. Passen Sie auf. Als was wird er momentan behandelt? Liegt ein Haftbefehl gegen ihn vor, oder was?«

»Wir halten ihn ohne Anklage fest. Offiziell ist er ein Augenzeuge. Wenn wir bis morgen keinen handfesten Beweis dafür haben, dass er an dem Mord beteiligt war, lassen wir ihn laufen.«

»Haben Sie ihn durchsucht?«

»Nein.«

»Haben Sie sein Privateigentum konfisziert?«

»Wir haben seinen Koffer untersucht und ihm zurückgegeben. Da er bislang nur ein Zeuge ist, haben wir rechtlich gesehen keinen Grund, ihn zu behalten.«

Emerson hob die Augenbrauen. »Nehmt ihr Jungs es mit den Details immer so genau?«

»Er ist amerikanischer Staatsbürger und Tourist.«

Lächelnd sagte Emerson: »Und der Tourismus ist heutzutage ein ziemlich gutes Geschäft.«

Andrew merkte, dass sein Körper sich anspannte. »Wir arbeiten nach den Richtlinien, die in Nairobi erstellt werden.«

»Hey, weiß ich doch«, sagte Emerson jetzt grinsend

und winkte beruhigend mit der Hand. »Jetzt machen Sie sich mal nicht ins Hemd.«

Er beugte sich ein wenig vor. »Okay. Mein Angebot. Ich bin hier, um amerikanische Interessen zu vertreten. Klar? Also muss ich Fogarty vielleicht unterstützen. Lassen Sie mich mit ihm reden, damit ich weiß, woran ich bin. Vielleicht ist er ein Verbrecher, vielleicht auch nicht. Ich muss mir selbst ein Bild machen. Sind Sie noch ein bisschen hier?«

»Wenn es sein muss, ja.«

»'kay. Ich melde mich wieder.«

Eine halbe Stunde später war Emerson zurück. Ohne ein Wort zu sagen, ging er durchs Zimmer, setzte sich auf den ramponierten Polsterstuhl, griff in die Tasche seines Jacketts und zog die Whiskeyflasche heraus. Er schraubte den Deckel ab, goss bernsteinfarbene Flüssigkeit in sein Wasserglas, schraubte die Flasche zu und steckte sie wieder ins Jackett. Er hob das Glas, sah es einen Augenblick mit nachdenklich zusammengekniffenen Augen an, trank einen kleinen Schluck und seufzte. »Sie haben Recht«, sagte er, schien aber mehr mit dem Glas zu sprechen als mit Andrew. »Der Kerl ist nicht koscher.«

»Besteht die Möglichkeit«, fragte Andrew, »Informationen über *Bwana* Fogarty aus den Vereinigten Staaten zu beschaffen?«

Emerson starrte immer noch ins Glas und nickte dabei. »Ich kann das LAPD anrufen, die Polizei in Los Angeles. Mal sehen, was die über ihn haben.« Er sah Andrew an. »Passen Sie auf. Mrs. Tupperman ist jetzt total benebelt. Beruhigungsmittel. Aber morgen muss ich mit ihr reden. Kommen Sie mit?«

»Die Polizei hat Mrs. Tupperman schon verhört.«

Emerson betrachtete sein Whiskeyglas mit missbilligendem Blick. »Dieser Gona?«

»Ja.«

»Großartig.« Er sah Andrew an. »Und wenn ich es mit ihrem Boss klarmache?«

»Ja«, sagte Andrew. »In dem Fall würde ich gerne mitkommen.«

Emerson nickte und starrte wieder in sein Glas. »Gut. Der Typ ist nicht koscher. Ich will ihn festnageln.«

Andrew und Emerson saßen an einem runden weißen Metalltisch auf der gefliesten Veranda des Hotels Soroya. Eine kräftige warme Brise wehte vom Meer her und erzeugte draußen im weiten Blau gefiederte weiße Fähnchen. Sie zerrte an der Markise über ihnen und trug den würzigen Geruch von Salz und Muscheln und den süßlichen Duft vom Sonnenöl der glänzenden, rosafarbenen, halbnackten europäischen Körper herüber, die Schulter an Schulter am sonnenbeschienenen Strand lagen.

Emerson, der denselben bemerkenswert unbemerkenswerten Anzug trug wie am Vortag, starrte verdrießlich zwischen den Kasuarinas hindurch über das Mosaik aus schimmernden Rücken und schillernden Bäuchen in die Ferne. Er hob sein Glas und trank einen kräftigen Schluck seines Bourbon mit Wasser. »Wissen Sie«, sagte er, »ich bin schon einmal hier gewesen. So vor zwanzig Jahren.«

Andrew, der so griesgrämig und mutlos war, wie Emerson dreinblickte, stellte überrascht fest, dass er doch noch ein gewisses Maß an Höflichkeit aufbringen konnte. »Ja?«

Emerson nickte. »Yeah. Stand hier draußen am Strand. Wahrscheinlich da drüben, wo die Deutschen sitzen. Von dem, was hier jetzt ist, war damals noch nichts da. Kein Hotel, kein gar nix. Ich hab den Strand hoch- und runtergeguckt, und hab nur Sand, Wasser und Palmen gesehen. Und ein paar Fischerboote, die den Fang reinbrachten. Ich weiß noch, wie ich gedacht hab, herrje, wenn ich jetzt tot umfalle, ist das okay. Jetzt sofort, auf der Stelle. Und das wär auch okay gewesen. Es hätte mir nichts ausgemacht, kein Stück, weil ich in dem Moment schon im Himmel war...« Er runzelte die Stirn, trank noch einen Schluck. »Gleich da drüben. Wo die Deutschen sitzen.«

Langsam, gedankenverloren fuhr Andrew mit dem Finger über die Wassertröpfchen, die sich an seinem Glas Limonade bildeten. »Sie waren bei den Streitkräften?«

Emerson sah ihn an. »Häh?«

»Es gab hier damals keine Touristen. Eigentlich nur amerikanische Soldaten.«

In der Brandung kreischte eine junge Europäerin in einem Leoparden-Bikini vor Freude, als ihr eine Welle auf die braun gebrannten Schenkel klatschte.

Emerson nickte. »Yeah. Die Streitkräfte.« Er blickte wieder über die sich sonnenden Menschen aufs Meer hinaus. »Es gibt zu viele Menschen auf der Welt, Sergeant. Viel zu viele.« Er trank einen Schluck von seinem Drink. »Wissen Sie das von den norwegischen Ratten?«

»Wie bitte?«, sagte Andrew. »Norwegische Ratten?«

Wieder ein Nicken. »Ein Bursche namens Calhoun hat ein Experiment mit norwegischen Ratten gemacht. Es gibt immer eine größtmögliche Anzahl an Ratten in einer Kolonie. Calhoun hat die Zahl erhöht und hat sie alle zusammengepfercht. Wissen Sie, was passiert ist?«

»Nein.« Und es interessierte ihn auch nicht sonderlich, er merkte aber, dass sich das bald ändern könnte.

»Sie haben angefangen, sich gegenseitig umzubringen. Haben sich totgebissen, bis die Kolonie wieder die normale Größe hatte.«

»Ah.«

»Aber uns passiert das nicht«, sagte Emerson, immer noch in die Ferne blickend. »Wir haben zu viele Kolonien. Es gibt kein Zurück mehr. Und wir sind anders. Wir bringen uns nicht einfach gegenseitig um. Wir sind den norwegischen Ratten gegenüber im Vorteil. Wir können den Ozean umbringen. Oder die Atmosphäre.« Er runzelte die Stirn. »Wir werden das ganze Ding umbringen.«

»Meinen Sie die Erde?«, fragte Andrew.

»Yeah«, sagte Emerson. »Die ganze Wachskugel.«

»Wenn Sie das wirklich glauben«, fragte Andrew ihn neugierig, »warum ist es für Sie dann so wichtig, dass wir Fogarty überführen?«

Emerson trank noch etwas von seinem Whiskey. »Gewohnheit.«

Andrew lächelte. »Könnte es sein, *Bwana* Emerson, dass Sie heute Morgen ein bisschen niedergeschlagen sind?«

Emerson sah ihn an. »Yeah. Ein bisschen.«

Der Tag hatte wahrhaftig nicht gerade viel versprechend begonnen. Emerson und Andrew hatten sich am Bahnhof getroffen und ihre enttäuschenden Ermittlungsergebnisse zusammengetragen. Erstens: Man hatte Lloyd Thurston festgenommen, nachdem er eine lange Nacht mit einer der somalischen Frauen aus dem Delight verbracht hatte. Er hatte Fogartys Geschichte bis ins letzte Detail bestätigt.

Zweitens: Emerson hatte Rückmeldungen von seinen Quellen in den Vereinigten Staaten erhalten. Carl Fogarty war nicht vorbestraft und hatte keine Kontakte zu Kriminellen. Ein Angestellter in seinem Geschäft in Los Angeles hatte der dortigen Polizei mitgeteilt, dass er Urlaub in Afrika machte. Auch Forest Tupperman war nicht vorbestraft und machte in Afrika Urlaub. Diese letzte Information hatte die Polizei in Tarpon Springs von seiner Sekretärin Gladys Norman erhalten, die die Vereinigten Staaten noch nie verlassen hatte, wie Cadet Inspector Moi mit erheblichem Missfallen zur Kenntnis nahm.

Drittens: Mrs. Evelyn Tupperman hatte keine Ahnung, warum jemand ihren Mann umbringen wollte. Die große, schlaksige Frau saß Andrew und Emerson in ihrem schlecht sitzenden, grünen Polyester-Overall gegenüber, war vor Trauer völlig ausgezehrt und aufgelöst und konnte ihnen absolut nicht weiterhelfen. Sie erkannte weder Fogartys noch Moseleys Passbild.

Mr. Tupperman hatte keine Feinde. Mr. Tuppermans Bauunternehmen lief gut. Mr. Tupperman war nie zuvor in Afrika gewesen.

Ein Faktum, das von Bedeutung sein könnte: Seit ihrer Ankunft vor zehn Tagen hatte sich Mr. Tupperman fast jeden Tag spätnachmittags auf dem Balkon gesonnt.

Nachdem sie sich noch ein Foto des Verschiedenen hatten geben lassen, waren Andrew und Emerson gegangen.

Andrew probierte seine Limeade. Sie war inzwischen lauwarm. Er runzelte die Stirn und sagte: »Glauben Sie, es würde sich lohnen, noch einen Tag zu warten und sich dann noch einmal mit der Ehefrau zu unterhalten?«

Emerson schüttelte den Kopf. »Nee. Sie weiß nichts.«

»Vielleicht erinnert sie sich noch an irgendetwas. Jetzt ist sie verwirrt.«

Emerson zuckte die Achseln. »Yeah, möglich. Kann man ihr kaum vorwerfen. Ist zum ersten Mal raus aus den Staaten. 'türlich ist sie verwirrt. Selbst wenn man ihren Mann nicht erschossen hätte, wäre sie verwirrt.« Ziemlich grantig, gereizt – vielleicht noch wegen seiner norwegischen Ratten. »Die Sprache ist anders. Das Geld. Alles ist anders. Straßenschilder und Stadtpläne. Sogar die Zimmer sind anders nummeriert.« Er beugte sich vor und schlug mit der geballten Faust auf den Tisch.« Verdammt noch mal, er hat's getan. Ich weiß, dass er's getan hat.« Er schüttelte den Kopf. »Der Schweinehund hat einfach keinen Fehler gemacht.«

Er sah Andrew an. »Wissen Sie, was wir nicht haben? Das Wichtigste.«

Andrew beobachtete eine Möwe, die steil nach unten schoss und etwas von der aufgewühlten Meeresoberfläche schnappte. »Das Motiv?«

»Das Motiv. Genau. Warum Tupperman. Warum bringt jemand ein armes Würstchen wie Tupperman um? Das ergibt doch keinen Sinn.«

Andrew richtete sich plötzlich auf. »Nein«, sagte er. »Tut es nicht.«

Emerson schüttelte den Kopf. »Der Schweinehund hat einfach absolut keinen Fehler gemacht.«

Andrew sagte: »Vielleicht doch.«

Der Name Michael Buonarotti sagte Andrew nicht das Geringste. Emerson konnte ihn jedoch sofort zuordnen, und er erläuterte Andrew ausgiebig, was es mit dem Mann auf sich hatte, bevor die beiden sich mit ihm unterhielten.

Buonarotti war klein und gedrungen. Er trug einen blauen Frotteebademantel, der fast bis zum Nabel offen stand, so dass mehrere üppig verzierte Goldketten auf einer üppig grau behaarten Brust über dem mächtigen, runden Bauch zu sehen waren. In seinem – ebenfalls runden – Gesicht saßen zwei wachsame runde Augen zwischen senkrechten Hautfalten. Er hatte eine Glatze und versuchte wie viele Kahlköpfe, den Mangel auf dem Kopf zu kompensieren, indem er die Haare im Gesicht kultivierte: Seine Oberlippe wurde von einem buschigen Schnurrbart verdeckt, der nur die hängende, nach unten gezogene Unterlippe den Blicken preisgab.

Mit einem klimpernden, klingelnden Drink in der Hand – Amerikaner machten anscheinend keinen Schritt ohne ihren Alkohol – führte er Andrew und Emerson ins Wohnzimmer. »Setzt euch, Jungs. Was kann ich für euch tun?« Obwohl er äußerst freundlich, ja sogar herzlich war, blieb sein Blick stets wachsam. Andrew und Emerson saßen auf der Couch, Buonarotti mit übergeschlagenen Beinen in einem Ledersessel. Seine haarigen Schienbeine waren nackt, die Füße steckten in Plastikschlappen.

Wie abgesprochen übernahm Emerson die Gesprächsführung: »Wir haben uns gefragt, ob Sie von dem Amerikaner gehört haben, der gestern erschossen worden ist?«

Buonarotti nickte. »Yeah. Klar. Natürlich. War alles voller Cops hier. Schreckliche Sache, was? Echte Tragödie.« Er wandte sich an Andrew, der, wie Emerson vorgeschlagen hatte, bemüht war, bedrohlich auszusehen. *Wazungu* gegenüber hatte er diese Rolle bisher nur selten gespielt. Buonarotti fragte: »Habt ihr Jungs rausgekriegt, wer's gewesen ist?«

»Möglich«, sagte Emerson. »Wir haben eine Art Identitätsproblem.«

Buonarotti runzelte die Stirn. »Inwiefern?«

Emerson griff in die Tasche seines Jacketts und zog die beiden Pässe heraus, die Andrew ihm gegeben hatte. Einen reichte er dem Amerikaner. »Kennen Sie diese Person?« Buonarotti stellte seinen Drink auf den Beistelltisch, nahm den Pass, öffnete ihn und betrachtete kurz das Foto. Stirnrunzelnd schüttelte er den Kopf. »Nee. Tut mir Leid.« Er sah Andrew an. Denken Sie an Mord und Totschlag!, hatte Emerson zu ihm gesagt.

Jack the Ripper.

Wirklich absurd, aber es schien zu funktionieren. Buonarotti blinzelte und sah zur Seite. Er beugte sich vor, um das Dokument zurückzugeben, und Emerson nahm es mit unergründlichem Gesicht entgegen. »Sind Sie sicher?«

»Ja. Ganz sicher. Was soll das Ganze?« Wieder ein kurzer Blick auf Andrew.

Joseph Stalin.

Emerson gab Buonarotti den anderen Pass. »Und was ist damit?« Buonarotti schlug den Pass auf, betrachtete das Foto, warf Emerson einen kurzen Blick zu und konzentrierte sich wieder auf das Foto. Er schloss den Paß und sah Emerson an. »Das soll doch wohl ein Witz sein, oder?«

»Kennen Sie diese Person?«

Buonarottis Blick wanderte von Emerson zu Andrew (Adolf Hitler) und zurück. »Ich will einen Anwalt. Ich bin amerikanischer Staatsbürger. Ich habe meine Rechte.«

Emerson schüttelte den Kopf. »Einen feuchten Dreck haben Sie. Das ist hier nicht wie zu Hause. Sie sind in der

Pampa, und zwar so richtig.« Er zeigte mit dem Daumen auf Andrew. »Die Jungs verstehen keinen Spaß. Wenn die sauer auf einen sind, verschwindet man ganz schnell irgendwo auf einer Müllkippe. Ich habe Sie etwas gefragt. Kennen Sie diese Person oder nicht?«

Buonarotti überlegte einen Augenblick. Er sah Andrew noch einmal an. Schließlich sagte er: »Was springt für mich dabei raus?«

Emerson drehte sich zu Andrew um und sagte: »Sehen Sie? Ich hab ja gesagt, dass er vernünftig ist.«

Um zwei Uhr nachmittags betraten Andrew und Emerson den Verhörraum. Fogarty, der die ganze Nacht dort verbracht hatte, saß mit dem Rücken zur Wand am Kopfende eines der Feldbetten. Die Füße hatte er auf der Matratze und die Arme um die Knie geschlungen.

Emerson lächelte liebenswürdig. »Wie geht's, Carl? Behandeln die Sie ordentlich?«

Fogarty zuckte die Achseln. »Ich kann mich nicht beklagen.«

»Gut, gut«, sagte Emerson grinsend. »Freut mich, das zu hören. Passen Sie auf. Hätten Sie etwas dagegen, wenn wir uns ein bisschen zu Ihnen setzen? Der Sergeant will ein bisschen schwatzen.«

Fogarty setzte das bekannte, verbindliche Lächeln auf und fragte: »Habe ich eine Wahl?«

»Nicht die geringste, Carl«, erwiderte Emerson strahlend. »Wir pflanzen uns einfach mal hier drüben hin.« Er zeigte auf das andere Feldbett. Als er und Andrew sich gesetzt hatten, sagte er: »Fangen Sie an, Sergeant. Es ist Ihre Show.«

Andrew sah Fogarty kurz an, studierte die freundliche,

unbekümmerte Miene, die ruhigen blauen Augen hinter der Hornbrille, und verspürte den Anflug von etwas, das in einem anderen Zusammenhang durchaus Bewunderung hätte sein können. Dann sagte er: »Die Schwierigkeit lag von Anfang an darin, dass es schien, als hätten sie ohne jeden Fehler gearbeitet. Es gab keinen eindeutigen Hinweis darauf, dass Sie etwas mit dem Mord an *Bwana* Tupperman zu tun hatten. Es sah so aus, als gäbe es nicht einmal ein Motiv.«

Fogarty lächelte. »Weil ich ihn nicht ermordet habe.«

»Oh, doch«, sagte Andrew. »Natürlich haben Sie das. Es gab nämlich ein Motiv, und Sie haben einen Fehler gemacht. Einen schwer wiegenden Fehler.«

Fogarty sagte nichts, saß scheinbar unbeteiligt da.

Andrew fuhr fort: »*Bwana* Emerson hat mir erklärt, dass die Stockwerke in einem Gebäude in den Vereinigten Staaten anders nummeriert werden als hier. Was bei uns das Erdgeschoss ist, ist bei Ihnen der erste Stock. Unser erster Stock ist Ihr zweiter. Und unser elfter Stock ist Ihr zwölfter. Gestern wollten Sie den Bewohner von Zimmer 1256 im Hotel Jasmin erschießen. Aus Ihrem Zimmer im Soroya zählten Sie die Stockwerke vom Erdgeschoss bis zu dem Stockwerk hinauf, das Sie für das zwölfte hielten. Und dort sahen Sie einen Mann in Ihrem Zielfernrohr, auf den Sie es Ihrer Ansicht nach abgesehen hatten.«

Fogarty sah Emerson mit einem leichten Stirnrunzeln an. Emerson grinste.

»Ziemlich gute Geschichte, was, Carl?«

Andrew sagte: »Und das war Ihr Fehler. Der, den Sie erschossen haben, war der Bewohner von Zimmer 1156, ein Mann, der bei flüchtigem Hinsehen aus der Ferne eine gewisse Ähnlichkeit mit dem Mann hatte, den Sie eigentlich umbringen wollten.«

Fogarty sagte zu Emerson: »Das ist Irrsinn.«

Grinsend hob Emerson eine Hand. »Glaub mir, Carl, es kommt noch besser.«

»Das war ein außerordentlich dummer Fehler«, sagte Andrew. »Als Sie sich die Geschichte zurechtlegten, warum Sie im falschen Stockwerk des Soroya aus dem Fahrstuhl gestiegen sind, müssen Sie direkt vor den beschrifteten Knöpfen gestanden haben. Und trotzdem ist Ihnen nicht aufgefallen, dass es in diesem Land ein Erdgeschoß und einen ersten Stock gibt.«

Wieder grinsend sagte Emerson: »Ich hab ein gutes Wort für Sie eingelegt, Carl. Hab ihm gesagt, dass dieser Fehler jedem anständigen Burschen aus den guten alten Staaten unterlaufen könnte.«

Fogarty erwiderte nichts, aber die verbindliche Miene veränderte sich: die Lippen waren schmaler geworden, und die Augen hatten sich verengt.

Andrew fragte: »Wussten Sie gestern schon vor Ihrer Ankunft am Flughafen, dass Sie den Falschen erschossen hatten? Oder haben Sie das erst beim Verhör mitgekriegt?«

Fogarty sagte immer noch nichts.

Emerson fragte freundlich: »Hat es Ihnen die Sprache verschlagen, Carl?«

»Wir haben gestern«, fuhr Andrew fort, »mit Michael Buonarotti gesprochen, dem Bewohner von Zimmer 1256 im Jasmin. *Bwana* Emerson hat mir erklärt, dass Buonarotti in Ihrem Land ein Vertreter des organisierten Verbrechens ist. Ihn sollten Sie umbringen. Und er hat Sie identifiziert. Offenbar haben Sie in diesen Kreisen einen gewissen Ruf.«

Andrew stand auf. »Und ich fürchte, jetzt müssen wir dem Ganzen einen Schlusspunkt setzen.« Er ging zur Stahltür und öffnete sie. Im Korridor warteten Constable Satyit, eine Gefängniswärterin, und Schwester Margaret, eine Krankenpflegerin aus dem Uhuru-Hospital. Nach der Körpergröße zu urteilen, hätten beide Frauen Schwestern von Constable Gona sein können.

Andrew führte sie herein.

Fogarty sah erst die Frauen, dann Andrew an. »Was soll das?«

»Sie sind verhaftet«, sagte Andrew, »daher müssen wir eine Leibesvisitation durchführen. Es ist mir gesetzlich verboten, dabei zugegen zu sein. Eine Frau darf nur von einer Polizistin durchsucht werden.«

An diesem Punkt gab Fogarty praktisch auf. Mit einem Pfeifen strömte die Luft aus ihrem Körper, die Schultern fielen nach vorn, und sie sackte in sich zusammen.

»Aber was war mit der Klobrille?«, fragte Constable Kobari am nächsten Tag, als sie im Land Cruiser die Uferstraße entlangfuhren, während die Palmen an den offenen Fenstern vorbeisausten. Der Wind war über Nacht abgeflaut und das Meer glatt wie ein See. Rechts von ihnen, weit draußen am Horizont, schob sich eine große motorisierte Dau mit schlaffen Segeln gen Norden – wahrscheinlich mit einer Ladung Mangroven für die Saudis. »Die Klobrille war oben.«

Andrew sagte: »Vielleicht hat sie sie, wie *Bwana* Emerson anfangs vermutete, selbst hochgeklappt, als sie die Fingerabdrücke abgewischt hat. Oder jemand anders hat sie hochgeklappt.«

»Aber wer?«

Andrew zuckte die Achseln. »Ich weiß es nicht.« Er würde es nie erfahren. Konnte nie ganz sicher sein, konnte und würde aber zum Gott der Beweis- und Spurensicherung beten, dass Constable Gona nie wieder als erster Polizist an einem Tatort ankam.

»Was passiert jetzt mit ihr, Sergeant?«

»Sie wird verurteilt. Wir haben die Zeugenaussage von Buonarotti, der sie unter ihrem echten Namen identifiziert hat.« Jeanne LaSalle. »Und dazu noch die Aussagen von Ruth Awante und dem Portier.« Beide hatten Frau LaSalle als Jeannette Moseley erkannt, als sie ihnen bei einer Gegenüberstellung in einem Kleid vorgeführt worden war.

»Und was ist mit dem echten Carl Fogarty? In den Vereinigten Staaten?«

»Ich kann mir vorstellen, *Bwana* Emersons Vermutung stimmt, dass Fogarty von LaSalle oder einem Kumpanen genötigt wurde, für eine Weile zu verschwinden.«

»Und sein Pass?«

»Wahrscheinlich hat Fogarty die Unterlagen und LaSalle das Foto dazu eingereicht. Laut *Bwana* Emerson ist das kein Problem, wenn es Fogartys erster Reisepass ist. *Bwana* Emerson hat die amerikanischen Behörden benachrichtigt, und die kümmern sich um Fogarty. Sehen Sie bitte auf die Straße.«

Kobari sah wieder auf die Straße und schüttelte den Kopf. »Eine Profikillerin. Wer hätte das gedacht.«

»Die Emanzipation der Frauen«, sagte Andrew. »Offenbar erstreckt sie sich in den Vereinigten Staaten in alle Bereiche. Was für eine gewaltige Bewegung.«

Kobari runzelte die Stirn. »Was meinen Sie, warum sollte Buonarotti umgebracht werden?«

»Wie soll man das feststellen? Offensichtlich hat er jemandem etwas getan. Was oder wem, werden wir wohl nie erfahren. Aber an seiner Stelle wäre ich bei meiner Rückkehr in die Vereinigten Staaten ausgesprochen vorsichtig.«

Kobari sah ihn an. »Glauben Sie, dass sie es noch einmal versuchen?«

Der Wagen raste nur ein paar Zentimeter an einer langsam schlurfenden Frau mit einem Weidenkorb auf dem Kopf vorbei. Ihre Schreie verhallten hinter ihnen, als der Toyota weiter in Richtung Township jagte.

Andrew öffnete die Augen wieder. Laut und deutlich sagte er: »Fahren Sie langsamer.«

Kobari nahm den Fuß ein wenig vom Gas. »Glauben Sie es? Dass sie es noch mal versuchen?«

Andrew holte tief Luft. »Wahrscheinlich. Ja. Und ich kann mir vorstellen, dass sie sich dann jemanden nicht ganz so Cleveres für den Job nehmen.«

»So clever war sie gar nicht«, sagte Kobari lächelnd. »Schließlich konnte sie nicht zählen.«

Zwei Monate später versuchten sie, wer immer sie auch waren, es noch einmal. Dieses Mal mit einer relativ schlichten und erfolgreichen Methode, indem sie nämlich eine Handgranate durchs Fenster von Buonarottis Mercedes warfen.

Das erfuhr Andrew aus dem Zeitungsausschnitt, den Emerson ihm aus den Vereinigten Staaten geschickt hatte.

Im Umschlag steckte noch ein maschinenbeschriebener Zettel:

Dachte, das würden Sie gern sehen. Es heißt, dass B. Geld von den Konten der Mafia eingesackt hat.

War nett, mit Ihnen zu arbeiten. Und der gemeinsame Drink vor meiner Abfahrt war auch nett – fühlen Sie sich wieder besser? War schön, mal wieder da drüben zu sein, und schön, dass ich helfen konnte. Manchmal bekommt sogar eine norwegische Ratte die Gelegenheit zur Wiedergutmachung. Wenn Sie je in die Vereinigten Staaten kommen, rufen Sie mal durch.

Unten stand eine Adresse und eine Telefonnummer, aber keine Unterschrift.

Andrew gab den Zettel Kobari, der auf der Kante von Andrews Schreibtisch im Revier saß. Kobari las ihn und gab ihn zurück.

Er sah Andrew fragend an. »Was meint er mit Wiedergutmachung?«

»Ich habe keine Ahnung.«

»Ist er schon einmal hier gewesen? In der Township?«

»Vor zwanzig Jahren, hat er gesagt.«

»Also 1968.«

»Ausgezeichnet«, sagte Andrew und nickte. »Wenn Sie das mit dem Rechnen noch ein bisschen üben, bringen Sie es bald bis zum Präsidenten.«

»Das war das Jahr, in dem Abbu Messin umgebracht wurde.« Kobari war der Revier-Historiker. Er hatte jedes wichtige Ereignis in der Township seit dem Pleistozän auswendig gelernt.

»Abbu Messin?«, fragte Andrew.

»Erinnern Sie sich nicht, Sergeant?«

Andrew runzelte die Stirn. »Kobari, ich war damals zehn Jahre alt.«

Kobari nickte. »Er war Terrorist. Ganz übel. Selbst die Al Fatah hat ihn verstoßen, und er lebte hier im Exil. Sein Haus war drüben bei Salims Baumwollspinnerei. Es ist abgebrannt, als er drin war. Das war damals eine Riesensache und hat jede Menge Aufsehen erregt.«

»Wer war es?«

»Das weiß keiner. Die Leute sagen, dass es der CIA war, aber das sagen sie immer. Man hat den Täter nie gefunden.«

Andrew nickte.

Kobari sagte: »Gehen wir essen?«

»Gehen Sie schon vor«, sagte Andrew. »Wir treffen uns gleich bei Abdullah's.«

Nachdem der Constable gegangen war, suchte Andrew den Umschlag heraus, in dem der Zeitungsausschnitt und der Zettel geschickt worden waren. Er hatte keinen Absender, aber auf dem Poststempel stand Langley, VA.

VA? Virginia?

In Langley, Virginia, war das Hauptquartier des CIA.

Nein, sagte Andrew zu sich selbst. Das kann nicht sein.

Und dann wusste er: Doch. Natürlich kann es sein.

Das Gold des Mayani

»Tot«, sagte Dr. Murmajee, der seine kleinen dicken Hände vor dem runden Bauch ineinander verschränkt hatte. Wie immer bei solchen Anlässen trug er seinen schlaffen schwarzen Anzug, eine verknitterte Krawatte mit Suppenflecken und hatte dazu eine Trauermiene aufgesetzt, deren Ergriffenheit nicht ganz zu überzeugen vermochte. Er starrte aufs Bett hinunter und sagte mit übertrieben bekümmertem Nicken: »Ziemlich tot, ach ja, doch.«

»Ja«, sagte Sergeant Andrew M'butu geduldig. »Um ehrlich zu sein, Doktor, das war mir auch schon aufgefallen. Ich hatte gehofft, dass Sie mir vielleicht noch etwas mehr dazu sagen können.«

»Ah«, sagte Murmajee. Mit hochgezogenen, buschigen Augenbrauen im breiten indischen Gesicht, drehte er sich zu Andrew um. »Wird eine Autopsie gemacht?« Ihn faszinierte das Innenleben der *wazungu*, der Europäer, als erwartete er, etwas in ihnen zu finden, das bisher übersehen worden war: etwa eine Drüse, deren Sekrete weiße Hautfarbe, Verbrennungsmotoren, Computer und Imperialismus hervorbrachten.

»Ja«, sagte Andrew. »Gewiss.« Ein Appetithäppchen. »Aber trotzdem würde ich gerne wissen, was Sie uns vorher über die Leiche sagen können.«

»Ah«, sagte Murmajee und schob die Unterlippe nachdenklich vor. »Ja. Also, das Messer, würde ich sagen – ohne dass ich mich zu diesem Zeitpunkt schon festlegen möchte, natürlich –, aber das Messer lässt doch gewisse Rückschlüsse zu. Ja? Meinen Sie nicht, Sergeant?«

»Ja, Doktor«, erwiderte Andrew seufzend. Es brachte nichts. Keine klare Aussage vor der Autopsie, damit dem Doktor bloß keiner seinen Hauptgewinn wieder wegnahm.

Zweifelsohne ließ das fragliche Messer jedoch tatsächlich gewisse Rückschlüsse zu. Der schwarze, locker von steifen, weißen Fingern umfasste Plastikgriff ragte wie ein langer, widerlicher, auf AUS gestellter Netzschalter aus dem Solarplexus des Mannes heraus.

Die nackte Leiche lag auf dem Rücken, und die weit geöffneten, toten Augen starrten zur Decke. Das dünne Laken – hellblaue ägyptische Baumwolle, wie es sich für das luxuriöse Bett in der Luxussuite eines Luxushotels gehörte – bedeckte den Unterkörper der Leiche bis zur Hüfte. Als hätte der Mann noch vor dem Tod darauf geachtet, dass er nach seinem Tod trotz der dem Selbstmord eigenen, tief greifenden Unanständigkeit anständig aussah.

Sofern man davon ausging, dass es sich um Selbstmord handelte.

»Sehen Sie den Winkel«, sagte Murmajee. »Da kann man nichts sagen, nein, bis wir festgestellt haben, wie lang die Klinge ist. Aber es ist genau der richtige Winkel, sehen Sie?«

Murmajee beugte sich vor und sah sich das Messer näher an. »Ein Stilett mit Federmechanismus. Italienisch, würde ich sagen. Eine schmale Klinge und wohl lang genug, um direkt bis ins Herz zu reichen, ja. Kein größerer Blutverlust, wie Sie sehen. Der Tod muss ziemlich plötzlich eingetreten sein. Schock, innere Blutung, puff, und das war's dann, was?«

»Könnte er sich die Wunde selbst beigebracht haben?«, fragte Andrew.

»Ah«, sagte Murmajee und schob erneut nachdenklich die Unterlippe vor . »Ah. Sich selbst beigebracht? Könnte er. Ja. Möglich. Könnte, muss aber nicht.« Er schüttelte den Kopf. »Nach der Autopsie kann man vielleicht...«

An der langen hölzernen Anrichte hinter ihnen rief Constable Kobari: »Sergeant?«

Andrew drehte sich um. Vorsichtig, mit spitzen Fingern, hielt Kobari ein abgeschabtes Portemonnaie aus Leder hoch. »Das lag unter dem Büfett«, erläuterte er.

»Entschuldigen Sie mich, Doktor«, sagte Andrew zu Murmajee, ließ ihn über die Leiche gebeugt zurück und ging durchs Zimmer zu Kobari. Kobari legte das Portemonnaie auf die Anrichte und trat einen Schritt zurück. Andrew zog seinen Kugelschreiber aus der Hemdtasche. Auf Suaheli sagte er zu Kobari: »Sie hätten es liegen lassen sollen, bis die Spurensicherung ihre Fotos gemacht hat.«

Kobari grinste. »Das wäre sowieso nicht sauber gelaufen. Da ist noch Geld drin.«

Andrew nickte mürrisch. Wäre nicht das erste Mal, dass Beweismaterial vom Tatort verschwindet.

Mit dem Kugelschreiber öffnete er das Portemonnaie. Hinter einer verschrammten, durchsichtigen Plastikfolie klemmte ein Führerschein auf den Namen Bradford Quentin, der in einer Straße in Atlanta, Georgia, in den Vereinigten Staaten von Amerika lebte – oder vielmehr gelebt hatte. Das Bild passte zum Gesicht auf dem Bett. Das Geburtsdatum des Mannes war der siebte April 1936.

Also dreiundfünfzig Jahre alt. Für dreiundfünfzig sah er sehr fit aus. Natürlich abgesehen davon, dass er tot war.

Behutsam, mit dem Kugelschreiber und der Spitze seines Zeigefingers, öffnete Andrew das Geldfach, in dem drei Banknoten steckten, drei Hundert-Dollar-Scheine. Weiter nichts. Keine Kreditkarten, keine Visitenkarten, keine Fotos von einer lächelnden Frau und Kindern.

Andrew fragte Kobari: »Könnte das Portemonnaie versehentlich dahinter gefallen sein?«

Kobari schüttelte den Kopf. »Die Rückwand vom Büfett geht bis auf den Boden. Ich glaube, dass er es absichtlich dort versteckt hat.«

Andrew runzelte die Stirn. »Wenn er Selbstmord begehen will, warum sollte er dann sein Portemonnaie verstecken?«

Kobari zuckte die Achseln. Wer wusste schon, warum die *wazungu* all ihre komischen Sachen machten.

Andrew sagte: »Sein Flugticket.«

Kobari sah ihn fragend an. »Sergeant?«

»Um von Atlanta, Georgia, hierher zu kommen, muss er ein Flugzeug oder eventuell ein Schiff genommen haben. Wo ist das Ticket?«

»Ich weiß nicht, Sergeant, unter dem Büfett jedenfalls nicht.«

Sie fanden zwei Tickets im Schrank in der Innentasche eines weißen Leinenjacketts. Bradford Quentin war am Fünften des Monats von den Vereinigten Staaten in die Hauptstadt geflogen und gestern, am Sechsten, aus der Hauptstadt mit dem Zubringerflug in die Township gekommen. Der Rückflug in die Hauptstadt war für den Achten, der in die Vereinigten Staaten für den Neunten gebucht.

Vor dem Schrank klopfte Andrew nachdenklich mit dem Zeigefinger auf die Tickets.

»Wenn er sich umbringen wollte, warum sollte er dann nach Afrika fliegen? Und sich auch noch ein Rückflugticket kaufen? In Atlanta, Georgia, hätte er bequemer und billiger Selbstmord begehen können.«

»Vielleicht hat er bei seiner Ankunft plötzlich Depressionen bekommen«, sagte Kobari. »Der Kulturschock.«

»Ein selbstmörderischer Kulturschock?«

»Aber, Sergeant, wenn er erst gestern angekommen ist, wie soll er sich dann in der kurzen Zeit einen Feind gemacht haben, der ihn so hasst, dass er ihn gleich umbringt?«

Andrew nickte. »Wir müssen rauskriegen, wo er gestern gewesen ist und mit wem er wo seine Zeit verbracht hat.«

»Sergeant?«

Dr. Murmajee kam vom Bett auf sie zu.

»Ja, Doktor?«, sagte Andrew.

»Ich bin hier fertig. Ich fürchte, dass ich Ihnen vor Abschluss der Autopsie nicht mehr sagen kann.«

»Ihre Schlußfolgerungen, Doktor?«

»Ach«, sagte Murmajee traurig. »Schlussfolgerungen. Ja, natürlich, wie ich schon gesagt habe, das ist alles nicht endgültig, bis ich ...«

»Können Sie etwas zum Todeszeitpunkt sagen?«, fragte Andrew.

Dr. Murmajee sagte blinzelnd: »Ach, ja sicher, Sergeant. Wenn Sie es wünschen. Die Leichenblässe hat sich sehr schön entwickelt, die Leichenstarre ist auch schon fortgeschritten, und der Körper ist sehr gut ausgekühlt. Sehr praktisch, diese Klimaanlagen, was unsere Zwecke

210

betrifft, nicht wahr? Ich würde sagen, der Tod ist ungefähr, ach je, sagen wir vor acht oder neun Stunden eingetreten. Grob geschätzt natürlich nur.«

Andrew sah auf seine Uhr. Es war halb elf. Also zwischen halb zwei und halb drei morgens. Grob geschätzt.

»Sonst noch etwas, Doktor?«

»Also, ja, da wäre noch etwas. Ziemlich seltsam, finde ich. Wollen Sie es sich vielleicht einmal ansehen, ja?«

Andrew und Kobari folgten ihm zum Bett, wo der Doktor sich vorbeugte und mit dem Zeigefinger über die Handkante des toten Mannes strich.

»Äußerst seltsam«, sagte er. Er scheint einen langen Kallus oder etwas Ähnliches entwickelt zu haben, eine Schwiele, genau an dieser Stelle. An beiden Händen. Von der Spitze des kleinen Fingers bis hinunter zum Handgelenk. Der Mann ist offenbar in bester körperlicher Verfassung, wie jemand, der körperlich arbeitet, ja? Aber ansonsten hat er keine Schwielen an den Händen, nur hier. Ich frage mich, wodurch diese entstanden sein könnten.«

»Karate«, sagte Constable Kobari.

Andrew und der Doktor sahen Kobari an.

»Man trainiert mit Sandsäcken«, erklärte Kobari Andrew. »Schlägt darauf ein.« Er machte eine kurze, hackende Bewegung. »Um die Hände zu kräftigen. Sehen Sie, Sergeant, ich habe diese Schwielen auch.«

Andrew betrachtete die ausgestreckte rechte Hand. »Wo?«

Kobari drehte seine Hand um, hielt sie sich vors Gesicht und glotzte sie mit gerunzelter Stirn an. Dann fuhr er mit den Fingern der Linken über die Handkante der Rechten. Triumphierend, der Niederlage gerade noch von der Schippe gesprungen, sagte er: »Hier, Sergeant, da ist sie, man kann es fühlen.«

Andrew tastete Kobaris Handkante ab und entdeckte eine Stelle, die man mit einigem Wohlwollen als im Entstehen begriffene Schwiele bezeichnen konnte.

»Sie machen Karate?«, fragte er den Constable.

»Ja«, sagte Kobari und steckte die Hände in die Hosentaschen, bevor sie ihn noch einmal denunzieren konnten. »Mit *Bwana* Draper. Er war in England bei den Spezialeinheiten der Luftwaffe.«

»Ah.« Andrew erfreute sich einen Augenblick lang an dem Bild eines mit hackenden Armen und auskeilenden Füßen durchs Zimmer hüpfenden Kobari als tödlichem orientalischem Derwisch, der immer schneller herumwirbelte, bis man ihn kaum noch erkennen konnte.

Seine Freude währte allerdings nicht lange. Denn dann kündigte der Tumult an der Tür der Hotelsuite die Ankunft der Spurensicherung mit ihren Kameras, Maßbändern und dem Haftpulver für Fingerabdrücke an.

Um fünf Uhr am selben Nachmittag, als Andrew gerade den letzten Bericht des Tages fertig getippt hatte, schlenderte Cadet Inspector Moi vom CID um die Stellwand, die Andrews Nische von der Sergeant Otos trennte. Der pastellfarbene Overall, den Moi heute trug, hatte einen Stich ins Kirschrote, wie Andrew nach kurzer Überlegung befand. Die Overalls gehörten genau wie der affektierte BBC-Akzent und der gestylte Spitzbart zu dem Gehabe, das Moi in seinem Austauschjahr beim Londoner Scotland Yard entwickelt hatte. Außerdem hatte er die Überzeugung gewonnen, ein scharfsinniger Detective zu sein, wobei allerdings keiner wusste, wie er dazu gekommen war.

»Hätte ein paar Minuten Zeit«, verkündete er. »Dachte, wir unterhalten uns mal über diese Messergeschichte.« Er setzte sich auf den freien Stuhl, zog die Hosenbeine ein wenig hoch, damit sie nicht zu sehr knitterten, und legte bedächtig ein Bein so über das andere, dass ein Knie direkt auf dem anderen lag. »Natürlich Selbstmord. Besteht absolut kein Zweifel, was?«

Andrew lehnte sich zurück. »Und was ist mit dem Portemonnaie?«

Moi zuckte lässig die Achseln. »Wer weiß? Wahrscheinlich hat der Bursche es auf Reisen immer versteckt. Gewohnheitstier, was? Hat's getan, ohne weiter darüber nachzudenken. Ganz automatisch.«

»Und er ist den ganzen Weg aus den Vereinigten Staaten hergeflogen, um hier Selbstmord zu begehen?«

Noch ein lässiges Achselzucken. »Es gibt mehr Ding' im Himmel und auf Erden, als Eure Schulweisheit sich träumen lässt, Yorick.«

Andrew runzelte verdutzt die Stirn.

»Passen Sie auf, Sergeant«, sagte Moi mit großer Nachsicht. »Ich habe gerade mit Murmajee gesprochen. Er ist davon überzeugt, dass ein Selbstmord möglich, wenn nicht gar wahrscheinlich ist. Die Spurensicherung sagt, dass nur Quentins Fingerabdrücke am Messer waren. Und Sie haben alle Berichte gesehen. Der Bursche ist mit der Maschine um sieben Uhr dreißig aus Nairobi angekommen und direkt ins Hotel gefahren. Hat allein gegessen, mit niemandem geredet, ist allein auf sein Zimmer gegangen. Als Nächstes finden wir ihn aufgespießt. Was soll das sein, wenn nicht Selbstmord?«

»Vielleicht hat er sich in Nairobi einen Feind gemacht.«

»Ich fürchte nicht«, sagte Moi. »Die Polizei in Nairobi ist dem nachgegangen. Dieselbe Geschichte wie hier. Ankunft vorgestern um drei Uhr nachmittags. Die Nacht im Hotelzimmer geblieben. Ist am nächsten Tag zum Frühstück und Mittagessen nach unten gegangen und danach jeweils gleich wieder auf seinem Zimmer verschwunden. Um fünf Uhr abgefahren. Mit dem Taxi zum Flughafen. Hat keinen getroffen, mit niemandem gesprochen.« Moi pflückte einen Fussel von seiner Hose. »Und selbst wenn. Selbst wenn er sich in Nairobi einen Feind gemacht hätte. Wie soll dieser andere Bursche hier rechtzeitig hergekommen sein, um ihn aufzuschlitzen? Die Halb-acht-Maschine war die Einzige, die gestern hier angekommen ist. Und *mit* ihm ist er sicher nicht gekommen. Die Passagiere haben Sie doch überprüfen lassen, nicht wahr?«

Andrew nickte. Sechs Touristen: vier Holländer, zwei Deutsche. Eine hier lebende Familie europäischer Abstammung, die Hendersons: Mutter, Vater, Tochter, Sohn auf dem Rückweg aus der Hauptstadt. Zwei einheimische Krankenschwestern auf der Heimfahrt von einer medizinischen Tagung. Keiner von ihnen hatte ein Motiv oder auch nur eine erkennbare Verbindung zu dem Toten. Alle hatten Alibis.

»Da sehen Sie's«, sagte Moi. »Selbstmord. Sieht ein Blinder mit dem Krückstock.«

»Wozu das Rückflugticket?«

Wieder ein Achselzucken. »Brauchte man früher, um eine Einreisegenehmigung zu bekommen.«

In den Sechzigern und Siebzigern, als die Regierung versuchte, dem Strom der Hippies Einhalt zu gebieten. »Ja«, sagte Andrew. »Jetzt aber nicht mehr.«

»Wusste der Bursche offenbar nicht.«

»Möglich. Ich finde es immer noch seltsam, dass der Mann hierher gekommen ist, um sich umzubringen. Eine Reise von mehreren Tausend Kilometern, um Selbstmord zu begehen?«

»Seltsam, ja, ein wenig seltsam ist es schon, aber vielleicht war er einfach nicht ganz richtig im Kopf, was? Passiert schon mal, wissen Sie? Der Bursche hat in den Staaten allein gelebt – habe ich gerade von der Polizei in Atlanta erfahren. Keine Familie, keine engen Freunde. Rentner. Hat wahrscheinlich viel gegrübelt. Alte Wunden geleckt. Ist plötzlich durchgedreht. Übergeschnappt, was? Hat beschlossen, einen stilvollen Abgang zu machen. Hat das Messer gekauft, das Flugticket, ist hergekommen, hat ein-, zweimal gut gegessen und sich aufgespießt. Einfach so.«

Andrew hielt den Mann, der auf dem Bett gelegen hatte, nicht für einen Grübler. Er war ausgesprochen fit gewesen für sein Alter – für jedes andere auch – und hatte eine hoch entwickelte Kampfkunst beherrscht. Nach den Schwielen zu urteilen, war er voll austrainiert. So ein Mann wäre ein Problem energisch und direkt angegangen.

Moi strich sich mit seinen langen Fingern über den Spitzbart und betrachtete Andrew. »Passen Sie auf, M'butu. Sie laufen doch nicht wieder durch die Stadt und stellen weitere Fragen, oder?«

Andrew runzelte die Stirn. »Wie meinen Sie das?«

»Also, wäre ja nicht das erste Mal, nicht wahr? Dass Sie einen Fall nehmen, der so gut wie in trockenen Tüchern ist, und darin herumstochern, nachforschen, die Nase reinstecken, bis Sie hinterher mit einer haarsträubenden und völlig anderen Lösung dastehen. Hat sich ja auch gar nicht so selten als richtig herausgestellt. Gebe ich ja zu. Alles sehr clever, Ehre, wem Ehre gebührt, aber ich kann Ihnen auch nicht verhehlen, dass das CID oft wie ein Haufen Trottel dastand.«

Andrew unterdrückte den Wunsch, darauf hinzuweisen, dass bestimmte Personen im CID es fertig brachten, auch ohne jede fremde Hilfe als Trottel dazustehen.

Mit zerfurchter Stirn und äußerst ernsthafter Miene sagte Moi: »Wissen Sie, die Aufklärung von Kapitalverbrechen, Mann, das ist unser Job, nicht wahr? Also schlage ich vor, wir beide, Sie und ich, gehen einfach einmal davon aus, dass dieser Fall gelöst ist, wie? Was meinen Sie? Ein bisschen Korpsgeist? Harmonie unter den Dienstgraden und so weiter?«

»Was ist mit dem Messer?«

Moi lehnte sich seufzend zurück. »Was soll damit sein?«

»Ein Springmesser. Das ist hier eine sehr seltene Waffe. Und auch noch illegal.«

Moi streckte die Hand in die Luft. »Na, da sehen Sie's doch, was? Er hat es mitgebracht. In den Staaten hat jeder so eines: Pfadfinder, Hausfrauen; kriegen die Babys in die Wiege gelegt.«

»Wenn er es mitgebracht hat, warum wurde es beim Zoll nicht entdeckt und beschlagnahmt?«

»Was, wenn er es in eine Hose gewickelt hat? Wie, um alles in der Welt, hätten sie es finden sollen?«

»Auf dem Bildschirm eines Durchleuchtungsgeräts wäre es zu sehen gewesen.«

Moi setzte sein viel gerühmtes vernichtendes Lestrade-Lächeln auf und dozierte mit ausgestrecktem Zeigefinger: »Nicht, wenn er sein Gepäck aufgegeben hat. Aufgegebenes Gepäck wird nicht durchleuchtet, wissen Sie?« Sherlock Moi, der Meister des Offensichtlichen.

Andrew sagte: »Wir haben bei seinen Sachen keinen Gepäckzettel gefunden.«

»Herrje, Mann, dann hat er ihn weggeworfen. Wer bewahrt die verdammten Dinger schon auf?« Moi schüttelte den Kopf, seufzte theatralisch, sein Gesichtsausdruck wechselte von verzweifelt zu ernst, als er sagte: »Passen Sie auf, Sergeant M'butu. Andrew. Seien wir doch vernünftig. Das war Selbstmord, schlicht und ergreifend. Selbst wenn es etwas anderes gewesen wäre, was, wie ich sagte, unmöglich ist, haben wir praktisch keine Chance, es zu beweisen. Ich weiß, dass der Präsident viel auf Ihre Meinung gibt, und das natürlich vollkommen zu Recht. Und ich weiß, dass er Sie fragen wird, was Sie davon halten. Ich würde den Fall gern abschließen, so dass wir wieder unserer Polizeiarbeit nachgehen können.« Was war dieser Fall, fragte sich Andrew, wenn nicht Polizeiarbeit? »Also jetzt von Mann zu Mann«, sagte Moi, »können Sie es nicht einfach dabei bewenden lassen?«

Mit einem gewissen Bedauern gestand Andrew sich ein, dass Moi vielleicht zum ersten Mal, seit er ihn kannte, Recht haben könnte. Es gab, wie er gesagt hatte, keine Chance, zu beweisen, dass es sich um etwas anderes als einen Selbstmord handelte.

Andrew nickte. »In Ordnung.«

Mois Augenbrauen schossen überrascht in die Höhe. »Ist das Ihr Ernst?«

Andrew nickte. »Sofern keine neuen Hinweise auftauchen.«

»Oh, nein, das wird nicht passieren. Keine Chance.« Moi stand auf, strich seine Hose glatt und streckte Andrew glückselig grinsend die Hand entgegen. »Guter Mann. Bin froh, dass wir dieses kleine Gespräch geführt haben. War mir ein Vergnügen. Wenn ich etwas für Sie tun kann, sagen Sie Bescheid. Eine Hand wäscht die andere, was? Ha ha.«

»Andrew? *Andrew?*«

Widerstrebend öffnete Andrew die Augen. Mary lag neben ihm, hatte den Ellbogen auf die Matratze gestützt und sah auf ihn herab. Er hatte Marys Gesicht oft voller Wohlwollen und Dankbarkeit betrachtet, immer wieder dessen Schönheit bewundert, aber wenn er jetzt die Wahl gehabt hätte, wäre ihm die Innenseite seiner Augenlider sehr viel lieber gewesen.

»Oh«, brummte er.

Mary sagte: »Da ist jemand an der Tür.«

»Oh«, stöhnte er. Dann drehte er sich um und warf einen Blick auf den Wecker. Zwei Uhr. »Unmöglich«, er holte tief Luft und schloss die Augen.

»Andrew«, sagte sie und rüttelte sanft an seiner Schulter.

Dieses Mal hörte auch er es. Ein nachdrückliches Klopfen an der Haustür.

Er öffnete die Augen.

»Siehst du?«, sagte Mary.

»Oh«, stöhnte er. Unter ausgiebigem Seufzen und Stöhnen richtete er sich auf und stellte die Beine neben das Bett. Sein Kopf sackte nach vorn und drohte, vom Hals zu fallen, die Brust hinunterzurollen und wie ein Fußball über den Boden zu hüpfen.

Mondlicht fiel durch den schmalen Spalt zwischen den Vorhängen ins Zimmer. Eine ruhige Nacht.

Es klopfte wieder. Ein beunruhigendes Geräusch in der Stille. Hinter Türen, gegen die mitten in der Nacht geklopft wurde, verbarg sich nur selten etwas Erfreuliches.

»Oh«, stöhnte er und stand auf. Er stolperte zur Garderobe und fand ein frisch gestärktes Hemd – in der Hoffnung, selbst das Schicksal würde vor Marys stärkesteifen Hemden zurückschrecken – und kämpfte sich hinein. Er erwischte eine Hose und zog sie taumelnd an. Dann schlurfte er durch die Schlafzimmertür, durchs mondhelle Wohnzimmer. Ein Hinderniskurs über Müllwagen, Rennautos und kleine Motorräder. Er trat auf etwas Hartes, Spitzes und sprang vor Schmerz in die Höhe.

Er beugte sich hinunter und hob es auf. Eine so genannte Action-Figur, ein futuristischer Soldat aus unzerstörbarem Plastik. Noch so eine teuflische Erfindung der Vereinigten Staaten.

Er erreichte die Haustür, drehte den Schlüssel um, öffnete sie.

Auf dem mondbeschienenen Treppenabsatz stand Constable Duhanni. Er hatte eine steife Habtachtstellung eingenommen und sah so fast wie eine übergroße Action-Figur aus, die auf ihre Befehle wartete. Er war natürlich neu, erst seit drei Wochen im Polizeidienst.

»Tut mir Leid, dass ich Sie stören muss«, sagte Constable Duhanni.

Andrew tat die Entschuldigung mit einer kurzen Handbewegung ab und stellte fest, dass er die Plastikfigur noch in der Hand hatte. Stirnrunzelnd steckte er sie in die Hemdtasche. »In Ordnung, Constable. Was gibt's?«

»Auf dem Revier wird nach Ihnen verlangt, Sir.«

»Wer verlangt nach mir?«

»Der stellvertretende Minister, Sir.«

Andrew brach mitten im Gähnen ab. »Der stellvertretende Minister für was?«

»Des Inneren, Sir. Und sein Stellvertreter, Sir.«

»Der Stellvertreter vom Stellvertreter?« Etwas benebelt fragte Andrew sich einen Moment lang, ob er noch schlief und träumte, dass er dazu verdammt war, alberne Wortspiele zu spielen, bis er vor Entsetzen schreiend aufwachte. »Was wollen die von mir?«

»Ich weiß es nicht, Sir. Der Präsident hat mir nur gesagt, dass ich Sie holen soll, Sir.«

»Der Präsident ist da?«

»Ja, Sir.«

Die Anwesenheit von stellvertretenden Ministern und ihren Stellvertretern bedeutete, dass es sich um etwas Ernstes handelte. Die Anwesenheit des Polizeipräsidenten nach fünf Uhr nachmittags bedeutete, dass es weltbewegend war.

»Die Leute vom Ministerium«, sagte Andrew. »Wann sind die gekommen?«

»Vor einer Stunde, Sir. Sie sind mit dem Hubschrauber aus der Hauptstadt eingeflogen, Sir.«

Es war wirklich ernst.

Constable Duhanni sagte: »Ich warte im Wagen, Sir.«

»Lassen Sie es gut sein, Constable. Fahren Sie schon vor. Ich nehme mein Moped.«

Der Constable blinzelte. »Tut mir Leid, Sir. Befehle, Sir. Ich soll Sie mit dem Wagen hinbringen.«

Andrew runzelte die Stirn. »Wieso? Bin ich festgenommen?«

»Nein, nein, Sir«, sagte Duhanni, erneut blinzelnd. »Nein, natürlich nicht. Aber der Präsident hat es mir mit großer Bestimmtheit aufgetragen, Sir.«

Was, fragte sich Andrew, machte der Präsident nicht mit großer Bestimmtheit?

»In Ordnung«, sagte Andrew. »Ich bin sofort bei Ihnen. Und, Constable?«

»Sir?«

»Sie brauchen mich nicht Sir zu nennen, Sergeant reicht vollkommen.«

»Ja, Sir. Sergeant.«

»Sergeant«, sagte der Präsident, der hinter seinem Schreibtisch saß, »bitte kommen Sie herein. Das ist *Bwana* Nu, der stellvertretende Minister des Inneren. Und das ist sein Stellvertreter *Bwana* Teggay. Meine Herren, Sergeant M'butu.«

Die beiden Männer standen auf. Wie das Protokoll vorschrieb, schüttelte Andrew zuerst *Bwana* Nus Hand.

Der Präsident war ein großer, kräftiger Mann, aber Minister Nu war riesig. Gigantisch. Gewaltig. Er erinnerte an nichts so sehr wie an die Karikatur eines sehr wohlgenährten Kannibalen, den man auf Hochglanz poliert und dann in einen drei Nummern zu kleinen, schwarzen Anzug gesteckt hatte. Die Zahnreihen in seinem grinsenden Gesicht strahlten über Andrews Kopf wie die Tastatur eines Klaviers, als er Andrews Arm hoch- und runterschwenkte, als wollte er Wasser aus dreißig Meter Tiefe hochpumpen.

»Angenehm, Sergeant«, sagte er strahlend. »Sehr erfreut. Der Präsident hier hat uns von ein paar Ihrer Abenteuer erzählt. Faszinierende Geschichten, ganz zweifellos. Und außerdem sind Sie einer seiner besten Männer, nicht wahr?«

Er ließ Andrews Hand los, und Andrew konnte sich gerade noch ein erleichtertes Seufzen verkneifen. »Nun ja, Minister«, sagte er matt, »wir haben bei der Polizei viele gute Beamte.«

»Ha ha ha«, donnerte Minister Nu und gab ihm einen Klaps auf die Schulter. Andrew stolperte zur Seite. »Und dazu noch bescheiden«, sagte Nu. »Ich hege absolute Bewunderung für die Bescheidenheit... Liegt vielleicht daran, dass sie mir völlig fehlt.« Wieder strahlte er. »Ha ha ha. Wir werden uns prächtig verstehen, Sergeant. Jetzt begrüßen Sie meinen Stellvertreter.«

Bwana Teggay war ein völlig anders geartetes Wesen. Er war schlank, zierlich, so groß wie Andrew und trug einen dunkelgrauen Wollanzug in Tropenqualität, dessen Nadelstreifen so dünn waren, dass man sie für Einbildung halten könnte, und der ihm so perfekt auf den Leib geschnitten war, als wäre er ein Produkt seiner Gene. Er war jung, Anfang dreißig, Andrews Alter. Seine kleinen braunen Augen waren klar und stechend, sein Lächeln so spröde wie der Mann selbst.

»Guten Abend, Sergeant«, sagte er knapp und schüttelte kurz Andrews Hand. »Verzeihen Sie, dass wir Sie mitten in der Nacht aufscheuchen mussten. Setzen Sie sich bitte, dann erklärt Ihnen der Minister, was wir von Ihnen wollen.«

Nachdem Teggay und Nu sich wieder gesetzt hatten, wobei der Minister einen kleinen Augenblick brauchte, um seinen massigen Körper auf dem Stuhl in eine bequeme Haltung zu manövrieren, setzte sich auch Andrew. Er sah den Präsidenten an. In seinem Gesicht zeigte sich keine Regung. In seinem Gesicht zeigte sich nie eine Regung.

»Nun denn«, sagte Nu, beugte sich strahlend vor und legte seine schweren Unterarme auf die ananasgroßen Knie. »Der Mann, den Sie heute Morgen im Hotelzimmer gefunden haben – wer war das Ihrer Meinung nach?«

»Meinen Sie Quentin Bradford?«, fragte Andrew.

»Ha ha«, sagte der Minister breit grinsend. »Ja, natürlich, mein Lieber, das steht so in seinem Paß. Und bestimmt auch in seinem Führerschein. Aber in den Aufzeichnungen der Meldebehörde steht etwas anderes. Oh, ja.«

»Bei der Meldebehörde?«

»Genau, mein Lieber«, sagte Nu grinsend. »Der Mann im Hotelzimmer war Robert Atlee.«

Andrew zögerte. »Robert Atlee«, wiederholte er unschlüssig.

Minister Nu runzelte ratlos die Stirn, vielleicht überrascht von dem Spannungsloch, das entstanden war, wo er doch offensichtlich einen hochdramatischen Moment inszeniert hatte. »Sagt Ihnen der Name nichts? Robert Atlee?«

»Nein, Minister, tut mir … oh. Atlee? Robert Atlee? Der englische Kamerad von Abraham Mayani?«

Minister Nu lehnte sich mit zufriedenem Grinsen zurück. Offenbar war die Ordnung im Universum wiederhergestellt. »Genau der. Aber ja.«

»Aber – wieso? Das ist über dreißig Jahre her. Warum sollte er jetzt hierher zurückkommen?«

»Ha ha ha«, donnerte der Minister fröhlich. »Genau das sollen Sie herausfinden.«

»Ich?« Er sah den Präsidenten an. Keine Regung.

»Sie arbeiten eine Zeit lang nicht mehr für die Polizei, sondern für uns. Sie sind dann so etwas wie ein Privatdetekiv, ja? Wie Mike Hammer. Haben Sie je etwas von diesem Mike Hammer gelesen?«

»Nein, ich fürchte nicht, Minister.«

»Großartige Geschichten, mein Lieber. Einmal muss dieser Mike Hammer weg, wissen Sie, und er will den Verbrecher nicht allein lassen. Und was macht er? Er nagelt die Hand des Verbrechers an den *Fußboden!* Mit einem *Vorschlaghammer!*« Vor Lachen schlug er sich auf die breiten Schenkel. »Ha ha ha. Großartige Geschichten. Es gibt nichts Besseres. Ich schicke Ihnen ein paar seiner Bücher, okay?«

»Ja«, sagte Andrew. »Ja, vielen Dank. Aber mir ist nicht ganz klar, was Sie von mir wollen, Minister.«

Nu hielt seine Hand waagerecht wie eine große Flunder in die Luft. »Keine Sorge. Jimmy geht mit Ihnen die Einzelheiten durch.« Er stand auf. »Jetzt muss ich erst einmal los und telefonieren. Mein lieber Präsident, kommen Sie jetzt mit auf einen Drink?«

»Natürlich«, sagte der Präsident und stand auf. »Aber wenn ich noch etwas hinzufügen dürfte, Minister?«

Nu machte eine einladende Geste: »Aber ja doch, bester Präsident. Gewiss.«

»Sergeant, Sie müssen wissen, dass die Entscheidung, ob Sie dem Ministerium zur Hand gehen wollen, ganz allein bei Ihnen liegt. Ihre Beteiligung ist rein freiwilliger Natur. Nicht wahr, Minister?«

»Gewiss. Aber ja doch. Freiwillig ist vollkommen korrekt.« Nu strahlte fröhlich, sein Blick hielt dem des Präsidenten allerdings stand, und Andrew spürte die Spannung, das Aufeinanderprallen starker Willenskräfte, die plötzlich gegeneinander standen. Für einen Augenblick rückten die Wände des Büros näher zusammen.

Der Blick des Präsidenten blieb fest.

»Also«, sagte *Bwana* Teggay in die Stille. »Dann erkläre ich Sergeant M'butu jetzt, worum es geht, nicht wahr?«

Minister Nu drehte sich zu ihm um und sagte »Gut, Jimmy, tun Sie das.« Die Wände schnellten wieder zurück in ihre normale Position. »Kommen Sie, bester Präsident«, sagte er grinsend. »Gehen wir einen trinken.«

»Also«, sagte *Bwana* Teggay. »Was wissen Sie über Abraham Mayani, Sergeant?«

Andrew zuckte die Achseln. »Ich weiß, dass er während der Unruhen als eine Art… Robin Hood angesehen wurde.«

Teggay dachte kurz darüber nach, lächelte spröde und sagte: »Robin Hood, ja. So kann man es auch sagen. Und Robert Atlee?«

»Mayanis Freund. Einer der wenigen *Wazungu*, die gegen die Kolonialisten gekämpft haben.«

»Ja«, sagte er mit einem steifen, schulmeisterlichen Nicken. »Genau genommen sogar der Einzige. Bis 1953 waren Mayani und Atlee Sergeants bei der GSU.«

Vor der Unabhängigkeit der paramilitärische Zweig der Polizei. Anfang der Fünfziger war er auf die Stärke einer richtigen Armee angewachsen. »Sie waren hier, in Ihrer Township, gemeinsam aufgewachsen – Atlees Vater war der Besitzer von Atlees Baumwollspinnerei, und Mayanis Vater war bei ihm Vorarbeiter. Es hieß, dass Atlee etwas mit Mayanis Schwester Rebecca hatte, aber das wurde nie bewiesen. Zweifelsohne nur ein weiterer Teil des Mythos! Wenn man den Legenden Glauben schenkt, hat Atlee mit der Hälfte der Frauen im Land geschlafen. Afrikanerinnen und Europäerinnen.«

Andrew nickte. Er kannte die Legenden.

»Sie werden sicher wissen«, fuhr Teggay fort, »dass das Jahre der Unruhe waren. Unser Großer Anführer war noch im Gefängnis, aber einzelne Zellen der Freiheitskämpfer waren schon im ganzen Land aktiv und schlugen überall zu, wo sie nur konnten. Es gab sogar innerhalb der GSU eine Geheimorganisation. Mayani war eindeutig ein Kandidat für diese Gruppierung – er war intelligent, körperlich stark und äußerst charismatisch. Er wurde auch umworben, lehnte es aber ab, dieser Gruppe beizutreten. Offenbar war sein politisches Bewusstsein noch nicht reif dafür.«

Er sagte das ohne jeden Anflug von Ironie. Zum ersten Mal lief Andrew ein Schauer über den Rücken.

»Mayanis Radikalisierung wurde durch den Mord an seinem Vater und seiner Schwester ausgelöst. Sein Vater Joseph war einer der Aktivisten, die einen Generalstreik ausrufen wollten – er handelte anscheinend, was die Politik angeht, etwas differenzierter als sein Sohn. Die Polizei hat ihm wochenlang zugesetzt, nicht nur die GSU, sondern auch die anderen Abteilungen. Am Abend des einundzwanzigsten Juni wurde er schließlich in seinem Haus angegriffen. Er und seine Tochter wurden erschossen.«

Andrew nickte. »Das habe ich gelesen. Der Fall wurde nie vor Gericht gebracht.«

Teggay lächelte spröde. »Nicht sehr überraschend, wenn man bedenkt, dass die Tatwaffe laut Ermittlungsakte ein Webley .45 Revolver war. Und das war damals die Dienstwaffe der Polizei.«

»Trotzdem wurde nie eindeutig bewiesen, dass die Polizei dafür verantwortlich war.«

Wieder ein Lächeln, diesmal fast ein wenig mitleidig. »Nein, nicht vor Gericht.«

Themenwechsel, sagte sich Andrew. »War das nicht auch die Zeit, zu der Mayani die GSU verlassen hat?«

»Ja. Er hat um eine vorzeitige Entlassung gebeten, und der Captain seiner Einheit hat abgelehnt. Also ist er einfach desertiert. Und Atlee mit ihm.«

»Hatte Atlee auch um seine Entlassung gebeten?«

»Ja. Wurde auch abgelehnt.« Teggay runzelte kurz die Stirn und starrte zu Boden, als würde er da den verlorenen Handlungsfaden seiner Erzählung wieder finden. Er blickte auf. »Beide wurden von einem GSU-Kommando auf der Beerdigung von Joseph und Rebecca Mayani gesehen. Die GSU hat sie verfolgt, aber Mayani und Atlee sind ihnen entkommen. Wochenlang hat man nichts von ihnen gehört. Dann, im Juli, haben sie fünfzig Kilometer nördlich von der Hauptstadt ein Farmhaus niedergebrannt, das dem Captain ihrer Einheit gehörte. Niemand wurde verletzt. Der Captain war nicht da, er ging gerade einer Meldung nach, dass Mayani woanders gesehen worden war – während Mayani und Atlee das Haus mit vorgehaltener Waffe ausnahmen.«

»Wenn ich mich recht entsinne«, sagte Andrew, »wurde bei Mayanis Aktionen nie jemand verletzt.«

Wieder ein schulmeisterliches Nicken. »Richtig. Und im Laufe des nächsten Jahres, als mehr Männer zu ihm stießen, gab es eine Reihe von Aktionen im Westen des Landes, wo er sich versteckt hielt. Vor allem Sabotageakte – Brücken wurden angezündet und Schienenstränge gesprengt. Die meisten Aktionen richteten sich gegen die

GSU. Das ging alles ziemlich aufs Geratewohl. Taktisch brillant aber strategisch naiv. Mayani hat die Bedeutung eines organisierten, politisch motivierten Guerillakampfes nie verstanden.«

»Soweit ich weiß, hat er sich nie mit einer anderen Gruppierung verbündet«, sagte Andrew.

»Richtig«, erwiderte Teggay. »Er war ein Abenteurer, der nicht bereit war, die Idee einer zentral organisierten, disziplinierten demokratischen Volksfront zu akzeptieren.«

All dies sagte er, ohne eine Miene zu verziehen, woraufhin Andrew ein zweiter Schauer über den Rücken lief.

»Dann«, fuhr Teggay fort, »im Juli 1954, hat er seinen ehrgeizigen Plan umgesetzt. Er hat die Lohnkasse der Polizei geraubt.«

»Ja«, sagte Andrew. »Das Gold des Mayani.«

Ein kurzes Nicken. »Genau. Durch die Arbeit der Freiheitskämpfer war die Wirtschaft ins Chaos geraten. Kaufleute akzeptierten die staatliche Währung nicht mehr. Der Hochkommissar hatte daher eine Goldlieferung aus England organisiert. Fünfundzwanzigtausend englische Pfund in goldenen Sovereigns. Um die Lieferung geheim zu halten, sollte die Ladung gut dreihundert Kilometer nördlich per Schiff angeliefert und dann unter schwerster Bewachung per LKW in die Hauptstadt transportiert werden. Das war kein besonders kluger Plan, aber der Hochkommissar war auch kein besonders kluger Mann. Jedenfalls hat Mayani es herausbekommen. Er hat die Ladung, zusammen mit Atlee, beim Löschen geraubt. Und das Gold ward nie wieder gesehen.«

»Ein paar seiner Männer wurden doch gefasst, nicht wahr?«

»Ja. Und hingerichtet. Aber keiner konnte oder wollte etwas über Mayanis Pläne verraten.«

»Es gab dann noch diese berühmte Verfolgungsjagd.« Er erinnerte sich an Zeichnungen aus den Geschichtsbüchern der Mittelstufe: Mayani und Atlee jagten mit wehenden Haaren und flatternder Kleidung auf Pferden über die Steppe.

»Er wurde durchs ganze Land gehetzt«, sagte Teggay. »Von der GSU und der Armee. Er wurde überall gesehen, auch hier, in Ihrer Township. Sie wissen natürlich, dass Daniel Tsuto, sein Lehrer aus der Oberschule, hier gelebt hat.«

»Und noch lebt. Er ist inzwischen sehr alt.«

»Ja. Und selbst eine Art Legende, wie ich gehört habe. Er gehört zu den Personen, mit denen wir uns gerne unterhalten würden.«

Plötzlich verstand Andrew, was sie von ihm wollten. »Sie glauben, dass Robert Atlee hergekommen ist, um das Gold zu holen.«

Zum ersten Mal lächelte Teggay so, dass man auch seine Zähne sehen konnte: Sie waren klein und spitz wie die eines Nagetiers. »Hundert Punkte, Sergeant«, sagte er. »Warum hätte er sonst zurückkommen sollen?«

»Glauben Sie, dass Mayani noch lebt?«

»Mayani ist tot«, erwiderte Teggay knapp. »Er wurde während des Raubüberfalls verwundet. Dafür gibt es Zeugen.«

»Er soll nach Westen über die Grenze geflohen sein.«

»Legende«, sagte Teggay. »Mythos. Der Mann ist an seinen Wunden gestorben. Atlee hat das Gold versteckt, ist entkommen und jetzt zurückgekommen, um es sich zu holen.«

»Warum hat er so lange gewartet?«

»Wer weiß? Vielleicht hat er genug mitgenommen, um davon eine Zeit lang bequem zu leben, und jetzt ist nichts mehr da. Vielleicht hatte er einfach Angst um sein Leben.«

»Aber er gilt hier als Held«, sagte Andrew. »Er hätte jederzeit ohne Probleme offiziell zurückkehren können.«

Teggays Lächeln wurde wieder mitleidig. »Nicht, um das Gold zu holen. Es gehört der Regierung.«

»Der englischen Regierung.«

»*Unserer* Regierung. Der rechtmäßig eingesetzten Regierung dieser Republik. Wissen Sie, wie viel das Gold jetzt wert ist, Sergeant?«

»Ich denke, sehr viel mehr als damals.«

»Fast eine dreiviertel Million englische Pfund. Mehr als eine Million US-Dollar.«

Andrew runzelte die Stirn. »Warum soll ich Ihnen helfen? Warum leiten Sie keine Untersuchung ein?«

Teggay setzte sich gerade hin, schlug die Beine übereinander. »Wir wollen das nicht an die große Glocke hängen. Wenn das mit dem Gold bekannt wird, werden wir von Schatzsuchern überrannt. Der Minister macht sich noch innerhalb der nächsten Stunde auf den Weg zurück in die Hauptstadt. Ich nehme mir unter falschem Namen hier ein Hotelzimmer. Außer Ihnen und Ihrem Präsidenten wird niemand in der Township vom Interesse des Ministeriums an diesem Fall erfahren.«

Wenn sie das glaubten, unterschätzten der Minister und *Bwana* Teggay die Effektivität des örtlichen Klatsches ganz erheblich.

»Außerdem«, fuhr Teggay fort, »kennen Sie die Leute hier. Sie werden Ihnen eher etwas erzählen.«

Aber klar. Sie würden sich darum prügeln, ihm all ihre Geheimnisse zu verraten. Wie immer. »Warum glauben Sie, dass das Geld hier in der Township ist?«

Teggay zog die rechte Augenbraue hoch und sagte: »Das ist doch wohl offensichtlich. Hier war Atlees Reiseziel. Am Achten wollte er wieder in der Hauptstadt sein. Für größere Ausflüge hatte er keine Zeit. Und Ihr Präsident hat uns vorhin etwas über die regionalen Legenden erzählt. Dass es manchmal vorkommt, dass eine Familie, die von einem Schicksalsschlag getroffen wurde, plötzlich Geld auf der Türschwelle findet, das jemand in der Nacht dort hingelegt hat. Das Gold des Mayani, wie es heißt.«

Andrew nickte. »Ja, es stimmt, dass Leute, die Probleme hatten, auf diese Weise zu Geld gekommen sind. Aber es war Geld, kein Gold.«

Teggay zuckte kurz die Achseln. »Es ist nicht schwer, Gold in Geld zu tauschen. Das würde jeder Asiate machen, der hier ein Geschäft hat. Und für ein kleines Entgelt auch diskret. Nein, das Gold ist irgendwo in der Nähe.«

»Und derjenige, der das Gold hat, hat auch Atlee umgebracht?«

»Selbstverständlich«, sagte Teggay. Abweisend. Atlees Mörder interessierte ihn offenbar nicht.

»Eins noch, Sergeant«, sagte Teggay. »Damit das geklärt ist. Wie Ihr Präsident Ihnen schon sagte, arbeiten Sie auf rein freiwilliger Basis mit uns zusammen. Aber wenn Sie für uns arbeiten, bekommen Sie das Doppelte Ihres üblichen Lohns. Und Ihre Hilfe wird vom Ministerium mit großem Wohlwollen zur Kenntnis genommen.« Er lächelte. »Und Sie wissen sicher, dass es nicht schadet, Freunde im Ministerium zu haben.«

Das Zuckerbrot, dachte Andrew.

»Andererseits«, fuhr Teggay fort, »kann man natürlich auch sagen, dass es nicht sehr hilfreich ist – wie soll ich es ausdrücken –, zu wenig Freunde zu haben.«

Und die Peitsche.

»Sie wollen das Gold«, sagte Andrew.

»Natürlich«, erwiderte Mary. »Der Wirtschaft geht es genauso schlecht wie damals. Wir brauchen es.«

»Sie wollen das Gold für sich«, sagte Andrew. »Nicht für das Land, nicht fürs Ministerium.«

Sie saßen an dem kleinen Resopaltisch in der Küche und tranken mit Kardamom gewürzten Kaffee. Es dämmerte. Der Himmel hatte eine milchige Farbe angenommen. Langsam Zeit, die Kinder zu wecken.

Mary sah ihn einen Augenblick lang an und runzelte schließlich die Stirn. »Bist du sicher, Andrew?«

»Warum die geheimnisvolle Anreise? Warum beauftragen sie mich damit, und nicht einen Vertreter des Ministeriums? Warum soll ich, wie Teggay mir unmissverständlich gesagt hat, nur ihm Bericht erstatten? Um das Ganze nicht an die große Glocke zu hängen? Natürlich. Sie hängen es so niedrig, dass sie das Gold, wenn sie es haben, heimlich für sich behalten können.«

»Und warum kommt der Minister dann persönlich?«

»Um den unbedeutenden Sergeant mit der großen Bedeutung seines Auftrags einzuschüchtern.«

»Aber wenn du das Gold findest, weißt du doch –« Sie brach mitten im Satz ab.

Andrew lächelte ihr über seine Kaffeetasse zu. »Mit einem unbedeutenden Sergeant aus einer kleinen Township kommt man schon irgendwie klar.«

»Das kannst du nicht machen«, verkündete sie und stellte ihre Tasse auf den Tisch. »Du musst ihnen sagen, dass du das nicht machen kannst. Lüg ihnen etwas vor. Dein Sohn ist krank. Deine Frau ist hysterisch.«

Er lächelte. »Meine Frau *ist* hysterisch.«

»Andrew –«

»Zu spät«, sagte er. »Ich habe schon eingewilligt.«

»Aber wieso?«

»Wenn ich es ablehne, können sie mir das Leben sehr schwer machen.« Er nippte an seinem Kaffee. »Und dir auch. Und den Kindern.«

»Aber wir haben bereits einige Probleme überstanden. Lieber Probleme mit dir, als ein leichtes Leben ohne dich.«

»Keiner hat etwas davon gesagt, dass ich nicht hier bin.«

»Aber was passiert, wenn du das Gold findest?«

»Das ist in dreißig Jahren niemandem gelungen.«

»Keiner hat danach gesucht. Wenn du es findest –«

Andrew zuckte die Achseln. »Vielleicht ein paar Drohungen. Vielleicht ein Bestechungsgeld.« Er lächelte wieder. »Neue Action-Figuren für die Kinder.«

Sie schüttelte den Kopf. »Sprich mit dem Präsidenten. Er hilft dir. Das weißt du doch.«

»Ja, und dann ist er in der gleichen Position wie ich.«

»Aber woher nehmen sie sich das Recht dazu?«

»Sich das Gold unter den Nagel zu reißen? Ich denke, Minister Nu würde es einfach damit begründen, dass er es haben will. Teggay …« Er lächelte. »Teggay würde eine ausgeklügelte Begründung liefern, die beweist, dass die historische Notwendigkeit besteht, dass ihm das Geld gehören muss.«

»Andrew.«

»Zu spät, Mary«, sagte er.

»Aber was machst du jetzt?«

»Ich suche das Gold«, sagte er. Er lächelte: »Und bete darum, dass ich es nicht finde.«

Stellvertreter Teggay hatte großzügig darauf hingewiesen, dass Andrew sich selbstverständlich auch einen Stellvertreter aussuchen könnte. Andrew hatte sich dagegen entschieden: Kobari hielt er da lieber raus. Um acht Uhr morgens, als die Geschäfte öffneten, fuhr er in Zivil auf seinem Moped in die Stadt. *»Verhalten Sie sich diskret«*, hatte Teggay gesagt. *»Denken Sie daran, dass das keine polizeiliche Ermittlung ist.«*

Von Mohammed Banir, der mit seltenen Münzen und Antiquitäten handelte, erfuhr er, dass fünfundzwanzigtausend britische Sovereigns fast genau zweihundert Kilogramm wiegen. Leicht genug, um von zwei Leuten auf Pferden weggeschafft zu werden. (Wenn auch nicht besonders weit auf Pferden mit geblähten Nüstern und weit aufgerissenen Augen im wilden Galopp, wie es in den Geschichtsbüchern dargestellt wurde.) In Rollen zu je fünfzig Sovereigns zusammengepackt, würde alles in vier normale Schuhschachteln passen.

Der dicke Mohammed Banir amüsierte sich köstlich über Andrews Fragen und wollte wissen, was er denn wolle – das Gold des Mayani suchen? So viel zur Diskretion. Bis zum Abend würde die ganze Township über Sergeant M'butus verrückte Idee Bescheid wissen. Vielleicht gar nicht so übel, dachte Andrew. In der Masse war man sicherer.

Nein, sagte Mohammed Banir grinsend, es gab niemanden, der in den letzten dreißig Jahren regelmäßig goldene Sovereigns in Geld eingewechselt hatte.

Selbst wenn er die Wahrheit sagte, und im Fall von Banir lag die Wahrscheinlichkeit dafür etwa bei fünfzig Prozent, besagte das nichts. Es gab noch andere Münzhändler in der Stadt, und wie Teggay schon gesagt hatte: Jeder der rund tausend indischen Ladenbesitzer hätte das Gold gerne und stillschweigend gewechselt.

Vorausgesetzt, es hatte einer bekommen. Vorausgesetzt, das Gold des Mayani wäre wirklich hier. Und vorausgesetzt, der Besitzer hatte es in den letzten dreißig Jahren als eine Art privaten Nothilfefonds verwendet.

Andrew hielt diese Voraussetzungen für immer weniger wahrscheinlich. Er wusste, dass heimlich Geld vor den Türen notleidender Familien hinterlassen worden war. (Die es, um keinen Neid zu erwecken, ebenso heimlich wieder ausgegeben hatten.) Er wusste, dass die einheimischen Legenden diese Wohltätigkeit Mayani zuschrieben. Aber er wusste auch, dass die einheimischen Legenden meist eher auf Wunschdenken als auf Tatsachen beruhten. Die Menschen wollten glauben, dass Mayani lebte und das Geld lieferte den »Beweis«.

Wahrscheinlich hatte Atlee das Geld vor dreißig Jahren mitgenommen. Wahrscheinlich hatte er alles ausgegeben. Wahrscheinlich war es, wie Moi gesagt hatte und die Hinweise andeuteten, Selbstmord gewesen. Das Gold war aufgebraucht, woraufhin Atlee nach Afrika zurückgekommen war, um seinem Leben ein Ende zu setzen. Vielleicht wurde er von Schuldgefühlen geplagt. Vielleicht als Buße.

Auf dem Rückweg von Mohammed Benirs Laden verbesserte sich Andrews Laune.

Die junge Frau lächelte. Sie war hübsch, Mitte zwanzig und trug ein ärmelloses, hellgelbes Kleid mit Gürtel in europäischem Stil. Als sie die Tür geöffnet hatte, sagte sie zu Andrew: »Mein Großvater empfängt seine Gäste am liebsten im *shamba*.« Im Garten. »Haben Sie etwas dagegen?«

»Keineswegs«, antwortete Andrew.

Sie lächelte wieder. »Dann dort entlang, bitte«, sagte sie und zeigte nach rechts. »Ich sage ihm Bescheid.«

»Danke«, erwiderte Andrew und ging einen schmalen sandigen Pfad entlang, um das kleine Lehmziegelhaus herum und auf die spärlich bewachsene Rasenfläche.

Im Gegensatz zu den meisten *shambas* der afrikanischen Bewohner der Township war dieser nicht mit Obst und Gemüse bepflanzt, sondern mit Blumen. Der kleine, quadratische Hof wurde auf zwei Seiten von einem hölzernen Gitterwerk begrenzt. Die dritte, dem Haus gegenüberliegende Seite, bildete eine Kaskade aus Rosen; die Farben explodierten förmlich in der strahlenden Tropensonne, die Rot-, Rosa-, Weiß- und Gelbtöne leuchteten so kräftig, dass sie zu flimmern schienen.

Im Schatten eines von weiteren Rosen dicht bewachsenen Spaliers mit strahlend roten Flecken auf frischem Grün standen ein runder weißer Metalltisch und vier weiße Metallstühle, von denen die Farbe abblätterte. Andrew hatte sich kaum hingesetzt, als die Hintertür geöffnet wurde und der alte Mann herausschlurfte. Andrew sprang wieder auf: Wenn man Legenden von Angesicht zu Angesicht gegenübersteht, begegnet man ihnen mit angemessenem Respekt.

Der mindestens achtzigjährige Mann mit struppigen weißen Haaren, faltigem Gesicht und eingefallenen Wangen ging noch nicht gebeugt – ein Sieg des Willens über Zeit und Schwerkraft. Er trug eine lange schwarze Hose und ein paar Kunstlederslipper. Ein weißes Hemd nach europäischem Schnitt ohne Krawatte, das an den knotigen Handgelenken und am sehnigen Hals zugeknöpft war, wobei sowohl die Manschetten als auch der Kragen viel zu weit waren.

»Sergeant M'butu«, sagte Daniel Tsuto und streckte ihm eine von hervortretenden Sehnen und Adern verunzierte Hand entgegen. Andrew schüttelte sie. Der Händedruck des Mannes war ebenso kräftig wie seine Stimme. »Nehmen Sie Platz«, sagte er, winkte, dass Andrew sich wieder hinsetzen sollte, und ließ sich selbst auf dem Stuhl gegenüber nieder. Langsam, steif – Andrew konnte die alten Knochen fast knacken hören.

»Ich kannte einen Ihrer Lehrer«, sagte der alte Mann. »David Obutu. Er hat bei mir studiert, wissen Sie?«

»Ja, *M'zee*, ich weiß.« *M'zee*, der Ehrentitel für die Älteren.

»Er war enttäuscht, als Sie die Universität vorzeitig verlassen haben.«

Andrew nickte. »Ja, *M'zee*. Ich hatte keine Wahl.«

Der alte Mann erwiderte das Nicken. »Ja, ja. Wählen zu können ist oft ein Luxus, nicht wahr? Wenn ein gewisser Punkt überschritten wird, haben nur noch die Götter eine Wahl – und vielleicht nicht einmal die.« Er legte seine Hände übereinander in seinen Schoß. Auf Suaheli sagte er: »Wie kann ich Ihnen helfen, Sergeant?«

Andrew antwortete in derselben Sprache. »*M'zee*, ich bin hier, um Ihnen Fragen über Robert Atlee und Abraham Mayani zu stellen.«

Der alte Mann lächelte. Seine Zähne waren groß, rechteckig und blassgelb wie altes Elfenbein: eine Prothese. »Versucht die Polizei jetzt Legenden aufzuklären, Sergeant?«

»Vorgestern Nacht wurde im Hotel Sindbad ein Mann ermordet. Dieser Mann war Robert Atlee.«

Daniel Tsutos Lächeln verschwand, und sein Kopf schnellte rückwärts gegen den Hemdkragen. »Robert Atlee? *Hier?*« Offenbar überrascht.

»Ja, *M'zee*. Er wurde erstochen.«

Der alte Mann runzelte die Stirn. Nachdenklich blickte er einen Augenblick zur Seite, als begutachte er die Pracht seiner Rosensträuche. Er sah Andrew wieder an. »Es besteht kein Zweifel daran, dass der Mann Robert Atlee war?«

»Nicht der geringste. Seine Fingerabdrücke wurden an die Meldebehörde geschickt. Weil von allen, die früher bei der GSU waren, Fingerabdrücke genommen wurden, fanden sich seine in den Akten.«

Wieder ein Stirnrunzeln. »So schnell haben die das festgestellt? Innerhalb eines Tages? Ziemlich schnell für Bürokraten. Und Sie untersuchen, wie er umgekommen ist?«

»Nicht direkt, *M'zee*. Ich führe eine andere Ermittlung durch, die damit in Verbindung steht, an sich aber eigenständig ist.«

»Und worum geht es dabei?«

Diskretion. »Einige Personen aus Regierungskreisen glauben, dass Robert Atlee aus einem bestimmten Grund hierher zurückgekommen ist. Mir wurde aufgetragen, herauszufinden –«

»Das Gold«, sagte Daniel Tsuto. Plötzlich lächelte er. »Und deshalb war gestern Nacht auch der Hubschrauber des Ministeriums hier?«

Manches ließ sich in einem Ort dieser Größe nicht verbergen. Andrew erwiderte das Lächeln. »Ja, *M'zee*.«

Daniel Tsuto lachte heiser. »Wenn sie es geheim halten wollten, warum sind sie dann auf dem Flugplatz gelandet, wo die ganze Township sie sehen konnte? Warum sind sie nicht irgendwo weiter draußen gelandet?«

Andrew zuckte die Achseln. »Ich weiß es nicht, *M'zee*.«

Der alte Mann schüttelte den Kopf. »Narren. Ronald Nu, nehme ich an. Das fette Schwein sucht immer noch nach dem Gold.«

»Immer noch?« Es beunruhigte Andrew doch ein wenig, dass ein Minister in seiner Gegenwart als fettes Schwein bezeichnet wurde, so zutreffend es auch sein mochte.

»Er war während der Unruhen hier in der Township«, sagte Daniel Tsuto. »Nachdem Abraham sich das Gold geholt hatte. Er hat sogar genau auf dem Platz gesessen, auf dem Sie jetzt sitzen. Und er führte« – wieder ein Lächeln – »eine eigenständige Ermittlung durch, genau wie Sie. Wie Sie sehen, ist er ein großer Freund eigenständiger Ermittlungen.«

»In welcher Funktion war er hier, *M'zee*?«

In diesem Augenblick öffnete sich die Tür, und Daniel Tsutos Enkelin kam mit zwei großen Gläsern Limeade in den Hof. Lächelnd reichte sie eines Andrew, der sich dafür bedankte, und das andere Daniel Tsuto. »Ich musste zum *duka*«, sagte sie, zum Laden. »Wir hatten keine Limonen mehr.«

»Der Gauner ist viel zu teuer«, sagte der alte Mann.

»Limonen kosten in Schweden viermal so viel«, erwiderte sie geheimnisvoll.

»Weil man sie dort aus Schnee macht.« Er wandte sich an Andrew. »Sie war ein Jahr im Zuge eines Austauschprogramms in Schweden. Hat Schnee gegessen und ihre Zehen gezählt, um sicherzugehen, dass keiner abgefroren ist.«

Sie lächelte Andrew zu. »Großvater hat eine Abneigung gegen Schweden.«

»Freie Liebe und Schnee. Kein Wunder, dass sich dort so viele umbringen.« Er lächelte der jungen Frau zu. »Danke, Joanna.«

Sie nickte, lächelte Andrew noch einmal zu und ging.

Daniel Tsuto sah Andrew an und trank einen Schluck Limeade. »In welcher Funktion, fragen Sie. Er war am selben Tag vormittags schon als Mitglied der offiziellen GSU-Untersuchung hier gewesen und hatte gefragt, ob ich Abraham gesehen hatte. Ich verneinte. Am Abend ist er allein zurückgekommen. Er hat mir erzählt, dass er eine Freundin in der Stadt hat, eine Krankenschwester, die schwor, dass sie Abraham in der Nähe meines Hauses gesehen hätte. Dann sagte er, dass er bedeutender wäre, als es den Anschein hätte. Nun, das zumindest habe ich nie bezweifelt. Er sieht aus und benimmt sich wie ein Kasper, ist aber gerissen wie ein Schakal. Ein sehr gefährlicher Mann, Sergeant. Seien Sie vorsichtig.«

»Was meinte er damit, als er sagte, er wäre bedeutender, als es den Anschein hätte?«

»Er deutete an, dass er ein führendes Mitglied der geheimen Gruppierung in der GSU war, den ›Freiheitskämpfern‹.« Die Lippen des alten Mannes zogen sich verächtlich zusammen, als er dieses Wort aussprach. »Er behauptete, dass es ihm nur um Abrahams Wohlergehen ginge. Wenn ich ihm sagte, wo sich Abraham aufhielte, würde Nu ihm bei der Flucht helfen.«

»Was haben Sie ihm gesagt?«

»Das Gleiche, was ich den anderen vorher auch gesagt hatte. Dass ich Abraham nicht gesehen habe.«

»Glauben Sie, dass er die Wahrheit gesagt hat? Dass er ein führendes Mitglied der geheimen Gruppierung war?«

Der alte Mann zuckte die Achseln. »Ich weiß, dass er die Wahrheit gesagt hat. Er war derjenige, der versucht hatte, Abraham für seine Gruppe anzuwerben.«

Andrew nippte an seiner Limeade. »Hat Abraham Mayani Ihnen das erzählt?«

Ein kurzes Nicken. »Ja.«

»Wann?«

Der alte Mann hob eine Hand und drehte sie abschätzig hin und her. »Irgendwann vor langer Zeit.« Er beugte sich etwas vor. »Wussten Sie, Sergeant, dass Abrahams Vater und Schwester ermordet wurden?«

»Ja. Und es wurde nie jemand verhaftet.«

Der alte Mann nickte. »Zum Zeitpunkt ihrer Ermordung waren erst zwei Wochen vergangen, seit Abraham sich geweigert hatte, Nus Organisation beizutreten.« Er lehnte sich zurück.

Wieder nippte Andrew an seiner Limeade, die plötzlich bitter schmeckte. »Sie glauben«, sagte er, »dass Ronald Nu die Morde angeordnet hatte.«

»Nicht angeordnet. Nein, ein Untergebener hätte hinterher etwas ausplaudern können. Ich glaube, dass er sie selbst umgebracht hat.«

»Um Abraham Mayani wütend zu machen. Damit er seiner Gruppierung beitritt.«

»So ist es.«

»Hat Mayani das auch geglaubt?«

»Bah. Abraham. Er war ein Narr. Ist durch die Lande

241

gezogen und hat Brücken in die Luft gejagt. Ein Junge, der Piraten und Cowboys gespielt hat. Lawrence von Arabien.«

»Was hätte er denn sonst tun sollen?«, fragte Andrew. »Den Freiheitskämpfern beitreten?«

»Freiheitskämpfern!« Voller Verachtung. »Oh, ja, die meisten von ihnen waren sehr wohlmeinend, sehr edel. Bis sie den Kuchen schließlich besaßen, um den sie gekämpft hatten. Dann wurden sie zu Politikern und haben ihn unter sich aufgeteilt.« Er nahm das Glas Limeade und führte es an seine Lippen.

Andrew fragte: »Was hätte er Ihrer Meinung nach tun sollen, *M'zee*?«

Daniel Tsuto stellte das Glas wieder ab. Plötzlich lächelte er. »Wer weiß das schon, Sergeant? Ein alter Mann wie ich gewiss nicht. Vielleicht hätte er sich mit Blumen beschäftigen sollen.« Er zeigte mit der Hand auf die Blumenwand. »Rosen pflanzen.« Wieder ein Lächeln. »Wer weiß das schon?«

Andrew sagte: »Was ist Ihrer Meinung nach mit ihm passiert?«

Der alte Mann zuckte leicht die Achseln. »Er ist gestorben. Ich habe gehört, dass er bei dem Raub des Goldes verletzt wurde. Wir sterben alle, Sergeant. Abraham. Eine Rose. Sie und ich.«

»Und das Gold?«

»Verschwunden. Für alle Ewigkeit. Wahrscheinlich vor seinem Tod irgendwo vergraben.«

»Glauben Sie, dass Atlee wusste, wo es war?«

»Vielleicht. Wir werden es nie erfahren.«

Andrew verbrachte mehr als eine Stunde in der öffentlichen Bibliothek und fand mehrere aufschlussreiche Fakten. Außerdem entdeckte er ein altes Geschichtsbuch mit einem Foto von Abraham Mayani und Robert Atlee – und nahm es mit, um es später zu lesen. Die Bildunterschrift besagte, dass die Schwarzweißaufnahme direkt vor dem Überfall auf den Goldtransport von einem von Mayanis Männern gemacht worden war. Die beiden Männer standen in abgetragenen Militärhosen ohne Kopfbedeckung in der gleißenden Sonne, hatten sich gegenseitig einen Arm um die Schultern gelegt und grinsten in die Kamera. Mayani war etwas kleiner als Atlee, wirkte aber trotzdem beeindruckender. Beide waren stattliche Männer, aber Mayanis Grinsen war breiter und forscher. Er wirkte vitaler, energischer, schien in seiner Jugend nicht nur Kraft und Trost zu finden, wie Atlee, sondern sie von ganzem Herzen zu genießen.

Den Atlee auf dem Foto konnte man, wenn auch nur mit Mühe, als denselben Mann erkennen, der im Sindbad auf dem Bett gelegen hatte. Die jüngere und die ältere Version hätten ebenso gut zwei unterschiedliche Menschen sein können. Und trotz ihrer Ähnlichkeit und obwohl sie einige längst vergangene frühe Jahre geteilt hatten, waren sie das natürlich auch.

Selbst hier, im Büro, stach ihm der süßliche Geruch von Desinfektionsmittel noch in die Nase. Ein kleiner Ventilator klapperte am offenen Fenster, rührte die feuchtwarme Luft im schmalen Raum aber nur träge um.

Die weiße Frau in Schwesterntracht an der anderen Seite des Schreibtischs war Mitte fünfzig, groß und dick, hatte ein rundes Gesicht, ein Doppelkinn, und ihre Augen linsten zwischen geschwollenen Fleischrollen hervor. Ihre beiden Vorderzähne waren aus Gold. Eine ganz formidable Person.

Andrew sagte: »Sie sind mit der Maschine aus der Hauptstadt gekommen, Oberin. Ihr Name steht auf der Passagierliste.«

»Natürlich war ich im Flugzeug. Das habe ich dem anderen Polizisten schon gesagt.« Gereizt, ungeduldig. Eine Frau, die sonst selbst Fragen stellte und Befehle gab. »Hören Sie, Sergeant, ich bin sehr beschäftigt. Ich muss ein Krankenhaus führen.«

»Wussten Sie, dass einer der anderen Passagiere, der in der Maschine war, gestern Morgen ermordet wurde?«

»Das wurde mir mitgeteilt. Was hat das mit mir zu tun? Glauben Sie, dass ich ihn umgebracht habe? Ich war hier und bin die ganze Nacht meine Runden gegangen.«

»Und Sie wissen natürlich auch, dass der Mann Robert Atlee war.«

Sie blinzelte, zog die Augenbrauen zusammen und runzelte die Stirn. »Wer?« Eine gute Vorstellung.

Andrew lächelte. »Oberin, ich hätte es selbst dann für unwahrscheinlich gehalten, dass Sie den Namen nicht kennen, wenn Sie nicht während der Unruhen hier gelebt hätten. In den Fünfzigern war der Mann ein Held.«

»Ich habe hier während der Unruhen nicht gelebt«, sagte sie. »Ich bin erst danach hergekommen.«

»Tut mir Leid, Oberin, aber das ist nicht wahr. Die öffentliche Bibliothek hat sehr gute Chroniken. Darunter ist auch ein Buch von einer hier lebenden Europäerin. Mit Fotos. Auch ein Foto mit dem Personal von Dr. Hamiltons Klinik, die, wie Sie wissen, der Vorläufer dieses Hospitals war. Sie war eine von drei Schwestern, die dort

1955 gearbeitet haben.« Sie war damals eine bemerkenswerte Frau gewesen: groß, schlank und stolz.

Mit einer abschätzigen Handbewegung wischte sie diese Erklärung beiseite. »Na, und? Was besagt das jetzt?«

»Es besagt, dass Sie Robert Atlee kannten. Sie wussten, wer er war, und kannten ihn möglicherweise sogar persönlich. Seinem Vater gehörte die Atlee-Baumwollspinnerei. Er war ein bedeutender Mann. Und es besagt, dass Sie ihn höchstwahrscheinlich erkannt haben, als Sie ihm vorgestern im Flugzeug begegnet sind.«

»Unsinn. Nach dreißig Jahren. Wer erkennt Menschen schon nach so langer Zeit?«

»Sie haben zwei Stunden lang gemeinsam in einem kleinen Flugzeug gesessen, Oberin. Zeit genug, sich zu erinnern. Gewiss, er hatte sich verändert, aber man konnte ihn noch erkennen.« Sie hatte sich auch verändert, aber wesentlich mehr – so sehr, dass Robert Atlee, falls er sie früher gekannt hatte und wenn sie ihm im Flugzeug aufgefallen war, nie darauf gekommen wäre, wer sie war.

»Außerdem gehe ich davon aus«, sagte Andrew, »dass Sie vor dreißig Jahren Abraham Mayani erkannt hätten, wenn sie ihm in der Nähe von Daniel Tsutos Haus begegnet wären.«

Wieder blinzelnd. »Abraham Mayani?« Die Tonlage war jetzt etwas höher.

»Ich habe erfahren, dass Ronald Nu, der gegenwärtige stellvertretende Minister des Inneren, vor dreißig Jahren bei der GSU war, die damals Robert Mayani verfolgte. *Bwana* Nu hatte eine Freundin in der Township. Diese Frau war Krankenschwester. Sie hat *Bwana* Nu erzählt, dass sie Mayani gesehen hatte. Diese Frau waren Sie, Oberin, nicht wahr?«

»Das ist ja lächerlich.« Aufbrausend. »Ich war damals schließlich nicht die einzige Krankenschwester im Ort.«

»Damals waren in der Township fünf Krankenschwestern. Drei in Dr. Hamiltons Klinik, zwei in Dr. Hannabs. Außer Ihnen waren alle älter als Mitte vierzig.«

Sie versuchte, sich in eine Wut hineinzusteigern, was ihr auch fast gelang: »Sergeant. Sie verschwenden hier meine Zeit. Wer auch immer Ihnen von einer Verbindung zwischen mir und Minister Nu erzählt hat, hat gelogen. Ich kenne den Mann nur aus der Presse.«

Zeit, den berühmten Vorschlaghammer rauszuholen.

Ruhig, es machte ihm absolut keinen Spaß, war überhaupt nicht seine Art, sagte Andrew: »Mayani ist immer noch ein Held, Oberin. Und Gerüchte verbreiten sich in der Stadt in Windeseile. Eine Person, der man nachsagt, dass sie ihn verraten hat, hätte es nicht leicht.«

Sie starrte ihn an, schürzte die Lippen und holte tief Luft. »Das können Sie nicht beweisen.«

»Nein. Aber für ein Gerücht braucht man keinen Beweis.«

Sie sah auf ihren Schreibtisch hinab, nahm einen Kugelschreiber hoch, ließ ihn wieder fallen, blickte auf. »Was genau wollen Sie von mir?«

»Nur die ehrliche Antwort auf eine einzige Frage. Als Sie Robert Atlee vorgestern im Flugzeug erkannten, haben Sie Minister Nu darüber informiert, dass der Mann in die Township zurückgekehrt ist?«

Diesmal starrte sie ihn länger an. Schließlich sagte sie fest entschlossen: »Nein.« Sie stand auf. Autorität und Selbstbeherrschung waren wiederhergestellt. »Das ist absurd. Ich habe niemanden erkannt. Ich habe niemanden informiert. Und jetzt, Sergeant, müssen Sie mich entschuldigen. Wie ich schon sagte, ich muss ein Krankenhaus führen.«

Andrew, der etwas nach vorn gebeugt saß, hatte plötzlich das gleiche Gefühl, das man manchmal am oberen Ende einer Treppe hat, wenn man auf eine Stufe treten will, die, unerklärlicherweise, nicht da ist.«

Er sah ihr ins Gesicht. Verschlossen. Leer. Er stand auf. »Danke, Oberin.«

Die verdammte Frau log. Sie muss gelogen haben.

Sein Moped stand fünfzig Meter hinter ihm an der Uferstraße auf dem Seitenständer, und er saß im kargen Schatten eines Dornenbaums auf einer großen Düne. Rechts in der Ferne glitzerten die Hoteltürme und die Minarette der Township. Links von ihm lag das grüne Gewirr der Mangrovensümpfe. Unter ihm strahlte der leere weiße Sandstrand. Von dort erstreckte sich das ebenfalls leere, ruhige Meer bis zum Horizont.

Sie erkennt Robert Atlee im Flugzeug. Sie folgt ihm zum Hotel. Sie ruft Nu an und sagt ihm, wo Atlee ist. Nu bestellt sich im Ministerium einen Hubschrauber, fliegt in die Township und landet irgendwo außerhalb. Daniel Tsuto hatte schon gesagt, dass das wohl kaum einer gemerkt hätte.

Nu geht in Atlees Hotel und bringt ihn um.

Warum?

Laut Daniel Tsuto hatte Nu Mayani gekannt. Mayani und Atlee waren in derselben GSU-Einheit. Also hatte Nu auch Atlee gekannt.

Später, nach dem Überfall, hatte Nu Mayani in der Township gesucht. Mayani und Atlee waren zusammen geflohen. Angenommen, Nu hätte nicht Mayani, sondern

Atlee gefunden. Angenommen, die beiden hätten einen Deal gemacht. Atlees Leben und einen Teil von dem Gold im Tausch für den Rest des Goldes und Mayanis Versteck. Nu bringt Mayani um und verhilft Atlee zur Flucht.

Aber warum soll er Atlee helfen? Warum bringt er ihn nicht einfach um?

Atlee hat irgendwo eine Aufzeichnung über den Deal hinterlassen. Wenn er stirbt, kommt alles ans Tageslicht.

Ja. Und so haben Nu und Atlee ihr schändliches Geheimnis seit dreißig Jahren bewahrt – dass sie Mayani betrogen und das Gold gestohlen haben.

Und dann kommt Atlee zurück. Warum?

Schuldgefühle? Gier? Sein Anteil am Gold ist aufgebraucht, und jetzt droht er, alles zu verraten?

Egal. Nu bringt ihn um.

Aber wenn das Gold weg ist, warum dann die geheime Schatzsuche? Die so geheim ist, dass sie zur Hauptquelle für Klatsch und Tratsch in der Township wird. Ein Hubschrauber des Ministeriums, der mitten in der Nacht auf dem Flugplatz landet. Sergeant M'buto schnüffelt herum und stellt »diskrete« Fragen, in denen die Antworten schon enthalten sind.

Keine Dummheit, hatte Daniel Tsuto gesagt, sondern Gerissenheit. Die Gerissenheit eines Schakals. Wenn Nu vorgibt, dass das Gold noch irgendwo ist – und das glaubt inzwischen die ganze Township –, welches Motiv hätte er dann, Robert Atlee umzubringen?

Wenn all das stimmte, befand Andrew sich in einer interessanten Position. Wenn er einen Beweis für diese Mutmaßungen fand, müsste er den stellvertretenden Minister des Inneren, der schon an guten Tagen kein sehr angenehmer Zeitgenosse war, eines Mordes beschuldigen.

Als Andrew am späten Nachmittag in *Bwana* Teggays Hotelzimmer trat, um eine Reihe, wie er hoffte, sorgfältig verschleierter Fragen zu stellen, sah er, dass der Mann packte. In seinem gepflegten Safari-Anzug aus ägyptischer Baumwolle stand Teggay über seinen Koffer gebeugt und sortierte seine Kleidung.

»Ah, M'butu. Schön, Sie zu sehen. Sie haben es ja wohl gehört.«

»Was?«, fragte Andrew.

»Von dem Geständnis.«

»Geständnis?«

Teggay lächelte spröde, legte eine Twill-Hose sorgfältig zusammen und sagte: »Also haben Sie es nicht gehört. Sie können aufhören. Der Fall ist abgeschlosssen. Vor etwa einer Stunde haben wir ein Geständnis bekommen. Offenbar hatte Atlees Rückkehr nichts mit dem Gold zu tun. Anscheinend hat er alles ausgegeben. Ist aus persönlichen Gründen wieder hergekommen. Hat am Strand eine Maus aufgerissen, sie mit aufs Zimmer genommen und wollte es hoch hergehen lassen. Sie hat ihn erstochen. So einfach war das. Ich habe den Minister schon angerufen und es ihm erzählt. Er stimmt mir zu, dass es Zeit für uns ist, die Zelte abzubrechen.«

Mit dem, was Andrew vermutete, hätte er diese Geschichte in jedem Fall dubios gefunden. Dass sie sehr an eine von Cadet Inspector Mois berüchtigten Zusammenfassungen erinnerte, verstärkte sein Misstrauen nur. Er fragte: »Wer ist die Frau, die das Geständnis abgelegt hat?«

Teggay zuckte die Achseln. »Ein Niemand. Eine hiesige Krankenschwester.«

»Wissen Sie, wie sie heißt?«

Teggay sagte es ihm, und plötzlich war Andrew alles klar.

Mit dem Buch aus der Bibliothek in der Hand, klopfte Andrew an die Eingangstür. Er wartete eine ganze Weile. Niemand öffnete. Er klopfte noch einmal. Wartete.

Schließlich drehte er sich um und ging den sandigen Pfad ums Haus herum in den kleinen umzäunten Hof. Genauso gekleidet wie am Vormittag, die Hände im Schoß, mit gebeugten Schultern, saß der alte Mann unter dem von Blüten strotzenden Spalier und starrte die Wand mit den Rosensträuchern an. Es war nicht mehr so hell, die Farben waren blasser, die Rosenblüten etwas weiter geschlossen. Bald würde die Sonne untergehen.

Der alte Mann spürte, dass Andrew da war. Er blickte auf, kniff die Augen zusammen und nickte ausdruckslos. Dann starrte er wieder seine Rosen an.

Andrew sagte: »Darf ich mich setzen, *M'zee*?«

»Ja.« Gleichgültig, ohne ihn anzusehen.

Andrew setzte sich und legte das Buch auf seinen Schoß. Erst einmal sagte er nichts. Irgendwo in den Bäumen stieß ein Vogel einen tiefen, durchdringenden Schrei hervor.

Schließlich begann Andrew: »Ihre Enkelin hat den Mord an Robert Atlee gestanden.«

»Ja«, sagte der alte Mann.

»Sie sagt, dass sie vor dem Sindbad am Strand spazieren gegangen ist, als er sie angesprochen hat. Sie haben sich unterhalten. Er hat sie aufgefordert, mit ihm auf sein Zimmer zu kommen. Sie ist mitgegangen. Er hat ihr erzählt, wer er ist. Er hat geprahlt, sagt sie. Er hat ihr erzählt, dass er und Mayani sich getrennt hatten und Mayani das

Gold bei ihm gelassen hat. Dass er mit dem Gold in den Süden geflohen und schließlich mit einem Frachter in die Vereinigten Staaten entkommen ist. Er hat ihr erzählt, dass er Afrika noch einmal sehen wollte.«

Der alte Mann saß reglos da und sah Andrew nicht an, als säße er allein in den länger werdenden, dunklen Schatten seines Gartens.

»Und dann«, fuhr Andrew fort, »hat er versucht, sie zu vergewaltigen. Kräftig, wie er ist, hatte er sie schnell am Boden. Er zog sich aus. Als er auf sie zu kam, hat sie das Messer auf dem Nachttisch entdeckt, es ergriffen und benutzt. Dann ist sie gegangen.«

Der alte Mann erwiderte nichts.

Andrew sagte: »Kein Wort davon ist wahr, *M'zee*.«

Der alte Mann runzelte die Stirn. Er drehte sich um und sah Andrew an.

Andrew sagte: »Ich habe heute mit Elizabeth Harrambee, der Oberin im Uhuru-Hospital, gesprochen. Sie war hier Krankenschwester während der Unruhen. Sie war diejenige, die Ronald Nu vor dreißig Jahren erzählt hat, dass Robert Mayani in der Nähe Ihres Hauses war. Sie kannte nicht nur Mayani, sondern auch Robert Atlee. Vor zwei Tagen ist sie im selben Flugzeug wie er aus der Hauptstadt gekommen. Sie hat ihn erkannt.«

Der alte Mann sah Andrew mit leerem Blick an.

Andrew sagte: »Nachdem ich mich heute mit ihr unterhalten habe, *M'zee*, ist sie hierher gekommen. Sie wurde dabei gesehen – ich habe Erkundigungen eingezogen.«

Der alte Mann zeigte keine Reaktion.

»Ihre Enkelin ist Krankenschwester. Und als solche ist sie auch in Schweden gewesen. Vorher hat sie im Uhuru-Hospital gearbeitet. Das weiß ich, *M'zee*, weil ich mir die

Krankenhausunterlagen angesehen habe, bevor ich gekommen bin. Ich glaube, dass sie mit Oberin Harrambee befreundet ist.«

Nur das leere, aufmerksame Starren.

Andrew setzte sich auf seinem Stuhl zurecht. »*M'zee*, jeder weiß, dass Sie die einzige, noch lebende Person in der Township sind, die eine Verbindung zu Robert Atlee und Mayani hatte. Ich glaube, als die Oberin Robert Atlee im Flugzeug gesehen hat, hat sie das Ihrer Enkelin erzählt. Vielleicht aus Freundschaft. Vielleicht weil sie wegen ihres früheren Handelns Schuldgefühle hatte.«

Immer noch nichts.

Andrew schaute auf das büschelige Gras hinab, das jetzt, im Dämmerlicht, immer dunkler wurde. Dann blickte er auf. »*M'zee*, was die Polizei und das Ministerium betrifft, ist dieser Fall abgeschlossen. Das Gold ist weg, Robert Atlee ist tot, und Ihre Enkelin hat gestanden.«

Der alte Mann starrte ihn an.

Andrew holte tief Luft und ließ sie langsam wieder ausströmen. »Ich würde gern dieselbe Ansicht vertreten«, sagte er.

Ohne sich zu bewegen, noch immer mit ausdruckslosem Gesicht, fragte der alte Mann: »Was geschieht mit ihr? Mit Joanna?«

Andrew zuckte die Achseln. »Ihr Wort steht gegen das eines toten Mannes. Er ist zwar ein Held, aber die Geschichte, dass er das Gold genommen hat, wird Flecken auf seiner weißen Weste hinterlassen. Sie hat die Fingerabdrücke vom Messer abgewischt und Atlees draufgemacht. Nicht gut, aber sie behauptet, dass sie in Panik war. Sie ist eine Einheimische, genießt hohes Ansehen und hat freiwillig ein Geständnis abgelegt. Ich denke, man wird ihr die Geschichte glauben. Also schlimmstenfalls Totschlag. Vielleicht ein oder zwei Jahre Gefängnis. Schlimmstenfalls. Eher eine Bewährungsstrafe. Sofern es überhaupt zur Verhandlung kommt.«

Der alte Mann nickte. Er lächelte. »Danke, Sergeant.« Er blinzelte einmal, dann noch einmal, wandte sich ab und betrachtete seine Rosen.

Andrew sagte: »Ist es zu einem Kampf gekommen? Zwischen Robert Atlee und Mayani?«

Der alte Mann sagte nichts.

»Ich weiß, dass Mayani nach dem Überfall hier war, *M'zee*. Elizabeth Harrambee hat ihn gesehen. Und laut Ihrer eigenen Aussage hat Mayani Ihnen erzählt, dass Ronald Nu versucht hat, ihn für seine geheime Gruppierung innerhalb der GSU anzuwerben. Sie sagten, dass das nur zwei Wochen vor der Ermordung seines Vaters und seiner Schwester im Juni 1953 stattgefunden hatte.«

Andrew klopfte auf das Buch auf seinem Schoß. »Das ist eine Geschichte der Unruhen, *M'zee*. Ihr Name wird häufig erwähnt. Ihre Prinzipien, Ihre Ablehnung von Gewalt. Im Juni 1953 haben Sie eine öffentliche Stellungnahme zur Ermordung von Joseph und Rebecca Mayani abgegeben. Aber das haben Sie in Daressalaam getan, *M'zee*, in Tansania. Sie waren den ganzen Juni bei der Afrikanischen Lehrergewerkschaft in Tansania.«

Der alte Mann sagte nichts.

Andrew fuhr fort. »Also kann Mayani Ihnen damals nicht von Ronald Nu erzählt haben. Und im Laufe des nächsten Jahres kann er es auch nicht getan haben, denn seine Aktivitäten fanden alle im Westen des Landes statt. Er kam nicht näher heran, als bis zur Hauptstadt, und die ist mehrere hundert Kilometer entfernt. Er kann es Ihnen erst erzählt haben, als er in die Township zurückgekehrt war, und das war *nach* dem Überfall auf den Goldtransport.«

Der alte Mann sagte nichts.

»Natürlich wäre es möglich, dass Sie in den Westen gefahren sind und sich mit ihm getroffen haben. Aber das glaube ich nicht, *M'zee*. Sie waren Lehrer, Sie hatten hier Ihre Klassen. Ihre Familie war hier. Sie haben viel für die Gewerkschaft getan.«

Der alte Mann lächelte schwach, ohne den Blick von seinen Rosen abzuwenden. »David Obutu sagte, Sie waren ein kluger Junge, Sergeant. Aus Ihnen ist ein kluger Polizist geworden.«

Andrew schüttelte den Kopf. »Im Augenblick, *M'zee*, bin ich weder Polizist noch ein Mitarbeiter des Ministeriums. Nichts von dem, was hier gesagt wird, ist offiziell.«

Der alte Mann schwieg.

Andrew fuhr fort: »Gab es einen Kampf, *M'zee*?« Einen Augenblick lang dachte Andrew, er bekäme keine Antwort. Dann sagte der alte Mann schließlich, ohne sich umzudrehen: »Ja.«

»Hier? In Ihrem Haus?«

»Hier. Im Garten.« Seine Stimme klang leer, leidenschaftslos. »Die beiden waren an den Straßensperren vorbeigeschlüpft. Sie sind über Nacht geblieben, waren in die kleine Lücke unter dem Haus gekrochen. Mein Sohn hat ihre Pferde versteckt. Am nächsten Morgen haben sie gekämpft.«

»Ging es um das Gold?«, fragte Andrew.

Den Blick auf die Rosen gerichtet, nickte der alte Mann. »Abraham war verwundet und geschwächt. Atlee

wollte ihn zurücklassen und das Gold mitnehmen. Sie
kämpften. Atlee schlug ihn nieder. Ich habe Abrahams
Revolver genommen und Atlee gezwungen zu gehen. Ich
habe ihm genug Gold gegeben, um außer Landes zu kommen. Er schwor, dass er eines Tages zurückkommen
werde.« Jetzt drehte der alte Mann sich um und sah Andrew an. »Ich habe meinen Sohn mitgeschickt, Joannas
Onkel. Damit er wirklich das Land verlässt. Sie sind in
den Süden gegangen, wo er auf einem Frachter fliehen
sollte. Bevor er an Bord ging, hat Atlee ihn umgebracht.
Er hat ihn erwürgt.«

Das hatte Andrew nicht erwartet. Er runzelte die Stirn.
»Das tut mir Leid, *M'zee.*«

Der alte Mann nickte und sah zur Seite.

Andrew sagte: »Ihre Enkelin wusste das alles?«

Der alte Mann nickte.

»Als sie hörte, dass Atlee zurückgekommen war, wusste sie, dass er sich das Gold holen wollte.«

Der alte Mann nickte.

»Was hat sie Atlee erzählt? In seinem Zimmer?«

»Dass sie meine Enkelin ist. Dass eine Freundin von ihr
ihn erkannt hatte. Dass sie ihm hilft, an das Gold heran-
zukommen, wenn er ihr einen Teil abgibt.«

»Und er hat das geglaubt?«

Ein kurzes, ironisches Lächeln. »Frauen sind immer
Atlees Schwäche gewesen. Frauen und Gier.«

»Es war ihr Messer?«

Ein Nicken. »Sie hat es aus Schweden mitgebracht. In
ihrem Gepäck versteckt. Es war ein Spielzeug, ein Scherz.«

»Wussten Sie von ihrem Plan, *M'zee?*«

»Nein. Bis heute Nachmittag, als die Frau Harrambee
hier war, habe ich nichts gewusst.«

»Warum hat sie gestanden, *M'zee*?«

Der alte Mann sah Andrew an. »Harrambee hatte Angst davor, dass Sie weiter herumlaufen und Fragen stellen, weil dann früher oder später noch jemand erfahren würde, dass sie Nu von Mayani erzählt hat. Und außerdem befürchtete sie, dass Sie herausbekommen würden, dass sie Joanna von Atlee erzählt hat.« Wieder ein kurzes, schwaches Lächeln. »Eine Frau, die selbst nach dreißig Jahren noch nicht gelernt hat, wie wichtig es ist, ein Geheimnis für sich zu behalten. Sie lernt es nie. Früher oder später hätte sie jemand von Joanna erzählt.«

Andrew nickte.

Der alte Mann sagte: »Und Joanna hat gemerkt, dass die Suche nach dem Gold weitergehen würde, wenn sie die Behörden nicht davon überzeugt, dass es nicht mehr da ist. Und so blieb ihr nur eine Möglichkeit.«

Er runzelte die Stirn. »Was sie getan hat, war falsch, Sergeant. Atlee umzubringen.«

Andrew nickte.

»Mein Leben lang«, sagte der alte Mann, »bin ich der Überzeugung, dass der Zweck nie die Mittel heiligen kann. Dass jede Art von Gewalt schlecht ist. Aber Robert Atlee hat meinen Sohn ermordet. Ich werde dem Mann nicht nachtrauern.«

Andrew nickte. Der alte Mann drehte sich um und betrachtete seine Rosen.

Beide schwiegen. Der Himmel über ihnen war bleigrau geworden. In diesen Breiten wurde es schnell dunkel.

Andrew sagte: »Und das Gold, *M'zee*.«

Langsam drehte sich der alte Mann um und sah ihn an. »Wollen Sie Gold haben, Sergeant?« Seine Stimme klang nur wenig neugierig.

»Nicht dieses Gold, *M'zee.*«

Der alte Mann lächelte schwach. »Sie wollen keinen Mercedes? Kein großes neues Haus? Die Annehmlichkeiten des Wohlstands?«

»Ich habe alles, was ich brauche«, sagte Andrew und erschrak fast, als er merkte, dass das der Wahrheit entsprach. Mary, die Kinder, ein Haus, ein Moped. Und obendrauf noch ein paar Action-Figuren.

Der alte Mann lächelte noch einmal. »Weisheit ist Reichtum.«

Andrew zuckte abweisend die Achseln und merkte, dass er rot anlief. Vor Verlegenheit, vor Freude.

Er sagte: »Ihre Enkelin hat nicht denselben Nachnamen wie Sie. Im Ministerium wird er keinem etwas sagen. Aber es könnte natürlich passieren, dass Nu oder auch jemand anders trotzdem dahinter kommt. Das sollten Sie nicht außer Acht lassen.«

Mit leicht zusammengekniffenen Augen sah der alte Mann ihm ein paar Sekunden in die Augen. Dann nickte er ihm kurz zu. »Danke, Sergeant. Wir werden entsprechende Vorkehrungen treffen.«

Er wandte seinen Rosen den Rücken zu. Die Stille wurde intensiver. Am Himmel leuchteten die Sterne.

Andrew sagte: »Sie haben das Gold gut eingesetzt, *M'zee.*«

Der alte Mann runzelte die Stirn. »Ich hoffe es, Sergeant. Ich hoffe es. Schwer zu sagen.«

Als er Andrew ansah, huschte wieder ein kurzes Lächeln über sein Gesicht. »Sagen Sie, Sergeant, warum sind Sie nach dem Tod Ihres Vaters, als wir Ihrer Familie das Geld gaben, nicht wieder auf die Universität gegangen?«

Andrew zuckte die Achseln. »Ich wusste, dass das Geld bei meinem Bruder besser aufgehoben war.« Er lächelte. »Und, um ehrlich zu sein, ich hatte mich damals schon entschlossen, zur Polizei zu gehen.« Er nickte dem alten Mann zu. »Aber es freut mich, dass ich mich im Namen der Familie bei Ihnen bedanken kann, *M'zee.*«

»Keine Ursache, Sergeant. Joanna hat ihnen das Geld gebracht. Meine Tochter meinte, sie wäre alt genug. Das war das erste Mal.« Er lächelte. »Ein zwölfjähriges Mädchen. Sie konnte schon damals Geheimnisse für sich behalten.«

Andrew sagte: »In ihrem Geständnis hat sie geschworen, dass Atlee ihr erzählt hätte, Mayani wäre nach Westen geflohen. Nach Zaire. Und dass er noch lebt.«

Der alte Mann nickte. Er lächelte. »Wir brauchen unsere Legenden, Sergeant. Wir alle.«

Die beiden Männer saßen in den dunklen Schatten. Die Sterne leuchteten in hartem, weißem Licht am violetten Himmel über dem Dickicht aus Rosensträuchern, das jetzt wie eine formlose dunkle Wolke aussah. Eine Wolke, die, wie Andrew wusste, über dem Stück Erde hing, unter dem seit über dreißig Jahren das Gold und die Knochen von Mayani versteckt lagen.

Zum Schluss

Ich habe elf oder zwölf Jahre meines Lebens in Griechenland verbracht. Gelegentlich habe ich in Athen gewohnt, meistens hatte ich jedoch das Glück, ein Haus auf einer der Inseln mieten zu können. Manchmal bin ich nur ein paar Monate da geblieben, manchmal ein oder zwei Jahre. Es ist ein Land, in dem ich mich seltsamerweise vom ersten Augenblick an so zu Hause fühlte, dass es schon fast etwas Unheimliches hatte, und jedes Mal, wenn ich dorthin zurückkam, spürte ich in meinen Adern ein stetes Pulsieren der Vorfreude.

Ich habe auch in anderen Ländern gerne gelebt, so wie ich es jetzt tue. Aber egal, wo ich lebe, manchmal, ur-plötzlich, bei blauem Himmel, wenn eine leichte Brise und angenehme Wärme sich im richtigen Verhältnis vermischen, mir der Duft von Kiefern und Staub in die Nase steigt, zieht mir eine tiefe Sehnsucht die Brust zusammen, und ich frage mich, um wie viel ein Flug nach Athen mein Konto belasten würde...

Die hier gesammelten Geschichten spielen jedoch in Afrika. Was, mag der geneigte Leser sich fragen, hat Griechenland mit Afrika zu tun?

Vor allem habe ich in Griechenland zum ersten Mal von einem Ort namens Lamu gehört. Ich war auf Naxos und schrieb das Konzept meines zweiten Buches. Das war 1979, im Mai oder Juni. Mein Tagespensum war erledigt, und ich saß in einer kleinen Bar am Meer und trank eine Flasche Retsina mit ein paar amerikanischen Rucksackreisenden, die gerade über Athen aus Afrika gekommen waren.

Wir lebten damals noch in einer Ära, die sich allerdings ihrem Ende näherte, in der Menschen ohne bestimmtes Ziel die Welt bereisten. Und das schien damals eine gute, abenteuerliche, wenn nicht gar edle Sache zu sein.

Die Rucksackreisenden erzählten mir, dass ich Lamu unbedingt einmal sehen müsste. Die Insel vor der Küste Kenias im warmen Indischen Ozean sei ein echtes Juwel. Es gebe grüne Palmen und lange, ruhige Strände aus goldenem Sand und nette, fröhliche Menschen, schwarze wie weiße. Es gebe billige einheimische Speisen und billigen einheimischen Fusel. Man könne ausgezeichnet harpunieren.

Das klang alles sehr gut, aber das Harpunieren klang einfach großartig. Das ist eine der wenigen Sportarten – neben Zigarettenrauchen und Nostalgie –, für die ich je ein Mindestmaß an Talent bewiesen habe. Und schon damals, 1979, ging Harpunieren in Griechenland nicht mehr besonders gut; das Mittelmeer war in Küstennähe ziemlich leer gefischt.

Also entschloss ich mich in der kleinen verrauchten Bar auf Naxos, während das griechische Leben um mich herum brummte und die Sonne rosa- und goldfarben hinter dem Horizont der Ägäis verschwand, dass ich, sollte ich das Buch-Exposé, an dem ich gerade arbeitete, wirklich verkaufen können, nach Afrika fahren würde, um das Buch dort zu schreiben und Meerbarben, Barsche, und was es dort sonst noch so gab, zu fangen.

Warum auch nicht? War nicht auch Hemingway dort

hingefahren, um zu schreiben und Schwertfische zu fangen?

Ich kehrte zurück in die Vereinigten Staaten, verkaufte das Exposé, und als der Scheck eingelöst war, machte ich mich auf den Weg nach Kenia.

Ich hatte eine Adresse in Nairobi, eine junge Frau, der ich nie begegnet war, eine Freundin einer Freundin. Nennen wir sie Jill. Sie war sehr freundlich, holte mich am Flughafen ab und brachte mich zu ihrem Haus, wo ich über Nacht bleiben sollte. Sie wohnte in Karen, einem Vorort von Nairobi, der nach Karen Blixen benannt war, der Frau, die unter dem Pseudonym »Meryl Streep« das Buch *Jenseits von Afrika* geschrieben hat (und auf Deutsch auch als *Tania* Blixen bekannt ist. Anm. d. Ü.)

Ich hatte aus Florida eine Flasche Rebell Yell Bourbon mitgebracht, ein wohlschmeckendes Destillat, das »nur unterhalb der Mason-Dixon-Linie« verkauft wird, dem ich mit Jill bis in den frühen Morgen an einem Klapptisch in ihrem Garten zusprach, während wir uns im flackernden Licht der Sturmlaterne unterhielten und höflich miteinander flirteten. Und dann, als die Schwärze am östlichen Himmel gerade zu verblassen anfing, hallte ein tiefes, fremdartiges Grollen über das dichte schwarze Gras. Das Geräusch erinnerte an einen lang anhaltenden Gewitterdonner, schien aber von unten zu kommen, statt vom Himmel. Ein Geräusch, mit dem sich ein Erdbeben ankündigen könnte.

»Was war das?«, fragte ich sie.

»Ein Löwe«, sagte sie lächelnd. »Das Wildreservat ist nur ein paar Meilen entfernt. Die Männchen brüllen und senken dabei den Kopf, so dass sich der Schall am Boden entlang ausbreitet.«

»Echt? Am Boden entlang?« (Die Bourbonflasche war inzwischen fast leer.)

Sie lächelte mir über ihr Glas hinweg zu. »Ja.«

»Und man hört es so weit? Meilenweit?«

»Ja.«

Ich grinste. »Das ist wunderbar«, sagte ich.

Sie nickte immer noch lächelnd. »Ja, nicht wahr?« Gurdjieff, der alte Gauner, behauptet irgendwo, dass wir uns nur an die Augenblicke erinnern, in denen wir uns an uns selbst erinnern. Ich erinnere mich daran, dass ich an jenem frühen Morgen in Nairobi gedacht habe: Hier bin ich also in Afrika, im verdammten Kenia, trinke Rebell Yell Bourbon, sitze einer attraktiven Frau mit einem wunderschönen Lächeln an einem Klapptisch gegenüber, die Sonne geht auf, und ich habe gerade einen verdammten Löwen brüllen hören.

Und ich war verdammt beeindruckt von der Welt und von mir, weil ich dazugehörte.

Dieses Gefühl hat mich den größten Teil meines Afrika-Aufenthalts begleitet.

Ich habe Jill erzählt, dass ich nach Lamu wollte, und sie schlug vor, ich solle noch ein paar Tage bleiben: Freunde von ihr würden von Nairobi zurück nach Malindi fahren, einer kleinen Stadt, etwa vierhundert Kilometer entfernt an der Küste, und sie könnten mich wahrscheinlich mitnehmen. Von Malindi könnte ich ein kleines Flugzeug nach Lamu nehmen, oder vielleicht einen Bus oder mit jemandem mitfahren, der dort hochfuhr. Malindi war etwa hundertfünfzig Kilometer von Lamu entfernt.

Ihre Freunde kamen – nennen wir sie Jeff und Sophia –, und sie waren freundliche und liebenswürdige Menschen, intelligent, mit angenehmen Umgangsformen, die gern und viel lachten. Er war Engländer, groß, dünn und blond, sie Spanierin, klein, dünn und dunkelhaarig. Sie waren recht wohlhabend, glaube ich. Sophias Mutter war so etwas wie eine Contessa, und beide schienen nicht das dringende Bedürfnis zu verspüren, für ihren Lebensunterhalt zu arbeiten.

Aber genau wie Jill waren sie außergewöhnlich freundlich. Sie chauffierten mich in ihrem Citroën 2CV in Nairobi herum, zeigten mir das Norfolk Hotel und das Thorn Tree Café im New Stanley Hotel. Sie fuhren mit mir zum Grabenbruch hinaus, dieser riesigen, spektakulären Schlucht, die man aus dem Space Shuttle erkennen konnte und in der die Massai lebten und ihr Vieh weiden ließen. Und direkt am Rand des steil abfallenden Hangs, in einem kühlenden Dickicht Schatten spendender Bäume, zeigten sie mir das Grab von Denis Finch Hatton, dem Liebhaber von Karen Blixen und Beryl Markham, die *Westwärts mit der Nacht* geschrieben hat. (Denis hatte offenbar eine Vorliebe für schreibende Frauen. Umgekommen ist er allerdings bei einem Flugzeugabsturz.)

Eines Nachmittags gingen wir drei über ein Stück Land, das Peter Beard, der amerikanische Fotograf, gepachtet hatte. Es war ein Teil von dem Gebiet, das früher zu Karen Blixens Farm gehörte. Als wir auf einem schmalen, dunklen Pfad durch ein Gehölz gingen, begegneten wir einem kleinen, hinkenden Mann, der stehen blieb und sich mit uns unterhielt – eigentlich nur mit Jeff und Sophia, da ich kein Suaheli sprach. Er lächelte freundlich, nickte und erzählte Jeff, dass er Kamante hieße, und, ja natürlich, er sei derselbe Kamante, der Karen Blixens Hausdiener gewesen war.

Die Geschichte über seine Beinverletzung spielt in *Jenseits von Afrika* eine wichtige Rolle. Ich glaube, dass Jeff ähnlich erstaunt war wie ich, einer Figur aus den Mythen des modernen Afrikas in Fleisch und Blut gegenüberzustehen.

Das stieg mir alles ziemlich zu Kopf.

Und ich fuhr mit Jeff und Sophia in ihrem 2 CV die lange Straße von Nairobi in Richtung Mombasa entlang. Rechts von uns in der Ferne, hinter der Steppe und der flimmernden Hitze, erhob sich der schneebedeckte Kilimandscharo aus den dunklen Schatten.

Wir fuhren durch das große Wildreservat Tsavo, wo sich die schmale Fahrspur aus rotem Lehm durch die sonnenverbrannte, gelbe Steppe windet, und wir sahen:

eine sieben Meter lange schwarze Python, die sich auf einen barfüßigen afrikanischen Jungen mit freiem Oberkörper zuschlängelte, der sofort auf die andere Straßenseite sprang, dann weiterging, als wäre nichts geschehen, dabei einen kurzen Ast mit demselben Elan schwingend wie einst Charlie Chaplin seinen Spazierstock;

mehrere hundert Elefanten, die an einem Unterholz aus Akazien vorbeizogen, deren Haut nicht grau war, sondern von dem Schlamm, in dem sie sich vorher gewälzt hatten, auffallend ziegelrot leuchtete;

drei oder vier Giraffen in der Ferne, die zerbrechlich und unbeholfen aussahen, wenn sie ruhig dastanden, beim Laufen aber außergewöhnlich agil wirkten, mit ihren langen Beinen, die in sanfter Zeitlupe über das Gras glitten.

Ich blieb gut eine Woche in Jeffs und Sophias Haus in Malindi. Es stand an einem geschwungenen Sandstrand im

Schatten filigraner Kasuarinas und war ein großes, verwinkeltes, gleichzeitig elegantes und schlichtes offenes Haus: breite Fenster, durch die die Meeresbrise wehen konnte, gebohnerte Holzfußböden, Ventilatoren, die langsam unter den hohen Decken rotierten, Moskitonetze, die wie Wolken über der frischen weißen Bettwäsche schwebten.

Am Tag erfuhr ich von Jeff etwas über Malindi. Damals lebten in der Stadt ungefähr fünftausend *wazungu*, ein Wort aus dem Suaheli, das angeblich »Europäer« bedeutete, im Endeffekt aber »Weiße« meinte. Dort lebten außerdem etwa tausend Inder (meine Schätzung, die vollkommen falsch sein kann), von denen die meisten als Kaufleute arbeiteten. Die anderen rund fünfzehntausend Einwohner der Stadt waren schwarze Afrikaner. »Fünfzehntausend Bedienstete, meinen die *wazungu*«, sagte Jeff.

Jeder, wirklich alle *wazungu*, die ich kennen gelernt habe, und alle Afrikaner aus der Mittelklasse hatten ganztags beschäftigte Bedienstete. Jeff und Sophia hatten fünf oder sechs, von denen die meisten mit im Haus wohnten.

Das war das erste Mal, dass ich in einem Haus mit Bediensteten übernachtete. Als rekonvaleszenter Marxist war ich natürlich geschockt. Als rekonvaleszenter Faulpelz fand ich, dass vieles dafür sprach, wenn man das Essen zubereitet, den Tisch abgeräumt, die Holzfußböden gebohnert und die Betten zauberhaft frisch und sauber bezogen bekam.

Abends zeigten Jeff und Sophia mir das Nachtleben der Stadt. Die *wazungu* gruppierten sich wie Auswanderer überall mehr oder weniger nach Nationalität: die Italiener hingen mit den Italienern in den italienischen Bars und Restaurants rum, die Deutschen mit Deutschen in den deutschen Bars. Die Briten und die Angehörigen der ehemaligen britischen Kolonien sammelten sich im Allgemeinen im Fishing Club, in dem einmal die Woche Kinofilme gezeigt wurden – meist drei bis vier Jahre alte amerikanische Filme –, und in den Bars von ein oder zwei Strandhotels, deren Namen ich inzwischen vergessen habe. Am Wochenende boten die Bars »Specialty Nights« an, zu denen sie ihre Räume und Terrassen in Kinos und Discos verwandelten. Ich glaube, es geschah in einer dieser Bars, dass Jeff und Sophia mir eine junge, rothaarige Schottin vorstellten, eine Grundschullehrerin – nennen wir sie Mairead.

Mir gefiel Malindi. Ich war hingerissen von diesem angenehmen, fast schon meditativen Leben. Durch die bemerkenswerte Mischung aus Europäern, Asiaten und schwarzen Afrikanern bildeten sich reichlich Gruppen und Untergruppen, die jedem – so kam es mir wenigstens vor – die Möglichkeit boten, auf die eine oder andere mit einer gewissen freundschaftlichen Toleranz hinabzublicken. Wenn jemand einen abschätzigen Kommentar abgab, ein Italiener über die Deutschen herzog, ein Brite über die schwarzen Afrikaner, ein schwarzer Afrikaner über die Briten, ein Giriama über die Kikuyu, hörte ich in ihren Stimmen meist keinen Groll oder Hass, sondern eine Art freundliche, ironische Verständnislosigkeit.

Wäre damals noch eine weiße, kolonialistische Regierung im Amt gewesen, hätte man vermutlich weniger umgänglich miteinander verkehrt. Aber die Regierung bestand aus Schwarzen und schien gütig. Die ehemaligen Kolonialisten ignorierten diese Tatsache – die Schwärze, nicht die Güte – im Allgemeinen, oder sie taten wenigstens so, was aber nichts daran änderte.

Sosehr mir die Stadt und die rothaarige Mairead auch gefielen, ich wollte unbedingt nach Lamu. Schließlich war ich deshalb nach Afrika gekommen. Jeff kannte jemanden, der jemanden kannte, der ein leer stehendes Haus in Shela besaß, einem kleinen Dorf im Osten der Insel, und er richtete es ein, dass ich dort eine Woche bleiben konnte, um mir in dieser Zeit eine feste Bleibe zu suchen. Und so sagte ich eines Nachmittags Auf Wiedersehen zu Jeff und Sophia und Mairead und flog nach Norden.

Ich flog in einem kleinen, zweimotorigen Passagierflugzeug. Miles, den Piloten, hatte ich in der Stadt kennen gelernt. Er erlaubte mir, auf dem Platz des Kopiloten zu sitzen, und zeigte mir den Trick, für den er in der Gegend berühmt war: Er raste im Sturzflug auf den vollen Strand von Malindi hinab, als wollte er ihn beharken, und zog erst dann wieder hoch, als die Touristen sich auf den Boden warfen, um in Deckung zu gehen. »Es funktioniert am besten«, erzählte er mir, »wenn man direkt aus der Sonne kommt.«

Ich mietete schließlich ein großes, zweistöckiges Haus mit vier Schlafzimmern. Es war auch in Shela und gehörte einem polnischen Prinzen, einem ehemaligen Mitglied der polnischen Kavallerie, die im Zweiten Weltkrieg mit ungeheurem Mut und vielleicht einem gewissen Mangel an Fantasie einen direkten Angriff auf die deutschen Panzer geritten hatte. Er hatte das irgendwie überlebt und wohnte jetzt in Nairobi, wo er Safaris organisierte.

Das Haus lag direkt am Indischen Ozean. Vom Mahagonitisch im Esszimmer aus konnte ich durch die breiten maurischen Bögen der Fenster über die Meeresstraße auf Pate sehen, eine knapp zwei Kilometer entfernte Mangroveninsel, die flach und dunkelgrün im Meer lag. Wenn ich mich umdrehte, konnte ich durch weitere maurische Fenster in den Garten blicken, in dem leuchtende Bougainvillea wuchsen und glänzende schlanke Eidechsen mit edelsteinfarbenen Köpfen die zitternden Blätter der Bananenbäume entlangspazierten.

Zum Haus gehörte ein Diener namens Andrew.

Jetzt, gut fünfzehn Jahre später, sitze ich hier und versuche, mir Andrew ins Gedächnis zu rufen. Er war jünger als ich, wahrscheinlich Mitte zwanzig. Er war schlank und klein, ungefähr einen Meter sechzig groß. Er schlief nicht im Haus. Er war verheiratet und verbrachte die Nächte im Dorf bei seiner Frau und den Kindern. Er trug immer abgewetzte Shorts, ein T-Shirt und braune Plastiksandalen. Morgens, gleich nach seiner Ankunft im Haus, verwendete er die Sandalen als Ungezieferklatschen. Er rutschte, in jeder Hand eine Sandale, auf allen vieren auf dem Steinfußboden im Wohnzimmer herum und schlug die Kakerlaken platt. Mein Schlafzimmer lag über dem Wohnzimmer, und normalerweise wachte ich von dieser Verfolgungsjagd auf.

Er sprach kein Wort Englisch und ich nur sehr wenig Suaheli – wir plauderten nicht viel miteinander. Nachdem er seine Kakerlakenjagd beendet hatte, ging er in die Küche und setzte die Bohnen für sein Mittagessen auf. Das war – wie man mir erzählt hatte – das Einzige, was er kochen konnte. Aber er konnte Grundnahrungsmittel einkaufen, mir bei der Zubereitung zur Hand gehen, wenn ich kochte, und hinterher sauber machen. Kochen, ohne danach putzen zu müssen, war wunderbar dekadent.

Wenn ich heute zurückblicke, kann ich übrigens sagen, dass die Zeit auf Lamu und später in Malindi eine der glücklichsten meines Lebens war. Zum ersten Mal war ich ein richtiger, echter, wahrhaftiger Autor. Mein erstes Buch, *Cocaine Blues*, war zwar nur im Taschenbuch erschienen, war wohl auch nur ein Fließbandkrimi, aber ich hatte einen Roman veröffentlicht, den man überall in den Buchläden der Vereinigten Staaten kaufen konnte. Ich hatte einen anständigen Vorschuss für mein zweites Buch bekommen. Es hieß *The Aegean Affair* und spielte in Griechenland, wodurch ich die Möglichkeit erhielt, jenes Land zu beschreiben, das ich schon immer beschreiben wollte. Und zum ersten Mal lebte ich in einem fremden Land von dem Geld, das ich als Schriftsteller verdient hatte.

Und was für ein fremdes Land das war. Die Rucksackreisenden hatten Recht gehabt: Lamu war wundervoll. Wenn man von Shela weiter nach Osten ging, kam man an einen zwölf Kilometer langen Strand aus weichem Sand, der bis auf wenige vereinzelte Akazien vollkommen leer war. Dahinter wellten sich sanfte, braune, sechzig Meter hohe Dünen ins Innere der Insel. Die drei Kilometer von Shela nach Lamu Town, dem Hauptort der Insel, ging man im Schatten rauschender Palmen und gekühlt von Passatwinden auf einer Strandmauer aus Steinen und bröckelndem Beton. Rechts glitten flache, hölzerne Daus mit Lateinersegeln langsam die breite blaue Meeresstraße entlang. Sie waren hoch mit Mangrovenholz und Fischen beladen.

Direkt am Ufer in Lamu Town lag Petley's, das kleine Hotel und Restaurant, in dem H. Rider Haggard im letzten Jahrhundert *Sie* geschrieben hatte. Es war eines dieser altmodischen Gebäude, die eine dickköpfige graue Würde ausstrahlten, und hier trafen sich auch die *wazungu* der Stadt, um etwas zu trinken. Während des moslemischen Ramadan habe ich vom Holzbalkon der Bar auf einen sonnenüberfluteten Innenhof hinuntergeblickt, in dem es vor Suahelinnen wimmelte, die alle *bui-buis* trugen, Tschadors, die langen, schwarzen Gewänder, die den Körper umhüllen und das Gesicht so weit verdecken, dass nur noch die dunkelbraunen Augen zu sehen sind. Zwei der Frauen sahen zu mir herauf, kicherten und stießen sich gegenseitig an, und ich bekam einen Eindruck davon, wie ausdrucksvoll ein menschliches Augenpaar sein kann.

Aber nach Lamu Town, in die Metropole, ging ich nur am Wochenende und an Feiertagen. Meistens blieb ich in Shela. Das war mir lieber.

Ich stand gegen sieben Uhr morgens auf, wenn Andrew anfing, die Kakerlaken platt zu hauen. Ich erledigte meine Gymnastikübungen und ging zum Frühstücken hinunter. Während Andrew aufräumte, ging ich wieder hinauf und machte mich an die Arbeit. Ich schrieb ein paar Stunden, schlüpfte aus meinen Klamotten in eine Badehose, schnappte mir meine Harpune und ging aus dem Haus. Bei Springflut, wenn das Wasser am höchsten stieg, stand das Meer an der obersten der vier Stufen der Eingangstür. Ich ging einfach aus der Tür, platschte die Stufen hinunter und schnorchelte zu einem ungefähr hundert Meter vom Land entfernten Felsen. Das Wasser war dort etwa fünfzehn Meter tief. Ich suchte die Umgebung des Felsens ab, bis ich einen guten Schuss auf einen Fisch hatte. Normalerweise harpunierte ich einen Barsch oder einen kleinen Barrakuda, manchmal einen Tintenfisch. Es gelang mir fast immer, irgendetwas zu harpunieren.

Wenn ich mein Jäger-und-Sammler-Dasein beendet hatte, nahm ich meinen Fang mit nach Hause, wo ich ihn zubereitete und mit dem Salat oder Gemüse aß, das Andrew auf dem Markt gekauft hatte. Danach machte ich mich oben wieder an die Arbeit, während Andrew abwusch und die Küche aufräumte. Abends, nach dem Essen, ging ich meistens ein paar hundert Meter am Strand entlang zum Peponi, einem bezaubernden Hotel mit Veranda zum Meer hinaus. Ich schlürfte Kaffee und Calvados und unterhielt mich mit allen, die sonst noch da waren: manchmal mit dem Arzt des Dorfes, manchmal mit Michel, einem Franzosen, der einen Boot-Charter-Service aufgebaut hatte, manchmal mit Lars Korchen, dessen Familie das Hotel gehörte, und manchmal mit Touristen, die dort wohnten. Manchmal saß ich auch einfach allein da, rauchte Zigaretten, nahm romantische Posen ein und beobachtete, wie die arabischen Daus vorbeiglitten, deren Segel vor dem Mond wie die Rückenflossen riesiger Haie aussahen.

Eines Tages stand ein munterer, kleiner, barfüßiger Mann in khakifarbenen Shorts vor der Haustür. Er trug einen großen, feuchten Leinenrucksack, in dem sich etwas bewegte. Er fragte mich, ob ich eine Mangrovenkrabbe kaufen wolle, und streifte den Rucksack ab, um mir die Ware zu zeigen, die darin krabbelte und schnappte. Mangrovenkrabben sind riesig, der schwarze Körper hat einen Durchmesser von bis zu zwanzig Zentimetern, und die harten, kräftigen Scheren sind so groß wie Männerhände. Ich kaufte eine, die größte, und trug sie stolz in die Küche, wo Andrew seine Bohnen umrührte.

Andrews Augen weiteten sich, als er das Tier sah. Dadurch hätte mir klar werden können, dass er nicht sehr begeistert war, eine lebende und sehr große Krabbe in der Küche zu haben. Tat es aber nicht.

Mit meinem lächerlichen Suaheli und meiner ebenso lächerlichen Zeichensprache erklärte ich ihm, was er tun sollte: die Krabbe kochen, auskühlen lassen, und dann das Fleisch aus der Schale lösen. Andrew glotzte die Krabbe an, die mit ihren großen Zangen schnappte und wild mit den Beinen um sich schlug, und nickte. Behutsam reichte ich sie ihm. (Man packt sie von hinten, so dass sie einen nicht kneifen kann.) Andrew nahm sie mit beiden Händen und schluckte hörbar. Ich bedankte mich und ging in mein Zimmer hinauf, setzte mich an den Schreibtisch und machte mich wieder an die Arbeit. Ungefähr zehn Minuten später zerriss ein schrecklicher Schrei die Stille des Vormittags. Andrew. Ich rannte die Treppe hinunter in die Küche.

Andrew hatte die Krabbe offenbar auf den Boden fallen lassen, und das Monster hatte ihn torkelnd und schnappend in die Ecke getrieben. Die rechte Hand auf dem Küchenschrank, die linke auf der Spüle, hatte Andrew sich vom Boden hochgestemmt und strampelte wild in der Luft.

Gemeinsam und mit jeder Menge Slapstick-Einlagen gelang es uns schließlich, die Krabbe einzukreisen und in einen Topf mit kochendem Wasser zu werfen.

Ich erzähle das nicht, um zu zeigen, wie amüsant die Einheimischen waren, sondern um darzustellen, wie idiotisch ich mich benommen habe. Ich hätte erkennen müssen, wie unwohl ihm dabei war. Zumindest hätte ich in der Küche bleiben müssen, bis die Krabbe sicher im Topf verschwunden war. Außerdem kommt mir gerade in den

Sinn (endlich), dass Andrew wie die meisten schwarzen Afrikaner auf der Insel wahrscheinlich Moslem war. Ich bin ziemlich sicher, dass Krabben für Moslems unreine Tiere sind. Andrew zu bitten, das Vieh zuzubereiten, war wahrscheinlich so, als hätte ich einen orthodoxen Juden gebeten, mir meine Schweinekoteletts zu braten.

Zwei- oder dreimal während meines Aufenthalts in Lamu flog ich nach Malindi. (Und scheuchte jedes Mal den Strand auf, wie der unerschrockene Miles es nannte.) Ich wohnte bei Mairead. Wir kamen gut miteinander aus. Als die vereinbarte Mietfrist meines Hauses auf Lamu fast abgelaufen war und der polnische Prinz es wieder für sich beanspruchte, entschlossen wir uns, zusammenzuleben.

Am Nachmittag vor meiner Abreise aus Lamu ging ich harpunieren. Da das Wasser rund um Malindi ein Meeresschutzgebiet und daher jede Art von Fischfang verboten war, ging ich davon aus, dass diese Episode der Unterwasserjagd höchstwahrscheinlich für lange Zeit meine letzte sein würde. Es war ein schöner Tag zum Schnorcheln; die Luft und das Wasser waren warm und klar. Drei oder vier Kinder in arabischen Gewändern saßen auf der Strandmauer und sahen zu, wie ich zum Felsen hinausschwamm.

Dieses Mal hörte ich nicht auf, nachdem ich den ersten Fisch, einen Barsch, gefangen hatte. Ich schwamm zurück zur Strandmauer, gab den Fisch einem der Kinder und schwamm dann wieder zum Felsen hinaus. Ich erwischte noch einen Barsch, schwamm zur Strandmauer zurück, gab ihn einem anderen Kind. Ein paar weitere Kinder setzten sich zur ersten Gruppe.

Jetzt, rückblickend, kommt es mir natürlich so vor, als hätte ich vier oder fünf heldenhafte Stunden da draußen verbracht und unter dem verblüfften Applaus mehrerer hundert lachender Kinder dreißig oder vierzig Fische harpuniert. Wahrscheinlich war ich etwa eine Stunde da draußen und habe fünf oder sechs Fische gefangen. Wahrscheinlich haben die sechs oder sieben Kinder, die ironisch lächelnd auf der Strandmauer saßen, nicht applaudiert.

Den letzten Fisch, wieder einen Barsch, habe ich mit ins Haus genommen und Andrew geschenkt. Ich habe keine Ahnung, was er damit gemacht hat.

Ein paar Monate lang lebte ich mit Mairead zusammen in Malindi, bis mir das Geld ausging und ich in die Staaten zurückmusste. Was die in diesem Buch zusammengestellten Geschichten betrifft, so gibt es über diesen Aufenthalt nicht viel zu erzählen, mit Ausnahme einer Begebenheit. An einem heißen, feuchten Tag war ich mit Mairead zum Mittagessen verabredet und verlief mich irgendwie beim Durchstreifen der glühend heißen, schmalen Straßen. Ich ging noch etwas weiter, bis ich an einer größeren Kreuzung einen Verkehrspolizisten entdeckte. Er war klein, etwa ebenso groß wie Andrew, aber auffallend attraktiv. Seine Uniform war makellos sauber, die Bügelfalten in der gestärkten khakifarbenen Hose waren scharf wie eine Rasierklinge, der schwarze Schirm seiner Polizistenmütze glänzte wie poliertes Ebenholz. Als ich ihn nach dem Weg fragte – ein konfuser Tourist, der in der Stadt herumirrte –, erklärte er ihn mir, wobei er die ganze Zeit ironisch in sich hineinlächelte.

Nach meiner Rückkehr in die Vereinigten Staaten ging es mit meiner Karriere als Schriftsteller steil bergab. Ich bediente in einer Bar in New York und hatte mir eine neue Agentin gesucht. Wir hatten gemeinsam beschlossen, dass ich ein Exposé für einen Bestseller schreiben sollte. Ich fing an, in Segel-Zeitschriften herumzublättern, und suchte nach einem Boot, das ich mir von meinem Fünfzigtausend-Dollar-Vorschuss kaufen würde. Ich fing an, davon zu träumen, dass ich mit dem Boot nach Kenia zurücksegeln würde, zurück nach Malindi.

Ich schrieb das Exposé, und keiner wollte es haben. Ich schrieb ein weiteres, und das wollte auch keiner.

Ich wollte ein Buch über Afrika schreiben. Vergiss es, sagte meine Agentin zu mir. Kein Mensch will was über Afrika lesen, sagte sie. Wilbur Smith sollte sie bald eines Besseren belehren, und kurz darauf war sie nicht mehr meine Agentin.

Die Zusammenarbeit mit meiner neuen Agentin war auch nicht von Erfolg gekrönt. Auch sie war der Auffassung, dass ein Buch über Afrika keine Chance hätte. Schließlich war das Thema schon besetzt: von Wilbur Smith.

Da also offenbar keiner irgendetwas, das ich geschrieben hatte, kaufen würde, egal, was es war, konnte ich doch ebenso gut das schreiben, was ich schreiben wollte. Also trennte ich mich von der Agentin und schrieb die erste Andrew M'butu Geschichte: »Unterschiedliche Interessenlage«.

Der Vorname des Helden stammte offensichtlich von meinem Diener in Lamu (gewissermaßen als Entschuldigung für die Krabbe). Das gilt ebenso für Frau und Kinder, die in der ersten Geschichte gar nicht in Erscheinung treten – aber schließlich hatte ich Andrews echte Frau und Kinder ja auch nie gesehen. Das Wesen des Helden war hingegen meine Rekonstruktion des jungen Polizisten, der mir – ironisch in sich hineinlächelnd – den Weg an jenem brutheißen Nachmittag in Malindi beschrieben hatte.

Natürlich ist Malindi die ungenannte Township in den Geschichten, wobei meins aber ein fiktives Malindi ist, das auf irgendeine Art über und an dem geografischen Ort des echten Malindi schwebt. Ich weiß nicht und habe auch nie gewusst, wie genau mein Bild von der Township und seiner Bewohner ist – aber es fühlte sich richtig an, und offenbar fühlte es sich auch für Cathleen Jordan von Alfred Hitchcock's Mystery Magazine richtig an, die die Geschichte kaufte.

Ich war zufrieden mit der Geschichte. Ich fand, ihre Struktur und Qualität lag um Welten über der meiner beiden Romane. Zum ersten Mal hatte ich den Eindruck, dass ich tatsächlich ein echter Schriftsteller war, oder zumindest werden könnte, und mich nicht nur als einer maskierte, indem ich einen Verlag irgendwie rumkriegte, meine Manuskripte zu kaufen.

Im Lauf der nächsten Jahre schrieb ich weitere dieser Geschichten, und erfuhr dabei von Mal zu Mal mehr über Andrew – wer er war, woran er glaubte, wie er reagierte, wie er sich in der Welt und in Gegenwart seiner Frau verhielt. Schließlich kannte ich ihn so gut, dass ich um ihn herum einen ganzen Roman aufbauen konnte, woraufhin ich ein Exposé schrieb und Dominick Abel, mein neuer Agent, es an St. Martin's Press verkaufte.

Der Vorschuss, den ich erhielt, war nicht hoch genug, dass ich davon nach Kenia hätte zurückfahren und dort leben können. Und ich glaube, selbst wenn das Geld gereicht hätte, wäre ich wohl nicht zurückgefahren. Viel Zeit war vergangen. Mairead und ich hatten keinen Kontakt mehr zueinander, die Dinge hatten sich unwiderruflich verändert, wie das so ihre Art ist. Eine Rückkehr wäre auf mancherlei Art und Weise schmerzhaft gewesen.

Also fuhr ich nach Griechenland, nach Kos, um dort das Buch zu schreiben. Es erschien mir angemessen und unvermeidlich: Ich hatte in Afrika über Griechenland geschrieben, jetzt würde ich in Griechenland über Afrika schreiben.

Das Buch, das mir vorschwebte, hieß *Das Gold des Mayani*. Eine amerikanische Filmgesellschaft kommt in die Township, um einen Film über Mayani zu drehen, eine legendäre (wenn auch erfundene) Figur aus Kenias Zeit der Unabhängigkeitskämpfe. Andrew wird zum Verbindungsmann zwischen der Filmcrew und den örtlichen Behörden bestimmt. Irgendjemand fängt an, Sabotageakte gegen den Film zu verüben. Andrew ermittelt.

Ich dachte, durch die Einführung der Filmcrew könnte ich zwei Geschichten gleichzeitig erzählen: die zeitgenössische mit den Sabotageakten gegen den Film, und die ältere von Mayanis Verschwinden samt der gestohlenen Goldlieferung. Die beiden Geschichten hätten natürlich miteinander in Verbindung gestanden, und ich hätte noch ein bisschen was über Kolonialismus, Postkolonialismus und das Aufeinanderprallen zweier Welten eingestreut, der Dritten Welt und der Welt des Films.

Ich fand, das war eine prima Idee.

Unglücklicherweise fiel das Buch schon während des Schreibens auseinander. Das hatte zwei Gründe. Erstens war ich schon zu lange aus Afrika weg und erinnerte mich nicht mehr so gut an die Einzelheiten, die ich ins Buch hätte aufnehmen müssen, um es stimmig zu machen. In einer Kurzgeschichte kann man die Einzelheiten bis zu einem gewissen Grad erfinden. In einem Roman nicht.

Zweitens erlebte Afrika plötzlich wieder eine Hungersnot. Das Buch sollte im Großen und Ganzen komischer Natur sein. Eine Hungersnot konnte ich darin nicht unterbringen. Aber es sollte in der Gegenwart spielen, und ich konnte die Hungersnot auch nicht einfach weglassen.

Ich versuchte eine Zeit lang, um die beiden Probleme herumzuschreiben, quälte mich stur voran, merkte aber, dass es nicht klappte.

Mein Haus auf Kos stand am Hang eines kleinen Berges oberhalb einer anderen, breiteren Meeresstraße, die Griechenland und das türkische Festland trennte. Eines Abends saß ich auf der Veranda und starrte über den glatten blauen Streifen zu den Bergen an der türkischen Küste hinüber, die im purpurroten Licht der untergehenden Sonne wie wild gezackte Felsen aussahen. Das Blau des Himmels wurde zu einem dunklen Violett. Ich überlegte, was ich mit dem Buch machen sollte, wie ich das retten konnte, was ich schon geschrieben hatte, und in welche Richtung es sich weiterentwickeln könnte, als mir plötzlich bewusst wurde, dass es einfach nicht weiterging, dass ich überhaupt nicht mehr vorankam. Das Buch war gestorben. Ich war sehr deprimiert. Ich hatte versagt, was an sich schon schlimm genug ist. Aber außerdem (und weil ich meinen Vorschuss bereits ausgegeben hatte) musste ich in die Staaten zurückfahren und den Leuten von St. Martin's mein Versagen gestehen.

Noch bedrückender war jedoch Folgendes: Ich hatte

das Gefühl, dass mir Andrew und seine Township durch mein Versagen für immer abhanden gekommen waren. Ich hatte ihn sehr lieb gewonnen – das passiert Schriftstellern häufig mit ihren Figuren, vor allem wenn diese bessere Menschen sind als sie selbst –, und mir gefiel der Gedanke ganz und gar nicht, dass sein Leben aus meinem verschwinden sollte.

Also, ich regelte die Sache mit St. Martin's, und etwa ein Jahr später übergab ich ihnen ein Buch mit dem Titel *Wand aus Glas*. Es spielte nicht in Afrika. Es spielte in Santa Fe. Auch nicht schlecht.

Und, wie sich herausstellte, war mir Andrew nicht abhanden gekommen. Im Lauf der folgenden Jahre habe ich noch mehrere Kurzgeschichten geschrieben (und die Einzelheiten erfunden). Und später habe ich sogar eine neue Fassung von »Das Gold des Mayani« geschrieben.

Wenn ich sie jetzt wieder lese, in Andrews Vergangenheit vor- und zurückblättere, finde ich darin eigenartige Details aus meinem eigenen Leben. Überbleibsel von meinem Aufenthalt in Kenia, die allerdings durch Hexerei oder Zauberkraft in ganz andere Dinge verwandelt wurden. Zwischen den Zeilen der bedruckten Seiten erkenne ich immer wieder Jeff und Sophia, Michel vom Boots-Charter-Service, Mairead, den »echten« Kimante. Ich entdecke, clever als Nashornkäfer getarnt, die Mangrovenkrabbe, mit der ich auf Lamu kurz Bekanntschaft gemacht hatte. Ich war versucht, ein paar Einzelheiten hier und da zu verbessern, einige Passagen zu redigieren – zumindest Inspector Mois Overalls aus den späteren Geschichten wieder in die pastellfarbenen Safarianzüge umzuändern, die er anfangs trug. Aber das schien mir

Mogelei zu sein, und daher habe ich die Geschichten so gelassen, wie sie ursprünglich veröffentlicht wurden.

Ernie Bulow fragte mich, als wir uns das erste Mal über die Veröffentlichung dieser Sammlung unterhielten, welche dieser Geschichten mir denn am besten gefiele. Ich glaube, meine Lieblingsgeschichte ist »Das Gold des Mayani«. Ich hatte da die Möglichkeit, ein paar Dinge zu tun, die ich in den geplanten Roman einbringen wollte, und darüber hinaus konnte ich zeigen, was für ein guter Mensch Andrew ist. Anfangs hatte ich mich mit Ernie noch darüber unterhalten, ob ich für dieses Buch ein weiteres Andrew-Abenteuer schreiben sollte. Mir war nicht wohl bei dem Gedanken, denn als ich mit der Geschichte »Das Gold des Mayani« fertig war, hatte ich den Eindruck, dass sich der Kreis geschlossen – dass ich mehr als nur diese eine Geschichte vollendet hatte.

Ich habe versucht, noch eine Erzählung zu schreiben – Andrew in New York City, das CIA, Drogenschmuggel –, aber sie brach in sich zusammen. Und das musste sie auch. Die letzte Erzählung in diesem Buch ist die letzte Andrew-M'butu-Geschichte. Und angesichts all der Sonnenuntergänge in Griechenland und Afrika, die in Andrews Dasein eingeflossen sind, freue ich mich darüber, wenn ich mir vorstelle, dass er für alle Ewigkeit im samtenen Halbdunkel der afrikanischen Abenddämmerung zwischen den Rosensträuchern von Daniel Tsuto sitzt.

Walter Satterthwait

Nachwort

Seine normale Adresse ist »Postlagernd«, wenn auch nur selten lange in derselben Stadt oder auf demselben Kontinent. Beim Notieren der neuesten Veränderung in überstrapazierten Adressbüchern, neigen Walter Satterthwaits Freunde dazu, in ihm nicht so sehr einen Mann zu sehen, der ständig auf Achse ist, sondern vielmehr einen, der ständig auf der Flucht ist und dem man nur mittels größter Wachsamkeit und mit viel Geschick auf der Spur bleiben kann. Vor wem oder was er flieht – gereizte Gläubiger, verdrossene Verehrerinnen oder einfach widrige Witterungsverhältnisse? –, ist uns nie ganz klar geworden, aber wir sehen ihn immer vor uns, wie er plötzlich mit seinem treuen Laptop als einzigem Gepäckstück in den frühen Morgenstunden irgendwohin abreist.

Auch seine Arbeit als Schriftsteller zeigt eine gewisse Unbeständigkeit, als meide er die Fragen: »Wer bist du? Wo lebst du? Was machst du eigentlich genau?« Er betrat die Krimiszene in der Verkleidung des Schöpfers eines harten, spöttischen Privatdetektivs, der zwar klüger und komischer ist als die meisten von Chandlers Nachkommenschaft, aber eindeutig einer von ihnen war. Damals konnte man sich ohne weiteres vorstellen, dass er seinem Helden, Joshua Croft, ähnelte – ein junger Mann mit literarischen Ambitionen, der in Santa Fe wohnte. Wir haben inzwischen jedoch erfahren, dass das nur eine seiner vielen Maskeraden ist, mit denen er seine Verfolger in die Irre führt, um dem echten Satterthwait eine schnelle Flucht zu ermöglichen. In *Miss Lizzie* schrieb er aus der Perspektive einer älteren Dame, die sich an ihre einsame Jugend an der Küste Neuenglands erinnert. In *Oskar Wilde im Wilden Westen* wechselt er erfolgreich zwischen der Rolle des kultivierten englischen Ästheten und der des harten amerikanischen Marshalls.

Irgendwann in den Achtzigern flog (oder floh) er dann nach Ostafrika, das den Hintergrund für die Erzählungen dieser Sammlung bildet. Sie spielen alle in einer ungenannten Township am Indischen Ozean, ein paar hundert Kilometer von Nairobi entfernt, und werden (wenn auch nicht in der ersten Person) aus der Perspektive eines kenianischen Polizei-Sergeants erzählt. Auffallend dabei ist, dass Sergeant M'butu, obwohl geborener Kenianer, in gewisser Weise ein Außenseiter ist, der in einer fremden Umgebung arbeitet – er ist kein Kikuyu, wie die meisten seiner Kollegen bei der Polizei, sondern gehört der Minderheit der Giriama an.

Die Konstruktion dieser Erzählungen entspricht dem klassischen Muster: der geheimnisvolle Tote, hier häufig, wenn auch nicht immer, ein zugereister Europäer oder Amerikaner; die Ermittlung, in der Sergeant M'butu mit Hilfe des filmbesessenen Constable Kobari eine Anzahl Verdächtige verhört; die überraschende Auflösung, in der die Wahrheit enthüllt wird. Aber es handelt sich hier um mehr, als um geschickt konstruierte Kriminalgeschichten – wenn sie auch genau das natürlich sind. Sie bilden den

Rahmen, in dem der Autor seinen Eindruck von Afrika verarbeitet – die Härte und die Wärme, die Armut und den Zauber, die verwirrende Mischung aus Völkern und Stämmen, die Komik und Tragik in den Beziehungen zu den »westlichen« Zivilisationen im Zuge der Verwandlung von der kolonialen Vergangenheit zur Gegenwart des Touristenparadieses.

Wenn man sich ein Buch mit Kurzgeschichten kauft, hegt man häufig gewisse Zweifel, fürchtet, dass man sein Geld für ein Sammelsurium aus Resten und Überbleibseln rausgeworfen hat. Ein Sammelsurium von Ideen und Charakteren, die zu dürftig und zu gehaltlos sind, um sie zu einem Roman zu verarbeiten, und deren einzige Gemeinsamkeit das Bestreben des Autors ist, aus den über die Jahre hastig zusammengeschusterten Geschichten ein paar Extra-Cents herauszuschinden, um unerwartet eingegangene Rechnungen zu begleichen. Diese Befürchtungen sind hier vollkommen unbegründet. Mit der diesen Erzählungen zugrunde liegenden Einheit sowohl des Gegenstands als auch des geografischen und personellen Rahmens erhellen und bestärken sie sich gegenseitig auf eine Weise, die die Sammlung als Ganzes zu viel mehr macht als zur Summe ihrer Einzelteile.

Außerdem gehören sie meiner Ansicht nach zu dem Besten, was Satterthwait geschrieben hat. Bezeichnenderweise ist seine Selbstsicherheit als Autor am größten, wenn er in die Rolle des afrikanischen Polizisten schlüpft, dessen Adresse lautet: »Postlagernd«, Nairobi.

Sarah Caudwell

Diese Erzählungen sind ursprünglich in *Alfred Hitchcock's Mystery Magazine* erschienen: »Conflict of Interest«, dt.: »Unterschiedliche Interessenlage« im November 1982; »To Catch a Wizard«, dt.: »Einen Zauberer fangen« im September 1983; »The Smoke People«, dt.: »Die Smoke People« im September 1983; »The Motor Coach of Allah«, dt.: »Allahs Autobus« im Dezember 1985; »Make No Mistake«, dt.: »Ohne jeden Fehler« im Juni 1989 und »The Gold of Mayani«, dt.: »Das Gold des Mayani« im Winter 1989.

Contents Copyright 1995 by Walter Satterthwait, Sarah Caudwell und Buffalo Medicine Books.

DEBORAH CROMBIE

Brillante Unterhaltung für alle Fans von
Elizabeth George und Martha Grimes

42618

43229

43209

44091

GOLDMANN

ELIZABETH GEORGE

... macht süchtig!

Spannende, niveauvolle Unterhaltung in bester britischer Krimitradition

42798

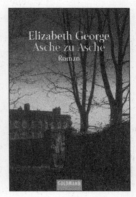

43771

44402

43577

GOLDMANN

GOLDMANN

*Das Gesamtverzeichnis aller lieferbaren Titel erhalten Sie
im Buchhandel oder direkt beim Verlag.
Nähere Informationen über unser Programm erhalten Sie auch im Internet unter:*
www.goldmann-verlag.de

★

Taschenbuch-Bestseller zu Taschenbuchpreisen
– Monat für Monat interessante und fesselnde Titel –

★

Literatur deutschsprachiger und internationaler Autoren

★

Unterhaltung, Kriminalromane, Thriller
und Historische Romane

★

Aktuelle Sachbücher, Ratgeber, Handbücher und
Nachschlagewerke

★

Bücher zu Politik, Gesellschaft, Naturwissenschaft und Umwelt

★

Das Neueste aus den Bereichen
Esoterik, Persönliches Wachstum und Ganzheitliches Heilen

★

Klassiker mit Anmerkungen, Anthologien und Lesebücher

★

Kalender und Popbiographien

★

Die ganze Welt des Taschenbuchs

★

Goldmann Verlag • Neumarkter Str. 18 • 81673 München

Bitte senden Sie mir das neue kostenlose Gesamtverzeichnis

Name: _____

Straße: _____

PLZ / Ort: _____